Rosalilia

Cicatriz de abuso, corazón de esperanza.

Una historia verdadera de abuso infantil extremo

Liliana Kavianian

iUniverse, Inc.
Bloomington

ROSALILIA
CICATRIZ DE ABUSO, CORAZÓN DE ESPERANZA.

iUniverse books may be ordered through booksellers or by contacting:

iUniverse
1663 Liberty Drive
Bloomington, IN 47403
www.iuniverse.com
1-800-Authors (1-800-288-4677)

ISBN: 978-1-4759-7877-3 (sc)
ISBN: 978-1-4759-7878-0 (hc)
ISBN: 978-1-4759-7879-7 (e)

Library of Congress Control Number: 2013903614

Printed in the United States of America

iUniverse rev. date: 2/20/2013

Table of Contents

Me habría gustado contar algo diferente, pero esta es mi historia… no tuve otra…

Ario de Rosales

La noche de los buñuelos

Mi vida siempre ha estado marcada por la muerte. A los cuatro días de nacer, ya había dejado de respirar. Después de verme nacer, mi padre, Vicente Sayavedra, salió por el bar y no había vuelto en tres días. Mi madre, Elia Negrete, había cogido una fiebre y estaba demasiado débil para salir de la cama. Mi abuela paterna, Trina, estaba en casa con mi madre, ayudando a cuidarme. Fue entonces que paré de respirar. La familia llamó al doctor inmediatamente.

–Está muerta –dijo el doctor.

–¡No!, ¡mi pequeña no! –lloró mi madre–. ¡No te puedes morir! –gritó aferrándose a mi cuerpo.

Avisaron a los familiares, salieron a buscar un pequeño cajón, comenzaron a limpiar la sala y a mover cuanto mueble había en la casa del abuelo. Todo para organizar el funeral. Mi madre –Elia Negrete–, se arrodilló frente a un Cristo y le suplicó que me regresara a la vida. La abuela Trina –mi abuela materna–, que lloraba en un rincón de la sala, fue acosada por el impulso de mi madre por llevarme a la iglesia y bañarme en agua bendita.

–Está muerta Elia –respondió la abuela Trina–. No hay nada que hacer.

–No importa –insistió mi madre–. Dios me la puede devolver.

Mi madre insistió, entonces mi abuela finalmente concedió al pedido de mi madre que me llevara a la iglesia para ser bautizada. Cuando mi madre se halló sola, esperando que su suegra volviera conmigo viva, continuó rezando e hizo promesas en cambio por mi vida. Prometió que, si Dios me salvara, ella se vestiría de Santa Teresa por un año y rasparía el cabello.

Trina llegó a la iglesia con mi cuerpo flojo. Cuando pusieron el agua bendita sobre mi cabeza, salté como quien arranca de una pesadilla y abrí los ojos.

Cuando mi madre supo que yo había vuelto a la vida, rapó el cabello y lo mantuvo raspado por un año, pero no cumplió con su promesa de vestirse como la monja Santa Teresa.

En 1961, mis padres se habían casado y mi madre se quedó embarazada en seguida. Provocada hasta la depresión por mi padre, mi madre comenzó a pasar días sin comer durante el embarazo. Rafael Negrete y Elpidia Huerta, mis abuelos maternos, los habían enviado a vivir a Nueva Italia, un lugar muy cálido, tranquilo y relativamente cerca de Ario de Rosales, México. Les puso un negocio de ropa y zapatos que pronto quedaría en quiebra porque mi padre dedicaba sus horas a las vueltas por las cantinas y a las visitas a las casas de prostitutas. Mi madre lloraba todos los días atrapada a la cama. Ella conocía y aceptaba la vida de su esposo, pero no dejaba de creer que Dios pudiera hacer un cambio en él, siempre mantuvo la esperanza. Lo amaba como el primer y último hombre en su vida. Vino a aceptar que él llegara sólo para dormir y que su presencia invadiera la casa.

Junto con el negocio, mi abuelo le había mandado sirvientas para que le ayudaran a cuidar de la casa, a limpiar y a cocinar. Pero las sirvientas no permanecieron mucho tiempo en casa. Mi padre embarazó a varias de las sirvientas, que después pidieron a salir de la casa. Mi madre le perdonaba a mi padre porque él la manipulaba y ella no tenía el valor para confrontarlo. A pesar de su depresión, mi madre era una buena esposa; solícita, fiel y cariñosa.

Al año de matrimonio, la rutina de mi madre era pasar todo el día acostada y llorar. No comía, no tenía las fuerzas ni siquiera para alimentarme. Obligada por la presión de los nueve meses dio la luz. Los primeros tres días fueron una batalla por bajarme la fiebre y encontrar la manera de que yo pudiera respirar sin dificultad. Acudieron a los curanderos de Ario de Rosales y a los doctores de la ciudad. Al octavo día, cuando hacía una hora desde que paré de respirar, el médico pronto me desahució. "Se va a morir," sentenció. Sin embargo, un poder mayor se me volvió a la vida cuando el agua bendita tocó mi cabeza.

Hace pocos años, cuando pude conversar con mi madre sobre mi infancia –sin querer arrancarle la cabeza– y le conté muchas de las cosas que había pasado en la casa de mis abuelos, donde fui a vivir desde los cuatro años, me dijo algo muy doloroso pero lleno de misterio. Ella estaba sorprendida por las historias que le conté sobre la tía Bárbara, historias de cuando el tío Eduardo, hermano de Bárbara y de mi madre, visitaba la casa, y todas las cosas que me atreví a confesar. Para ella, fue difícil creer que sus propios hermanos me abusaron, y que yo tuve que trabajar en la tienda de mi abuelo. Ella nunca había visto ningún comportamiento abusivo de mis tíos, y aunque mi abuelo hubiera forzado sus hijos a trabajar, nunca les había golpeado. Mi madre se mostró arrepentida por no haberme protegido, por haberme dejado en la casa de mis abuelos cuando yo tenía sólo cuatro años y por soltarme como una canica montaña abajo.

–Después de escuchar que viviste tantas cosas horribles en tu vida, mejor le hubiese hecho caso a la biblia –se lamentó mi madre. –La biblia dice que cuando un hijo se muere, es que Dios por algo se lo quiere llevar. No fue bueno prometer mandas– siguió lamentándose.

-Tampoco fue bueno que te devolviera, mejor te hubiera llevado mi'ja...mira cómo has sufrido.

Pero la fe me revivió aquel octavo día de mi vida, y yo creí en eso.

Ya no la culpo por haberme dejado con mis abuelos. De hecho, me dejó en el ambiente que pensó que me daría la mejor infancia, cómoda con mis abuelos. Ella creía que sus finanzas me proveerían los mejores doctores, ropa y comida. Todos tenemos nuestra historia y nuestras propias frustraciones.

Mi madre nació en Guanajuato y fue la tercera de cinco hermanos: Eduardo, Fermín, Rodrigo y Bárbara, la mujer más cruel que conocí en mi vida. Cuando mi madre tenía sus doce años, mis abuelos decidieron hacer las maletas y trasladarse hasta el pueblo Ario de Rosales –se acostumbraba a tener el negocio en la misma casa donde se vivía– donde al abuelo le esperaba un gran futuro en sus negocios.

Mi madre siempre se mantuvo cerca de Dios, creía en la bondad de las personas y decía que tenía una misión religiosa en la tierra. Quería ser monja y a pesar de la oposición del abuelo, entró al convento. Ambicionaba dar amor y también recibirlo, como en su niñez, que dejó plasmada en una serie de cartas que me mostró el mismo día de la reveladora conversación. No pude creer la cantidad de cuadernos que había escrito desde muy joven. A todas les ponía un título, como a esta carta, que hizo hace pocos años al recordar su infancia:

La Ambición
por Elia Negrete
Había una vez una niña que era de buen corazón.
Era noble pero tímida con razón.
Era muy soñadora, escribía cartitas de a montón.
Hubiera sido buena escritora pero tenía roto el corazón.
Había en ella tanta ternura que el corazón más duro [tocaba; como estaba llena de traumas y de daños en sus cartas se [desahogaba.
Era una niña de nueve años, estaba llena de tristeza y [dulzura.
En sus ojos se reflejaba su amargura.
Era una niña madura, muy juiciosa, destilaba un poco de dulzura pero traía su autoestima hasta los pies.
Escribía versos tiernos y bellos con ligeros toques de amargura.
Siempre andaba con su cara mustia, llena de angustia.
A esa niña nunca se le vio sonreír, de los clientes era el hazme reír, muy por de bajito para que no los fuera a descubrir. Andaba muy arregladita, parecía una princesita, pero entre sus caireles corría una lagrimita.
Tenía un padre muy cruel, se llamaba Rafael.
Era un gran comerciante, no había otro como él.
Era acaudalado, listo de profesión, un lenguaje muy refinado, era amable y educado, pero no tenía corazón.
Escribía lindas poesías, no se sabe de donde les salían si

no conoció el sentimiento, era tan fuerte y violento. Listo, sagaz e inteligente, tenía mucha simpatía, eso yo no desconocía. Desde niño se portaba mal, su mamá le decía el pecado mortal.

Mis hermanos eran niños marginados, no sabían lo que era amor, ahí no había ni fiesta ni cumpleaños, sólo golpes y regaños, y en el corazón mucho dolor.

No había navidades ni velitas que apagar.

Jamás disfrutaba la muñeca que tanto deseaba, sólo las miraba en los calendarios.

Mis juegos eran con dinero y centenarios.

Ahora soy tan aniñada, era tímida y miedosa; de todo me asustaba. En las noches estaba temblorosa, con hemofil se me quitaba.

Nunca conoció una caricia ni una palabra de amor, crecimos como robot.

A mi padre lo cegaba la avaricia y la ambición, sólo de verlo nos dada terror y eso que aparecía artista, de esos que están en la lista.

Cuando salía a cobrar, porque él era prestamista, por el zaguán me iba a asomar.

El miedo me dominaba, sentía que el aire me daba, que toda la gente me miraba y rápido me refugiaba detrás del mostrador, s entía que entraba en calor.

Siempre fui sin sueldo su empleada, me explotaba como burro, sólo me faltaba rebuznar, quería ser doctora pero de primara me sacó de estudiar. Mi niñez y mi juventud fue un largo tormento, yo en la plenitud sólo fui un instrumento de un padre metalizado.

Fui a refugiarme en el convento, él siempre me iba a sacar con promesas y engaños para ponerme a trabajar, sin saber que los años ya me habían marcado.

Cayó en mis manos la vida de teresita del niño Jesús, fue

un bálsamo y una luz y María Alboretti iluminó mi corazón que estaba triste por el dolor.

La puse en un oratorio, ahí sus vidas meditaba yo y sentía consuelo en mi interior.

Hojeaba libros del latín que yo no entendía, parecían garabatos sin armonía, es que mi abuelo ya mero se recibía de sacerdote misionero.

El camino lo marca el destino; ocho días le faltaba para consagrarse al clero.

Pero los destinos de Dios son insondables e inimaginables, tropezó con una mujer hermosa, santa y bondadosa, de abolengo. Su belleza lo cautivó.

Colgó hábitos y sotana y se casó.

Era bien parecido e instruido, descendiente de sacerdotes, uno de ellos el señor cura Ramos y el mártir Daniel [Pérez Negrete.

No sé cómo mi padre traía por dentro un pingo, mi abuelo tenía lengua de orador, el latín lo dominaba, le ponía todo el corazón a los sermones que daba.

Era hombre preparado de porte distinguido, sobresaltaba entre los bien parecidos.

Una tía nos iba a retratar… a la hora de posar hacíamos un esfuerzo que no [podíamos fingir para poder sonreír ni hacer carita social, al no poder arrancar aquella tristeza total en niños de nuestra edad.

Nunca teníamos hambre, íbamos al comedor, lo que comíamos no tenía sabor.

Mi padre andaba con el cinto en la mano, queríamos ir al baño para poder la comida escupir.

La servidumbre estaba de nuestro lado porque ellos veían que era un padre muy malo.

Me decía que mi recámara la iba a electrificar para que nadie se atreviera a asomar.

Tuve dos novios a escondidas, por una ventana me salía, él me perseguía y con balazos los corría.

A mí me daba de cinturonazos hasta que al suelo me [caía.

Por fuera parecía princesa, por dentro una cenicienta. La ambición fue su pecado, por tener bienes y raíces, dejó huellas, cicatrices y un dolor marcado.

Mi madre seguido se desmayaba o se hacía la desmayaba, pero a ella le gustaba porque en ese rato todo lo olvidaba.

Mi padre le hablaba bonito, la acariciaba nada más cuando se desmayaba.

Mi madre era fina, culta y educada.

Hermosa, caritativa y piadosa.

Lenguaje delicado, tierno y callado, había en ella una amarga dulzura y una refinada cultura con ligeros toques de melancolía.

Tenía magia, tenía carisma, tenia ángel, algo misterioso [que envolvía a pesar que siempre andaba con su cara larga y [amargada.

Recuerdo que con trabajo suspiraba, tenía algo de encanto en su triste mirada, con toques de santo.

Cómo iba a hacer risueña si tenía un ogro a su lado. Ella tan santa y tan buena y tan ordenada, lo que en ella resaltaba era una educación esmerada. Palabras me faltan para venerarla.

A esa madre tan caritativa, le escribo esto, que es una página de mi vida; un poema que quise desahogar de algo que llevo por dentro que no lo he podido sacar. Es sobre una niña que no creció, que cuando fue adulta regresó a ser la niña y no [maduró.

La niñez marca secuelas, no sanan ni cierran las heridas,
son como las ruedas, aunque estén bien cocidas queda el
parche en la suela. Ni los recuerdos se olvidan, la mente los
memoriza y los retiene, son como un cadáver que se incinera:
aunque se queme, quedan las cenizas.

A los diecisiete años, varios meses después de salir del convento, a mi madre se le presentó su primera misión. Clementina, una muchacha que planchaba para mi abuela había quedado embarazada de un viejito japonés que vivía en el pueblo. Clementina era casada, tenía siete hijos y para mantenerlos su esposo se había ido unos años antes a los Estados Unidos y Clementina no había recibido noticias de su esposo en tres años. Ni sabía si su esposo estaba vivo. La pequeña Nataly tenía pocos días de nacida cuando Clementina recibió una llamada de su esposo.

–Ya no hay trabajo aquí. Me iré muy pronto al pueblo –le dijo.

Clementina se asustó tanto por lo que sería la reacción de su esposo que intentó matar a Nataly pero de manera silenciosa. Intentó que agarrara una neumonía una noche que la puso en una cuna junto a la ventana, pero ni el frío pudo con la fortaleza de esa niña. No murió ni menos agarró un resfrío. Clementina estaba desesperada, tenía que alimentar a sus hijos, el más pequeño de dos años. Habló con mi madre para conseguir que la niña ingresara a un orfanato.

–No te preocupes Clementina, dame la niña a mí –le dijo mi madre–. Regálamela. Yo me puedo hacer cargo.

Clementina confió en mi madre –se lo estaba ofreciendo una futura monja– y decidió entregarle la niña. Escondida de mis abuelos, recibió a la pequeña y habló con Chabela, una de las criadas de la cocina para que se hiciera cargo por un tiempo. Le pidió que renunciara al trabajo en la casa de la abuela y que se fuera a su propia casa a cuidar a Nataly. A cambio, mi madre le enviaría dinero para criar a la niña y a los siete hijos de Chabela. Tal como mi madre lo había planeado, Chabela habló con mi abuela para decirle que ya no podía seguir ayudándola en la cocina. Argumentó que se sentía muy cansada, que las piernas se le dormían y exageró inventando que los últimos platos de comida los había preparado sentada. −Es mejor que me dedique a mis hijos −le dijo.

Fue en esa época que mi madre, con diecisiete años, se quedó desilusionada por las promesas vanas de su padre que no consiguió ser más tranquilo ni le dio más libertad. Decidió entrar de nuevo en el convento.

Chabela escondió la verdad sobre Nataly por un par de años mientras mi madre la visitaba y como lo había prometido, pagaba los gastos de la niña. Los viajes de mi madre a la casa de Chabela y el dinero que le daba hacían parecer como si ella estuviera escondiendo su propio bebé. Un rumor falso del pueblo hizo eco de que una monja había quedado embarazada en el convento, y se armó el escándalo. −Se fue al convento para aliviarse de la criatura y además lo regaló −decían las viejas chismosas. Cuando mi madre había estado en el convento hacía casi dos años, el escándalo llegó a oídos del abuelo y a pesar de ser mentira y enterarse de toda la verdad, le pidió que dejara el convento.

"Elia Negrete, my mother."

—Qué monja ni que nada, yo aquí necesito gente que me ayude en el negocio, no que esté rezando –le dijo. –Además, necesitas salir del convento para que las personas dejen de propagar ese rumor! Entonces, mi madre salió del convento efectivamente con diecinueve años.

Cuando Pillita supo de Nataly, sintió compasión y creyó que ella misma podía darle más atención a la niña que Chabela, que tenía siete otros hijos que cuidar. Entonces, Nataly fue a vivir con Pillita.

En el mismo pueblo, Ario de Rosales, mi madre conoció a mi padre. Tenía casi veinte años y pasaba gran parte del día ayudando en la tienda, desde donde veía pasar los desfiles cívicos que movilizaban a todo el pueblo. El abuelo era muy estricto, así que en todas las salidas iba acompañada de mi abuela o de alguna sirvienta. El abuelo esperaba que su hija se casara con un hombre de prestigio y capaz de darle una vida holgada a su hija, pero mi madre puso sus ojos en el propio demonio.

Un día vio a un muchacho dando vueltas por la plaza recién remodelada y lo observó durante varios días. El muchacho se sentaba en una banca, se paraba, daba vueltas por la plaza y volvía a sentarse. Así, por horas. Gracias a que siempre elegía la misma banca no era necesario salir de la tienda para verlo.

Un día, mi madre, con su osadía juvenil, una tarde le pidió a una de las empleadas que conversara con él y que le ofreciera dinero por seguir sentándose en la banca, justo al frente de la tienda. Mientras ella ordenaba la mercadería y atendía a los marchantes podía vigilar los movimientos del muchacho. A pesar de no hablar con él, sabía que lo quería. El abuelo ya había decidido su futuro, quería que se comprometiera con un español dueño de unos campos a la salida del pueblo. Ella tenía clara su elección, —Ese muchacho de la plaza va a ser mi esposo –le dijo a Pillita.

Nunca le importó el dinero. Ella quería un hombre pobre, más bien un hombre sencillo que la quisiera, respetara y compartiera su deseo de ayudar a los más débiles. Lo había encontrado. A pesar de no conocerlo y de la imposibilidad de acercarse, sentía que era un muchacho perdido, en busca de algo que le diera sentido a su vida. En ocasiones, el abuelo se iba al campo de café y mi madre aprovechaba de cruzar a la plaza y conversar con Vicente mi proyecto de padre, previa autorización y complicidad de mi abuela.

Pasaron meses con la misma rutina de amor, buscando cosas en común que pudieran unirlos. A pesar que no las encontraron, siguieron reuniéndose. Más bien fue una búsqueda solitaria porque mi madre se había enamorado de aquel muchacho que a diario recibía el dinero por tres meses sin contar mucho sobre su vida y jamás declararle amor o algo por el estilo.

La abuela se convenció del amor que sentía su hija, se dio cuenta que se había enamorado, por lo que su complicidad se volvió incondicional para hacer posible que la pareja pudiera reunirse con mayor frecuencia en vez de sólo verse en la plaza. La abuela fue un gran apoyo hasta que supo los rumores. –Vicente es un hombre malo que golpea a tu hija –le habían dicho. A la primera oportunidad tomó a mi madre de un brazo y la enfrentó, pero ella negó todo y dijo que sabía de esos rumores pero que eran culpa de una jovencita celosa a la que Vicente había visitado un par de veces. Sin embargo, Pillita no dejó de temer que Vicente fuera una persona violenta.

Tres meses después de que Vicente y Elia empezaron a verse, decidieron casarse. Al oír la noticia, mi abuela pegó un grito de frustración en el cielo; ella estaba profundamente incomodada con los rumores sobre la violencia de Vicente. Mi abuelo lo pegó el grito en el infinito. Estaba desesperado por los planes de su hija, hasta fue a la iglesia a pedirle al sacerdote que le ayudara a convencerla. Pero mi madre quería huir de esa casa: –Vicente, por favor, sácame de aquí...ya no aguanto a mi padre.

En realidad, lo que le preocupaba al abuelo era que su hija estaba acostumbrada a las comodidades de la casa, a que no le faltara nada y por lo que era evidente, ese hombre ni siquiera podía ofrecerle una boda y menos un lugar seguro para vivir. La abuela entendía que su hija estaba enamorada pero si hubiera podido elegir, habría descartado al muchacho tan pronto como supiera de los chismes sobre la violencia de Vicente.

–Tú estás acostumbrada a tener una vida sin pobreza. Ese hombre es flojo, no hace nada con su vida –sollozaba la abuela.

–No todos los dedos de la mano son iguales –se defendía mi madre–. Yo me voy a casar con él sí o sí.

"My grandparents Pillita and Rafael."

No quedó más alternativa que planear la boda, conocer a la familia de mi padre, comprar la ropa de los novios e invitar a casi todo el pueblo. Cuando veo la foto tomada a la salida de la iglesia, no dejo de imaginar lo nerviosa que estaba mi madre. Se veía preciosa de blanco pero sin sonrisa. Mi padre parecía mirar algo lejano mientras los niños les tiraban arroz y las señoras de elegantes sombreros y carteras de la época aplaudían. Atrás de los novios aparece mi abuela Elpidia, mi abuelo Rafael, la abuela Trina y dos amigas de mi madre, Mary y Melanie. Abajo, algunos niños juegan con el arroz y las niñas se preocupan del vestido. En el viaje de bodas se fueron a la popular playa Manzanillo en Colima. Las fotos de ese viaje también las había guardado pero se quemaron en un incendio en la casa de mi hermana Nataly. Aparecía mi madre mirando el mar, en traje de baño y con una leve sonrisa disfrutando su luna de miel, o eso parecía.

"My parents' wedding (Elia and Vincent)."

–Mire que bien salió en esta foto, ¿dónde es? –le dije la primera vez que me las mostró.

–Fue mi viaje de luna de miel.

Entusiasmada con un acontecimiento tan importante para una mujer, le pregunté cómo había sido pero se negó a contarme con soltura. Cuando terminé de revisar las fotos me confesó que había sido un viaje lleno de decepciones. Ella con toda la ilusión de una enamorada se había subido a una banca para que luego mi padre la bajara. Cuando le pidió ayuda, él contestó: –¡Ay mujer escandalosa!, da un brinco.

Apenas habían llegado a Manzanillo, mi padre la había abandonado en un parque. –Ahorita vengo –le dijo pero no volvió hasta el otro día. Se había ido a una cantina, había tomado más de la cuenta y no pudo volver a buscarla, le confesó. Le hizo ver su rabia y él –que ya le había demostrado su intolerancia a los interrogatorios– gritó:

–¡Cállate!, ¡cállate!, tú me compraste, yo no te quería. Ahora te aguantas.

Esas palabras fueron el principio de una vida acostumbrada al dolor. Cuando mi madre volvió de su luna de miel, decidió llevarse a Nataly de la casa de Pillita para que viviera con ella. Un año después de la boda, vine al mundo.

Nací el año 1962 en Ario de Rosales, Michoacán, México; y no salí de ese lugar hasta el año 1981, un poco después de que todo el pueblo hablara sobre una supuesta relación amorosa mía con el director de la escuela secundaria. Dejé el pueblo con amargura porque aquella historia se había dispersado como plumas al viento, pero también me fui con la esperanza de cambiar mi destino en la ciudad de Morelia. Regresé al pueblo por breves visitas –eso fue hace más de veinte años– pero nunca más me quedé a vivir ahí. Ni tampoco sé si podré volver algún día, aunque sea de visita.

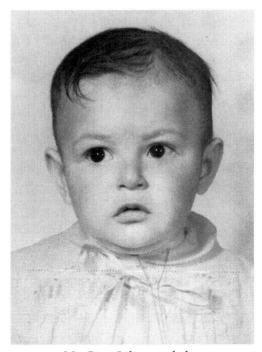

Me, Rosa Lilia, as a baby.

En Ario de Rosales no viven más de treinta mil personas, aunque durante mi infancia fue un pueblo aún más pequeño (a pesar de los cuatro siglos desde su fundación). Había sido tierra de *tarascos*, luego albergue de españoles, centro de operaciones de próceres de la independencia y territorio de revolución. El primer nombre del pueblo fue sólo Ario, luego Santiago de Ario en el periodo colonial y actualmente Ario de Rosales, en honor al insurgente Don Víctor Rosales, un héroe de la independencia. Las construcciones en Ario de Rosales en su mayoría tienen arquitectura colonial con hermosos tejados colorados; las casas tienen amplios y largos corredores, con muchas puertas conectadas a un patio interior como la casa de la familia de mi amiga Teresa Salinas, que conocí y puedo describir de memoria: cuadrada, conectada por pasillos brillantes y llena de plantas colgantes. De sus calles, recuerdo las piedras por donde pasaban durante el año desfiles cívicos y peregrinaciones a distintos santos: la calle Real, que cruzaba la ciudad de norte a sur, se llenaba de este tipo de espectáculos.

En la plaza principal, que tantas veces había sido remodelada, crecieron robustos árboles que casi hacían desaparecer la "fuente de los perritos". A la plaza, le habían agregado faroles y bancas de granito. El templo Santiago Apóstol había ganado una segunda nave. Muchas tiendas rodeaban la plaza y la de mi abuelo tenía el nombre de: "Almacenes al Centro". Estaba justo en la calle Portal Juárez. Vendía de todo. Mi abuelo fue el primero en instalar teléfono y el primero en llevar carros más modernos al pueblo. Los Villanueva, la familia Díaz Barriga, la ferretería de Chucho Salinas (el padre de Tere, mi mejor amiga), muchas de las familias tenían negocios y un buen pasar. Sus casas eran hermosas, las recuerdo ordenadas y muy limpias.

Recuerdo al señor Joaquín Brambila, un hombre bajito, con una gran nariz y muy serio. Era muy famoso en el pueblo y sus alrededores, muchas personas lo respetaban. Además de ser boticario, había sido presidente de Ario en los años cuarenta. En su botica La Providencia vendía todo tipo de ungüentos, píldoras y cremas que servían para curar distintos males. Con una pomada le quitó la roña a todo el pueblo. Sus fórmulas secretas daban resultados, o eso creo.

Si lo pienso, puedo ver la tienda de ropa americana de Elia Mares, una señorita dedicada a la vida social; que disfrutaba asistiendo a los eventos del pueblo y relacionándose con gente educada como los políticos, profesores y artistas de aquella época. Era una mujer bonita, de piel blanca y cuerpo armonioso. La tienda de ropa le hacía un gran favor en su vestuario, pero ella sabía elegir las piezas justas que resaltaran su figura en alguna foto de inauguración o reunión social. Escogía las prendas más finas y modernas de su tienda para posar junto a las autoridades. Como lo hacía en las visitas del General Lázaro Cárdenas del Río, quien recorría el pueblo con frecuencia.

El General tenía un cariño especial por los habitantes; entre los años 1947–1970 estuvo a cargo de un proyecto para impulsar el desarrollo en varias localidades de Michoacán. Los Arienses le decían "El General" por su pasado militar y cuando recorría las calles, todos se esmeraban preparándole paseos, cenas y reuniones en agradecimiento a los cambios que estaba viviendo el pueblo, sobre todo el mejoramiento de escuelas y el sistema de agua potable. Por supuesto que en una de esas visitas, mi abuelo lo invitó a comer a la casa, por eso en uno de los muros colgaban algunas fotos del General.

Cuando cumplí diecisiete años, fue Elia Mares la que insistió en presentarme como una de las reinas de las fiestas patrias; cada reina representaba a un sector de desarrollo. Ella me propuso representar a la cámara de comercio y como tenía el don de la palabra, me convenció. Fue uno de los pocos momentos en que me sentí importante, aunque con mucha vergüenza. El día de la celebración, me pasearon por todo el pueblo arriba de un caballo, me había puesto un vestido blanco con flores de color fucsia y una flor del mismo color acurrucada en el cabello.

"Me, at age sixteen, as queen representing Commerce."

Pero Elia Mares tuvo un rol más trascendental en nuestra familia. Ella crió a Oscar, el hijo número once que mi tío Eduardo tuvo con Elisa; una jovencita al momento de casarse que poco sabía de criar hijos y proteger a la familia. Cuando nació Oscar, las cosas no andaban muy bien en la casa de mi tío Eduardo que se quedaba en la misma cuadra de la casa de mis abuelos, donde yo vivía. Las peleas se escuchaban desde la calle y los platos desaparecían de la cocina, volando de un lado a otro. Si criar diez había sido un drama, uno más lo transformó en caos. Elia Mares se hizo cargo de Oscar porque era amiga de Elisa, una vez que nació el niño y la vio tan desesperada la ayudó a cuidarlo y mantenerlo. Sintió tanto amor por el pequeño que incluso junto a su madre Emilia –a quien le decían "El Excélsior"–, recibieron a Oscar en la casa. Incluso Emilia y Elia le prepararon un cuarto para que el niño creciera cómodo. A tal grado llegó el amor que un día pidió que se lo regalaran.

—No te lo puedo regalar porque es mi hijo, pero puedes cuidarlo y ayudarme con él, si tú quieres —le respondió Elisa.

La vida de Oscar transcurrió entre la casa de sus verdaderos padres y la de Elia Mares y Emilia que con el tiempo se transformaron en su madre y abuela también. A la señora Emilia le decían "El Excélsior" en referencia al segundo periódico más antiguo de la ciudad de México. Era la primera en enterarse qué pasaba y dónde y emitía la información a todos como si fuera el periódico. Y al igual que su hija, no dejaba de asistir a los eventos sociales. Era una mujer amable y muy educada, lo que le otorgaba una credibilidad envidiable.

La casa donde vivíamos con mis padres era una casa hermosa, a pocos metros desfilaba un río y el terreno estaba invadido de plantas de aguacate. A pesar del fracaso en Nueva Italia, confiaba en que su hija se recuperaría de su depresión y que Vicente por fin se pondría a trabajar. El abuelo también se preocupó —como lo había hecho en Nueva Italia— de enviarles una sirvienta. Les regaló el terreno y además les puso un negocio que vendía zapatos, ropa, perfumes, tejidos y bolsas. La presencia de Nataly en esa casa duró menos de un año porque mi madre decidió apartarla de los maltratos y arranques de violencia de mi padre. —*No es la mejor vida que te puedo dar pequeña, si te salvé de morir no puedo arriesgarte de nuevo* —pensó. Habló con mi abuela Elpidia para que la recibiera en su casa por unos días pero Nataly acabó quedándose con Pillita por muchos años. Quando Nataly tenía unos 10 años, a la hermana de mi abuela se le ocurrió que Nataly fuera vivir con ella y su esposo en Guanajuato. Esa hermana, Consuelo, no tuvo hijos a causa de la infertilidad de su marido, entonces recibieron a Nataly y la criaron. A mi madre no le pareció mala idea, entonces hicieron la maleta de Nataly y la mandaron a Guanajuato, donde creció, se convirtió en mujer y se casó con un hombre que la acompaña hasta estos días. Creo, en lo más triste de mi corazón que mi madre no nació para ser madre y que contrario a su deseo de ser monja, tuvo que criar a mis cinco hermanos en las peores condiciones. Durante los primeros meses en esa casa, mi padre mostró arrepentimiento y trató de dejar el alcohol, pero su enfermedad —no tan sólo con el alcohol— pronto mostró su verdadera cara. Hasta las sirvientas que pasaron rápidamente unas detrás de otra por aquella casa fueron víctimas de su descontrol hormonal. Dejó embarazadas a cuatro y mi madre más que despedirlas les ofrecía disculpas. Su corazón de buena mujer —o quizás su corazón de monja— aceptaba a mi padre sin reclamos.

El abuelo se dio cuenta que el negocio que le dio a mi padre tampoco había funcionado, no les quitó la casa de mis padres pero sí dejó de ayudarlos con dinero. —Ese hombre tiene que trabajar —dijo. Y le prometió a mi madre que si dejaba a Vicente, él iba a preocuparse de ella, le aseguró que podía armarle otro negocio, pero sólo para ella.

Esa casa no fue un hogar para Nataly y tampoco lo fue para mí. Desde que tenía cuatro años, viví con mis abuelos y pasé la mayoría de mi infancia en la tienda del abuelo, parte de la casona que había comprado a unos españoles antes de dejar Guanajuato, donde había instalado un negocio. No tenía miedo para iniciar otros en nuevos lugares. Cambió todas sus propiedades de Guanajuato por la casona en Ario de Rosales. Nunca se cuestionó el futuro de sus empresas, siempre tuvo la confianza y la energía para hacerlo. Tenía una energía como no he visto en mi vida, más energía que Hitler pensaba yo cuando niña; que estúpido me parece hoy hacer esa comparación.

La casa tenía enormes habitaciones y bodegas, donde viví los días más seguros pero también más tristes de mi vida. Cada día el abuelo se quedaba hasta muy tarde haciendo negocios con los rancheros de alrededor, compraban casi todo lo que vendíamos. A los cinco años —y a veces hasta la madrugada— le ayudaba a preparar las bolsas con kilos y medios kilos de azúcar y frijoles. Había mercadería para cada uno de los clientes, desde un frijol hasta armas de caza. Mi abuela —a quien también llamaba Pillita— organizaba a los mozos y empleados que le ayudaban a cargar la mercadería, ordenar las bodegas y atender a los clientes. La tienda era uno de los tantos negocios del abuelo, toda su vida estuvo dedicada a ellos. —Nací para esto —decía. En otros lugares de Michoacán sembraba café y caña para llevar a la fábrica de

Charanda, una bebida alcohólica como el tequila, típica del estado de Michoacán y que los mexicanos usamos para endulzar. De la pegajosa caña se extrae un jugo y otros derivados como el piloncillo, una pulpa dulce que me dejaba toda manchada y pegajosa cuando iba a comprar buñuelos en el portal, donde estaban "las menuderas". Eran mujeres y hombres que vendían comida callejera sabrosa, sobre todo para los desvelados. En uno de esos puestos trabajaba Evaristo, quien vendía tacos de cabeza, hechos de la carne del cuello de vaca, caldos y otras comidas para mantener a sus ocho hijos. Por supuesto que recuerdo el carrito que vendía buñuelos con piloncillo. Siempre me gustaron esas masitas dulces, hasta que una noche mi tía Bárbara perdió la cabeza por uno de ellos. Esa noche viviría uno de los momentos más violentos y tristes de mi infancia. Todavía recuerdo que el enojo de Bárbara por un error inocente mío de esa noche me dejaría un vacío inexplicable en el corazón y un hueco sangriento en mi cabeza.

Uno de los terrenos del abuelo no estaba muy lejos del pueblo, de ese tengo recuerdo claro con sólo algunas gotas de sueños. En los días de sol, y cuando el abuelo lo permitía, me iba al campo con los empleados. A trabajar por supuesto, a jugar jamás; el abuelo decía que todos debíamos ayudar, que eso nos hacía mejores personas. En ocasiones iba la abuela, nos subíamos todos a una camioneta y partíamos al campo. Era un terreno inmenso, lleno de árboles de infancia que veía gigantes pero con los años fui descubriendo que podía alcanzar sus copas con una pequeña escalera. Tomaba los frutos de café y me los comía con tanto placer que me escondía debajo de algún árbol lejano para disfrutarlos; esa sensación de sacar los frutos y saborearlos hasta dejar los huesos me hacía feliz. En el camino recogíamos arándanos que Aurora –una cocinera que duró cuarenta años trabajando para mi abuela– convertía en uno de los postres favoritos de Pillita. Su hijo Galdino era quien se encargaba de ordenar los arándanos, como también tenía que volver a ordenar las cajas que yo desordenaba.

Aurora preparaba postres que nadie podía rechazar, era una señora muy tímida, de cuerpo fuerte, tenía brazos gordos y cortos, pero se movían con tanta velocidad que en la misma tarde podía preparar dos flanes, dos gelatinas y dos tartas. Fue amarga la vida desde el día en que Aurora se enfermó. No le gustaban los médicos y tomar píldoras, ni siquiera para un fuerte dolor de cabeza, todo lo curaba con infusiones y mezclas extrañas de pastos vecinos.

Años después y sólo cuando el dolor de su útero se hiciera insoportable iría al médico para escuchar que tenía cáncer. Mi abuela la acompañaría al hospital y le prometería una pronta recuperación; la enviaría a su casa, le pagaría los exámenes, luego la operación y después le daría la sorpresa de una casa propia. Aurora no pararía de llorar de emoción casi por tres días.

Mi abuelo no tenía amistades pero si mucha gente con la que hacía negocios. No sé como conoció a los españoles a los que les compró "Almacenes al Centro". Fue un trato muy arriesgado porque cambió todo lo que tenía en Guanajuato por la tienda de Ario. Siempre decía que era un pueblo que iba a crecer muy rápido y que había que estar ahí para crecer con él. De los españoles sabía un par de cosas, pero lo poco que supo dejó a toda la familia con los pelos de punta.

La esposa del español estaba enferma de artritis y el doctor le recomendó vivir en un clima cálido para que no tuviera tanto dolor. En Ario de Rosales llueve seis meses al año y el frío se mezcla con la neblina que apenas deja ver. La señora vivía afectada por el dolor de brazos y piernas. El médico le había aconsejado más de diez veces que cambiara de clima porque el frío estaba provocando el dolor en sus huesos. El español también muy aventurado para los negocios aceptó la oferta de mi abuelo y decidieron hacer el traspaso. La casa de mis abuelos se parecía a varias del sur de Francia –lo he visto en fotos–; construida sólo con madera, muchas ventanas, llena de recovecos y pasillos.

Al principio utilizamos las mismas habitaciones que ocupaba el matrimonio español, pero luego, mi abuelo construyó bodegas en el primer piso y un segundo piso para la casa. La enfermedad de la señora no fue lo extraño. Más tarde supimos la verdad. Además de buscar un mejor lugar para la enfermedad de su esposa, la familia quería escapar del recuerdo de un trágico episodio. Un empleado del español se había enamorado de su hija y le había ofrecido matrimonio, situación que el español no iba a permitir, pues ya le tenía un novio aunque no quería casarla aún porque decía que estaba muy joven para perder la virginidad. Contra todo y casi todos, llegó el día de la boda con el joven empleado. El español seguía intentando convencer a su hija que no se casara, pero su insistencia no tuvo ningún efecto. Decidió matar al –"bastardo", así lo llamaba. En medio de las carreras por los preparativos, el joven murió en la escalera, apuñalado. Ella no pudo soportar el dolor del desaparecimiento y se encerró en el cuarto a llorar a su amado. Una sirvienta que había visto el crimen notó la angustia de la novia y decidió contarle lo que vio, con la condición de que la novia no contara a nadie cómo lo supo. Después saber la noticia trágica, la novia se encontró desesperada.

–No quiero vivir y quiero que me entierres donde enterraste a Rodrigo –le dijo la muchacha a su padre–. Yo sé que tú lo mataste y lo enterraste aquí en la casa para que la gente no supiera el escándalo –le dijo a los pocos días.

La muchacha le pidió a su padre que jurara que si ella moría, la enterrara en la casa. A la semana siguiente y todavía vestida de blanco tomó veneno para ratas y murió en la cama abrazada a sus recuerdos.

Para cumplir la promesa la enterraron en una de las bodegas.

Uno de los empleados del español que se mantuvo trabajando para mi abuelo, le contó la verdadera historia; que había sido el propio español quien había matado al novio de su hija. Esa historia quedó como un mito y nunca intentamos encontrar la verdad ni buscar los cuerpos de los novios.

Podría decir que Nataly cumplió el rol de hermana mayor, pero ella se crió con la hermana de Pillita en Guanajuato. Podría decir que yo fui la mayor de los hermanos pero me crié con los abuelos. El que nació después y se crió con mi madre fue Damián –el único hombre–, y luego le siguieron Elpidia, Susana, Carmen (que murió a los nueve meses), Ernestina y la más pequeña: Esmeralda. Ellos vivieron por muchos años el castigo de compartir la casa con mi padre. A pesar que ellos vivían muy cerca de los abuelos, las visitas que podía hacerles eran controladas por la abuela y prohibidas por mi madre; no quería que yo viviera la violencia que había en aquella casa.

Mi padre raramente mostró interés en mí. Me decía *la cochinada* y a Damián *la porquería;* pero eran las frases tiernas para él. La que no pudo escaparse de sus golpes fue mi madre, era visible el odio que sentía por la mujer que lo había comprado en la plaza y a la que tenía en una burbuja de tristeza; en una casa oscura y sin vida. La abuela insistía en inscribir a mi madre en talleres o convencerla de algún negocio que le devolviera la energía que alguna vez había tenido.

Una tarde cuando yo tenía nueve años fui a la casa donde todos en mi familia vivían menos yo. Fui a jugar con Damián, y cuando llegué en la casa, vi que mi madre se había puesto maquillaje; los labios rojos y el pelo arreglado. Después de haberla visto con dos bolsas oscuras debajo de los ojos y tapada con la primera ropa que encontraba, me impresionó lo hermosa que se veía.

Pero esa tarde mi padre llegó de mal humor: −¡Prostituta!, ¡mujerzuela! −le gritó. La arrastró por casi toda la casa, le dio unos cuantos golpes en el suelo y luego la llevó al patio donde estaban los puercos que le había regalado mi abuela. Damián me abrazó y juntos nos pusimos delante de él, como dos niños ingenuos, para que no le siguiera pegando. Estaba borracho y menos compasión sentía cuando estaba así. En el patio la siguió arrastrando por varios metros hasta que justo en el charco de los puercos buscó excremento y se lo esparció por la cara. −Esto es lo que te mereces −le dijo. Damián empezó a llorar y yo también, intentamos tomarle las manos pero no pudimos detener su venganza: −¡Suéltala! −le gritamos hasta que el cansancio y el desequilibrio de la borrachera lo tumbó a un costado del charco.

Mientras mi madre fue al baño, acosté a Damián en su cama y lo hice dormir. Mi madre apareció tímidamente en el cuarto y me ordenó que volviera a la casa de la abuela, como tantas veces lo hizo. Incluso, recuerdo que una noche mi tío Rodrigo −enviado por mi abuela– intentó dejarme con mi madre porque no sabían qué hacer con mi llanto y mis ahogos. Le tocó la ventana.

–Te traje a tu hija que sólo quiere estar contigo y no ha parado de llorar en todo el día. Dice Pillita que por favor la dejes quedarse por esta noche.

–No Rodrigo, llévatela, yo no puedo tenerla aquí.

Pero mi tío insistió, me tomó en sus brazos, me metió por la ventana y luego tiró una bolsa llena de dulces que había sacado de la tienda. Cuando mi tío Rodrigo se fue corriendo, mi madre agarró la bolsa y arrojó los dulces por el cuarto.

–¡No puedo cuidarte! ¿no lo entiendes? En la casa de la abuela tienes educación, comida, sirvientas, ¿cómo es posible que quieras vivir aquí? –dijo mientras me zamarreaba con fuerza.

Me costó mucho tiempo entender su rechazo. Por muchos años creí que mis dolores tenían que ver con las imágenes de violencia que vi en esa casa, pero mi mayor sufrimiento fue el rechazo de mi propia madre, su abandono y la soledad que esa separación me produjo. Mis hermanas, en una conversación hace muchos años atrás, me contaron que mi madre sentía una deuda conmigo por no haberme criado, que a veces lloraba y se sentía arrepentida de haberme alejado de su vida y no mantenerme unida a mis hermanas, a pesar de todo. Por un largo tiempo la odié y rechacé verla mientras yo no dejara de sentir rencor. Pero han pasado más de cuarenta años y con el tiempo comprobé que dejarme en la casa de los abuelos cuando yo tenía cuatro años fue la mejor alternativa que mi madre tuvo en ese momento. Yo era una niña inquieta, con ganas de aprender pero la ponía nerviosa porque cada palabra que yo decía podía terminar en un episodio de ira de mi padre. Ella trató de protegerme, igual que a Nataly, e hizo lo que pudo.

Los cuartos y bodegas que mandó a construir el abuelo eran tantos que los usaba de escondite; desaparecía y arrancaba a cualquiera de ellos cuando algo malo hacía o me sucedía. En uno de esos cuartos instalé el restaurante que siempre había querido tener en todos mis largos ocho años. La Fogata, le puse a ese lugar que me dio tranquilidad y espacio para sentirme libre en una casa tan grande pero tan limitante. Yo tenía mis ideas muy claras, había tantas cosas en cada cuarto, que cuando me ponía a revisar encontraba todo lo que quería; unos fierros me sirvieron para simular la fogata y una mesa antigua para servir a los clientes. A pesar de que algunas cosas en el ambiente fueran imaginarias, yo cocinaba de verdad. Mi abuelo tenía de todo en la tienda, pero yo quería tener mis propios activos –o casi todos–, así que las latas de sardinas las adapté para que fueran mis charolas. Hacía las tortillas a mano, freía enchiladas y hacía mi propio chile. En el segundo piso había un cuarto lleno de pescado seco, era *guachinango* que mi abuelo colgaba en largas hileras para secar. Ni él sabía todo lo que tenía, así que sacaba algunos y los preparaba con ajo y harina, los freía y acompañaba con lo que tuviera a mano. Fue maravilloso entrar en ese juego y sentirme una empresaria de la cocina. Nadie se molestaba en preguntar por mí y la casa era tan grande que yo tampoco fastidiaba a nadie.

El único cliente de mi restaurante fue mi tío Rodrigo, el hermano de mi madre, que nos visitaba a diario. Era un hombre alcohólico que poca suerte tendría en el futuro. Había sido el consentido de mi abuelo, que desde chico le había dicho: –No trabajes viejito, para eso tienes a tu padre.

Mireya, su esposa, era muy blanca y tenía un aire de actriz. Con ella tuvo tres hijos, el más pequeño que mi tío Rodrigo no alcanzó a conocer. Mireya iba y venía frecuentemente de la casa de su madre con sus hijos a cuestas porque mi tío –aunque no la golpeaba– acostumbraba a romper todo lo que se ponía en su camino si el alcohol se apoderaba de su cordura. Cuando estaba sano, trabajaba y ayudaba al abuelo; cuando no, daba vueltas con amigos por el pueblo o se encerraba en su casa con una botella: compañera de sus penas.

El tío Rodrigo pasaba mucho tiempo con nosotros, pero a la hora de la comida, agarraba su bolso y se iba. Decía que la faltaba sal a la sopa, o que la carne estaba demasiado cocida. Si no era por la comida se iba porque mi tía Bárbara y mi abuelo empezaban con sus sermones de la rehabilitación. Una vez, en plena discusión se atoró con un pedazo de pollo y tuvimos que golpearle entre todos la espalda. Le gustaba ir a mi restaurante porque yo le seguía sus bromas y conversaciones borrachas.

—¿Qué tiene de comer? Enséñeme el menú —decía como actuando.

Yo conocía muy bien su rutina, luego de esas palabras se desaparecía.

—Ahorita vengo —decía apurado.

Abría una de las bodegas, destapaba una botella de Charanda y se la tomaba. Volvía como si nada pero con un aliento que yo disimulaba cocinando. En los momentos de desesperación —lo descubrí un par de veces—, abría los frascos de perfume, fantaseaba con el olor y se los tomaba.

—Tengo enchiladas, tengo pescado al moho de ajo, tengo frijoles recién puestos en la olla y tengo salsa hecha en molcajete de piedra.

—Deme todo eso señorita —me respondía—. Todo lo que usted prepara en este restaurante me gusta.

Lo vi sufrir y yo también sufría con su alcoholismo pero en silencio, jamás le pedí que dejara de beber o que se internara en una clínica; había muchas personas para eso. Mi abuelo lo encerró más de cinco veces en un cuarto del segundo piso para que no siguiera matándose. Mi tío Rodrigo se volvía loco, desarmaba el cuarto, rompía los vidrios de las ventanas y caminaba por los tejados de los vecinos hasta que encontraba un poste del alumbrado y bajaba como mono. Que se tomara el perfume era algo horrible para mí, revisaba cada cuarto hasta encontrar el más pequeño frasco con olor a alcohol. Después de las tres veces que quebró los vidrios lo encerraron en el segundo piso pero en una bodega sin ventanas.

Una tarde en que él estaba cerrado en aquel cuarto, escuchó mi voz en el pasillo, se agachó y por debajo de la puerta me dijo: —¡Rosa Lilia!, anda a la farmacia y tráeme alcohol, por favor, te lo suplico.

Sonaba desesperado así que corrí a la cocina y le pedí a Aurora que me llenara una botella con agua que luego tuve que cambiar porque no cabía por debajo de la puerta. Después de pasar la segunda botella por debajo de la puerta, me quedé un momento para escuchar sus reclamos pero no dijo nada; creyó que el agua era alcohol. —*Se está volviendo loco de verdad* –pensé, yo lo había sospechado días antes, cuando lo dejaron salir a la cocina.

Esa mañana, abrió todos los muebles en busca de algo que oliera a alcohol. Como no encontró ni siquiera un frasco de perfume se puso a correr en círculos alrededor de la mesa: «¡Sígueme!, me dijo. Al principio sentí vergüenza, pero luego caí en su juego y dimos tantas vueltas que terminamos riéndonos en el piso. Aurora sólo movió la cabeza. Cuidar al tío Rodrigo fue entretenido, aprendí a quererlo y también descubrí que yo tenía un don especial para atender a los enfermos.

Desde entonces, creí que mi destino era ser doctora. Sentí ganas de crecer rápido, ir a la preparatoria, a la universidad, trabajar en un hospital y quitarle los males a mi tío, a mi abuela y a todo el que se enfermara. Así también le podía dar en el gusto al abuelo que cuando se enteró que tenía un restaurante y que soñaba con ser cocinera casi me pegó. Mi abuela viajaba casi todos los meses a Guanajuato; aprovechaba de ver a sus hermanas y consultaba a sus doctores; nunca supe con claridad de qué sufría pero siempre se quejaba de sus mareos, dolores de huesos, y extraños episodios de ahogo –como un día en plena calle y frente a la casa de unos muchachos guapos–; luego me describiría su ahogo como "arañas en la garganta".

En uno de sus viajes, la abuela encontró una clínica siquiátrica en Guanajuato, por nombrar a lo que todos conocían como manicomio. Como los arranques de locura del tío Rodrigo se fueron haciendo críticos, al abuelo le pareció una idea perfecta. Una noche, cuando el tío Rodrigo no dejaba de gritar le pasaron una pequeña botella de alcohol, no recuerdo que era, pero vi cuando mis abuelos y mi tía la mezclaron con algo de color amarillo que me habían mandado a comprar a la farmacia. A la hora después el tío Rodrigo se había quedado dormido. Mi tía Bárbara acompañó a mis abuelos hasta la puerta, les ayudó a subirlo al carro y luego les gritó: –Que tengan buen viaje.

Entró y me vio llorando sentada en un rincón de la sala, no sé si lloré por el destino de mi tío Rodrigo o porque se había ido el único cliente de mi restaurante. Me levantó del brazo y me empujó por el pasillo.

A los dos meses, el tío Rodrigo logró arrancar del manicomio. Llamaron a la casa de los abuelos y los empleados de seguridad del manicomio empezaron la carrera por encontrarlo. A los pocos días de la hazaña apareció en la casa de mi madre en Irapuato, pidiéndole dinero para comprar una botella.

—¡Rodrigo! ¿Cómo te escapaste? Todo el mundo te está buscando hermanito.

—Elia, por favor, me estoy muriendo, necesito dinero. Te prometo que no voy a decir que fuiste tú.

Mi madre lo abrazó y le pasó unos cuantos pesos que le sirvieron para comprar un vaso de tequila en la primera cantina que encontró.

Luego mi tío se vengó por el engaño. Fue en una noche lluviosa y con neblina, estaba en mi cuarto con la luz apagada intentando dormir y olvidar el dolor de cabeza. Me sentía cansada, débil porque no comía; no dejaba de pensar una y otra vez en la cantidad de cosas que pasaban en esa casa y en toda mi familia. De pronto, escuché gritos. Me senté en la cama a esperar que se repitieran. Me acerqué a la puerta: —¡Suéltalo!

No había duda, era mi abuela. Corrí al cuarto de mis abuelos y cuando abrí la puerta vi que el tío Rodrigo tenía a mi abuelo agarrado del cuello. Pillita intentaba separarlos pero era inútil.

—¡Por qué me encerró, maldito viejo! No estoy loco, déjeme morir si eso es lo que quiero.

Ayudé a Pillita en su intento por separarlos hasta que mi tío Rodrigo cayó al piso. El abuelo quedó de color morado, inmóvil en la cama. Mi tío se paró, salió furioso del cuarto y repitió: —Maldito viejo.

No lo vimos por varios días.

A pesar que no tenía clientes en el restaurante, seguí cocinando. Había sumado a mis activos una gallina que ponía dos huevos todos los días. No recuerdo su nombre aunque estoy casi segura que no alcancé a ponerle uno. Para que el abuelo no me castigara, guardaba la gallina en la casa del lado, donde vivía el Buki —el famoso cantante mexicano Marco Antonio Solís–. Fue mejor que no tuviera nombre porque un día el abuelo descubrió la gallina en nuestro patio. La vio comiendo migas de pan que yo le había tirado por una ventana del segundo piso. Le gritó a uno de los empleados que la matara: –Llévasela a Aurora para el almuerzo de mañana –le ordenó. Al día siguiente cuando fui a la cocina, no había rastros de cabeza ni plumas pero sí una cacerola llena de caldo. Cuando Aurora me sorprendió espiando le pregunté qué había en la cacerola; me confirmó la trágica noticia. Me encerré en mi cuarto por horas y los días siguientes los pasé sin comer. Si ya tenía problemas para tolerar la carne, después del asesinato de la gallina, odié cualquier tipo de animal en mi plato.

Esos días me dediqué a comer fruta, sobre todo cuando viajaba al campo del abuelo. Comencé a adelgazar, a sentir dolor de estómago, fiebre y a perder el color de la piel con los pepinos verdes con chile, sal y limón, que se volvieron mis favoritos; los disfrutaba como la última comida del mundo. Luego, en la casa, terminaba vomitando y en cama. La abuela creyó que era alguna bacteria que me había transmitido la gallina o algo mal cocido en mi restaurante. La casa del Buki, no sólo me sirvió para esconder la gallina, también usé su árbol de nísperos para arrojar desde el segundo piso, la carne, la leche, los huevos y todo lo que Aurora me llevaba. Elenita, la mamá del Buki, era una señora muy reservada, amable pero nada sociable, bien diferente al carácter de su marido. Sorprendida con los adornos de su árbol, un día se presentó en la casa y habló con mi abuela.

–Estoy preocupada por su nieta. Ya sé por qué está enferma y desnutrida –le dijo–. Acompáñeme.

La llevó al patio de su casa.

–Aquí Pillita, mire. Su nieta tira la comida desde esa ventana al níspero. ¿Ve los restos de huevo y carne?

Mi abuela sintió vergüenza, pero Elenita que era una mujer paciente le dijo que no se preocupara pero que hablara conmigo porque la situación era grave para una niña. Cuando la abuela entró en mi cuarto adiviné en sus gestos lo que quería decirme: –Lo siento –le dije. Y tuve que confesarle que no había comido nada por semanas, que los nísperos que faltaban me los había comido y que después empecé a arrojar la comida de Aurora a ese árbol. La familia del Buki vivía del negocio de las telas. Sus padres, Antonio y Elenita, sus cinco hermanos, la única hermana, Marta, y dos tías viejitas vivían allí en la casa con Buki. Sus tías habían trascendido del chisme al mito por esconder monedas de oro debajo de la chimenea.

Contaban que en la época de la revolución mexicana –como no existían los bancos y era peligroso mantener dinero en la casa porque los *zapatistas* y *villistas* podían aparecer en cualquier momento–, las riquezas en monedas u otras especies se escondían. Para eso las ponían en ollas de barro, las envolvían en papel y abrían un agujero debajo de la chimenea. También decían que las viejitas tenían riquezas pero no querían compartirlas con nadie; que la única preocupación era estar en esa casa para vigilarlas. No recuerdo si eran tías del Buki por lado materno o paterno, pero sí recuerdo que parecían misteriosas y pocas veces se dejaban ver.

Los negocios en el pueblo no eran fáciles, se necesitaba la confianza de los clientes y prestigio. Y sobre todo mano dura para no regalar la mercadería. A veces las ventas en la casa de los Solís no andaban bien, así que don Antonio visitaba la tienda del abuelo pero cuando él no estaba. Mi abuela lo recibía alegre. Don Antonio era un hombre divertido, le gustaba conversar con la gente y era muy bueno contando chistes; era tan pícaro que en el pueblo terminaron diciéndole "Pikirín". Era imposible no ayudarlo y Pillita no tenía problemas con eso.

Otro de los negocios que manejaba don Antonio eran los gallos, pero los criaba en la casa de su hermano que vivía a quince minutos del pueblo, lo llamaré Miguel Ángel porque no recuerdo su nombre. Los gallos, finos y coloridos, eran utilizados en peleas clandestinas o para venderlos. Recuerdo algunos de ellos muy bonitos, pero no era un negocio rentable para mantener a una familia tan grande. Miguel Ángel tenía una hija de piel blanca, hermosa y casi perfecta, su nombre era Rosa Lilia. Cuando mi tía Bárbara conoció a esa niña quedó encantada, decía que su piel blanca y ojos claros eran una manifestación de la raza aria, –la más vigorosa e inteligente –decía.

Era una fiel seguidora de la paranoia racial de Hitler, por eso cuando nací –y a pesar del afán de mi madre por llamarme Dalila– tuve el nombre de aquella niña.

La casa con el árbol de nísperos quedaría desocupada unos años después, cuando la carrera del Buki saltara a la fama. Marco –nombre con el que lo conocí y recuerdo– se interesó en la música desde muy niño, acostumbraba a cantar y transformar cualquier objeto en instrumento. Siempre andaba con sus primos buscando qué hacer. De los objetos que inventaban, recuerdo uno hecho con botellas de vidrio, según ellos, para ver el eclipse. Con una amiga, aparte de cortarnos los dedos con los vidrios y ver todo oscuro, tuvimos que pagarles. Otro día, nos convencieron de participar en una tarde de cine, supuestamente de terror. Cuando entramos a la casa, apagaron las luces y empezaron a gritar como fantasmas. Nos persiguieron diciendo que eran una reencarnación del demonio: esa fue la película de terror. Se trataba de un grupo divertido, jóvenes traviesos pero respetuosos.

En su adolescencia, acompañado de una guitarra y sus inseparables primos, pasaba horas en la plaza; no faltaba el ranchero que dejaba una moneda. No sé hasta qué grado de secundaria llegó antes de irse a probar suerte en el Distrito Federal de México, DF., pero se fue con la certeza del triunfo. En el año 1970, Marco tenía once años y ya había formado el primer dueto con su primo Joel, el dueto *Solís*. Era tres años mayor que yo, pero sus ambiciones parecían de un hombre adulto. Con ese nombre se presentaron en el programa de Raúl Velasco, "Siempre en domingo", estelar en vivo que después sería visitado por varias celebridades internacionales. El éxito del dúo fue indiscutible, así que al poco tiempo ampliaron el dúo a banda y cambiaron su nombre por Los Bukis (que significa jóvenes en lengua *purépecha)*. Desde entonces, su carrera ha sido exitosa y en el pueblo casi lo tienen en un altar. Recuerdo que una de sus primeras canciones fue "Casa de Cartón" en homenaje a los pobres y el abuso de los más ricos. Esa misma canción se escuchó por todo el pueblo y sus habitantes decían orgullosos que Marco era hijo de esa tierra.

Dicen que cuando visitó el programa televisivo estaba presente la esposa de Luis Echeverría, el entonces presidente de México. La primera dama consideró que eran buenos músicos y que tendrían futuro musical y les prometió ayudarlos. Cuando la fama se hizo camino, la casa empezó a desocuparse y mi abuelo pudo comprar la casa para ampliar su propiedad.

Mi restaurante tuvo un final triste cuando yo tenía once años. Fue un día en que el abuelo se puso a ordenar las bodegas —como nunca, porque eso era responsabilidad de sus sirvientes—; llevaba días reclamando que la bodega del piloncillo olía a pis, así que empezó a recorrer todos los cuartos para luego confirmar que sólo el piloncillo tenía ese problema. Lo vi nervioso recorriendo todos los rincones de los treinta cuartos y lo seguí. Rogué a Dios para que no me descubriera. Buscó por toda la casa hasta que encontró el cuarto con un letrero que decía: LA FOGATA. Me quedé afuera escuchando qué hacía. Tomó las cacerolas, inspeccionó las cajas, pateó la mesa y gritó: —¡Rosa Lilia!

Cuando escuché mi nombre corrí hasta el primer piso y me quedé detrás de una puerta. El abuelo bajó furioso y al primer sirviente que vio, le dijo: —Anda a desarmar la porquería que está allá arriba.

Pillita apareció asustada.

—¿Qué pasa Rafael?

—Esa niña otra vez está haciendo de las suyas. Allá arriba encontré restos de pescado podrido, chile, cacerolas… estaba jugando al restaurante… deja que la encuentre…ya verá.

—Pero es una niña… —intentó defender la abuela.

—Es una niña que vive con nosotros y tiene que ayudarnos, no puede estar haciendo tonteras y mal gastando las cosas de la tienda.

El abuelo salió de la casa y yo corrí a los brazos de Pillita. Las dos seguimos al sirviente y vimos cómo echaba todo en una bolsa de género que luego dejó en la basura. Hay partes de mi vida que no recuerdo; las confundo o las completo con sueños, pero otras se me quedaron marcadas como las cicatrices. Cuando vi destruir mi restaurante sentí que todo había perdido sentido. No comía bien, la tía Bárbara me trataba como una tonta, el tío Rodrigo estaba enfermo, mi madre pedía que no la visitara, mi abuelo no me dejaba jugar y mi abuela no me protegía como yo necesitaba. El cuarto del restaurante era mi vida, mi propia idea. Odié al abuelo. Todos le tenían respeto pero en más de una ocasión habían llegado a desearle la muerte. Su historia dedicada a los negocios lo había transformado en un hombre frío que siempre buscaba la conveniencia para hacer más y más dinero, comprar propiedades y administrarlas a su antojo. No era egoísta pero le gustaba controlar todo.

Pillita suspiraba a diario, se veía cansada del abuelo, tanto que muchas veces tuve miedo de que un día hiciera sus maletas y me dejara ahí. Como buena mujer sometida al machismo, no opinaba nada pero siempre encontraba la forma de engañar al abuelo. No con hombres, sino con obras sociales. Modificaba algunas cosas para beneficiar a otras personas con sus obras de caridad. Salía arrumada de la casa, diciendo que iba a visitar la casa de sus amigos griegos, los Karras, cuando realmente iba a hacer caridad. El abuelo Rafael le prestaba tan poca atención en esos momentos que nunca sospechó que estuviera engañado. En cierta manera entendía que el abuelo era así por su historia; había quedado huérfano a los nueve años. A los doce vendía helados y unos años más tarde había instalado su primera cremería en un lugar más pequeño que Ario, llamado Pueblo Nuevo en Guanajuato, donde había conocido a Pillita. Unos años más tarde se casarían en León.

Al abuelo le gustaban las mujeres pero mi abuela vigiló sus pasos mientras pudo. Tenía la experiencia desde antes de ser novios porque el abuelo estaba confundido. Pillita tenía tres hermanas: Consuelo, Emilia o Milla, y Esperanza o Lancha, como le decíamos todos. Él dispensó de Consuelo porque no era bonita y sí amargada, pero conquistó a Milla y Lancha, que eran más alegres. Pero de tanta confusión sobre cuál elegir terminó casándose con Pillita. En las conversaciones de sala, con amigos, autoridades o distinguidos clientes −de esas en que los niños no podían abrir la boca−, el abuelo decía con toda naturalidad:

–La verdad yo no sabía a cuál de las tres elegir. Primero me fijé en Lancha, después quise a Milla, pero al final me casé con Pilla –decía el abuelo riéndose de su hazaña.

La abuela celebraba forzosamente su broma.

Los que sí adoraban a mi abuelo eran los marchantes; ellos mismos se habían encargado de pasar el dato sobre el horario de la tienda: –Don Rafael abre en la madrugada –comentaban. A veces no dormía porque los marchantes empezaban su peregrinaje comercial desde las primeras horas de la madrugada. Viajaban kilómetros en busca de mercadería para llevar a sus pueblos. Se llevaban las camionetas o los caballos repletos de semillas, ropa, herramientas, pólvora y hasta armas de caza. De la servidumbre se encargaba mi abuela, ella supervisaba las labores de la tienda y de la casa; contrataba y despedía –según instrucciones del abuelo–, revisaba que toda la mercadería estuviera en orden y retiraba el dinero que se acumulaba en el día. El responsable de entrenar a los vendedores era mi abuelo, en eso, no había mejor maestro. Lo comprobé una mañana en que andaba dando vueltas por la tienda.

Me quedé en un rincón para no molestar. Entró un marchante y le preguntó a una de las muchachas si tenía un clavo y el marchante le mostró uno que sacó de su bolsillo. Ella buscó en todas las cajas y le puso en el mostrador diez tipos de clavos; ninguno era igual. La muchacha dijo: –Lo siento señor, no tenemos de esos.

Apenas salió el señor de la tienda, apareció mi abuelo:–¿Qué quería el caballero? –dijo apurado.

–Un clavo, pero no tenemos de esos –le dijo la sirvienta al abuelo que había estado vigilando a la muchacha.

El abuelo se enfureció. Nadie podía salir de allí sin haber comprado lo que buscaba y lo que no buscaba también. Cuando algo así sucedía, el abuelo se enojaba tanto que repetía siempre la misma extraña frase.

–*Charap camea camon chuchirimico* –gritó.

No sé de donde habrá salido ese dicho, ni siquiera puedo escribirlo como se debe pero sonaba como: "*Charap camea camon chuchirimico"*, era lo primero que decía cuando se enfurecía. La muchacha se asustó.

–*Charap camea camon chuchirimico* –repitió el abuelo pero más fuerte–: ¡Ve a buscarlo! La muchacha casi se puso a llorar. Se asomó a la puerta y le contesto:

–Ya va por la iglesia –trató de decir mientras intentaba respirar.

–¡Tráelo! –volvió a gritarle el abuelo e hizo sonar sus dedos.

La muchacha corrió a buscarlo. Yo, que seguía en un rincón pero casi detrás de una caja, vi cuando entró el marchante. El abuelo le pidió disculpas por no tener el clavo que estaba buscando y le dijo: –Estoy seguro que puedo ayudarlo en algo más.

Conversaron por varios minutos sobre el pueblo, la siembra, el clima y cuánta pregunta se le ocurrió al abuelo. El marchante salió de la tienda con una tijera podadora, un paquete de abono y hasta un par de zapatos. Quedé impresionada de la transformación del abuelo, su capacidad para sonreír, hacer las preguntas correctas y lograr que el hombre no saliera con las manos vacías.

–Hasta luego don Rafael –le dijo el hombre. Mi abuelo le estrechó la mano, le pasó un puñado de dulces –de unos que ya no vendía– y le respondió: –Saludos a su familia.

Cuando el marchante había salido, mi abuelo le dijo a la muchacha –No quiero que nadie se vaya sin comprar– y se fue.

Esa frase tan extraña que decía el abuelo seguro era lengua *tarasco* o *purépecha*, una lengua que todavía es posible escuchar en una isla llamada Janitzio en el lago Pátzcuaro. Para la palabra *Janitzio* hay varios significados, entre ellos "lugar donde llueve", "lugar de pesca", "flor de maíz", pero en lo que no hay duda, es que es un lugar mágico y lleno de riqueza cultural. Muchos de sus habitantes han conservado el vestuario y la lengua *purépecha*. Cada dos de noviembre, la isla recibe a miles de personas que celebran a sus muertos, una tradición muy arraigada en todo México y conocida en el mundo.

Cientos de turistas llegan a ver cómo el pueblo recuerda a sus difuntos. El cementerio se colma de adornos y flores de *cempasúchil* o clavel chino, una flor de tonalidades de color amarillo muy utilizada para esas fiestas. Además, les llevan pozoles, calaveras de dulces y por supuesto el que fuera el plato favorito del difunto; todo en un ambiente iluminado por velas. El primer día de noviembre, los habitantes celebran a los angelitos, los más pequeñitos que se han ido del mundo de los vivos. Si se trata de su primera ofrenda, el padrino le lleva una especie de arco hecho con las flores amarillas y naranjas, las calaveras de dulce son reemplazadas por figuritas de angelitos o animales. Todo un rito que comienza en las casas donde habitaban los difuntos y termina en el cementerio con la entrega de las ofrendas y rezos por el descanso eterno. Es realmente mágico.

Mi tío Rodrigo, un poco antes de que fuera encerrado en el manicomio me pidió que aprendiera una frase en *purépecha*. Cuando vayamos a Janitzio y veas a un tarasco le vas a decir: *"nani ranchi conconchures tachines cun chiriwisky whisky"*, _dijo con toda naturalidad mi tío. Aunque tampoco recuerdo cómo se escribe, sí recuerdo cómo sonaba. Me aprendí esa frase con el corazón y en una oportunidad en que mi tío no estaba borracho fuimos a Janitzio con mi primo Gustavo. Cuando llegamos a ese hermoso lugar, le dije al señor: —*Nani ranchi conconchures tachines cun chiriwisky whisky*— (Deme frijoles con tortilla, charalitos y chile por favor).

Agradecí haber podido repetir esas palabras y disfrutar de una deliciosa comida. Todavía recuerdo el olor y el sabor de ese plato y con mayor razón el lugar porque fue mi favorito por mucho tiempo. Me divertía con cada cosa que veía, sus calles estaban llenas de sorpresas como la danza de "Los Viejitos"; hombres vestidos de camisa blanca, pantalón del mismo color pero bordados, y coloridos ponchos. Su atuendo de campesino de la zona era acompañado de un bastón y una máscara simulando la cara de un viejito alegre y amable. Sus cuerpos jorobados y achacosos contrastaban con el ritmo, las piruetas y el rápido zapateo que además producía un sonido muy peculiar. Aún es posible verlos danzar; hay de todas las edades y pasan largas horas cerca del lago divirtiendo a los visitantes.

Mi tía Bárbara también me llevó un par de veces, pero ese viaje no era tan entretenido como con el tío Rodrigo. Primero, tenía que conseguir que ella me llevara, y como le gustaba verme humillada, no me dejaba ir hasta que todos mis primos estaban arriba del carro.

–Eres muy fea para sacarte de la casa –me decía–; mejor te quedas a limpiar y cuidar a mis gatos.

De todos modos hacía lo que ella quería; ordenaba su cuarto, daba de comer a los gatos y hasta le sacaba brillo a todas sus lámparas. A pesar de su juego cruel y para qué hablar de su maltrato en el camino, el viaje me parecía hermoso, y el lugar, un paraíso. La isla Janitzio es una de las siete islas en el hermoso y gran lago llamado Pátzcuaro. Para cruzar tomábamos una lancha por treinta minutos con el mismo lanchero cada vez. Mi tía, como tenía una fijación por las pieles claras, siempre elegía al mismo. Recuerdo que en ese lago había un pez exclusivo de ese lugar y Japón. Un pescado muy diferente, blanco, el más rico que he probado en mi vida. Era el único pescado que mi abuela podía comer; cualquier marisco o bicho del mar le producía alergia. Al llegar a la casa nos preguntaba: –¿Me trajeron pescado?.

Sobre la cima de Janitzio se construyó un monumento de cuarenta metros de altura dedicado a Morelos, un héroe de la independencia mexicana y originario de Michoacán. Es una gigantesca escultura compuesta por escaleras en espiral que recorren la estatua por dentro. Su brazo izquierdo sostiene una espada que sirve de apoyo y su brazo derecho se eleva hacia el cielo en señal de triunfo, en ese mismo brazo y desde su mano empuñada se puede ver todo el Lago de Pátzcuaro.

Ese viaje y otras cosas alegres le conté a mi madre cuando me visitaba en la casa de los abuelos. En la época yo tenía nueve años. Sobre lo que sucedía con mi tía Bárbara nunca se lo dije, no mientras viví en esa casa aunque ella sabía muy bien como era su hermana. Cuando terminaba la visita, me aferraba a ella para que me llevara, quería estar con mis hermanos y no me importaban las condiciones. Cada visita era un escándalo al despedirme, intentaba llorar pero en vez de hacerlo me ahogaba y tenía que correr al baño a ponerme agua fría.

Intentaba que mi tía no me viera porque una vez que no pude controlarlo me golpeó. No lo entendía en aquella época, pero luego comprendí que Bárbara me resentía porque tenía odio y celos por mi madre. Alguna parte de su rabia se debía al hecho de que mi madre se casó con un hombre pobre y abusivo, de quien la sociedad hablaba mal. Además de ser una relación destructiva para mi madre, el casamiento traía atención negativa a su familia. La tía Bárbara guardaba todo su resentimiento por mi madre para castigarme a mí.

Un día Pillita habló con mi madre para pedirle –de nuevo– que me aceptara en su casa pero mi madre respondió que no podía y le contó un nuevo drama.

–Vicente mató a dos hombres en una cantina –le dijo. Le contó que ese día había llegado rabioso en casa.

–¡Te voy a ahorcar! –le gritó con furia y comenzó a perseguirla. Mi madre tomó a mis dos hermanos y los subió al tejado, luego subió ella y fue ayudada por los vecinos que al escuchar los gritos salieron al patio. Así se enteraron de la vida de mi madre y en el futuro llamaron a la policía cada vez que escucharon gritos. Sus rezos y los vecinos la salvaron de morir más de una vez. No me gusta criticar a la gente religiosa pero la misma fe y convicción de mi madre le ayudaron a aguantar los golpes.

–Es el sufrimiento que Dios me ha enviado y tengo que aceptarlo –decía. Se sentía culpable de no haberse convertido en monja y entregar su alma a Dios. Después de aquella conversación con mi tía Bárbara, mi madre decidió que podía pasar uno o dos días con ellos, siempre y cuando no enojara a mi padre. En esos días, la vi rezar el día entero, aferrada a un rosario al que le pedía por Vicente y sus hijos, pasaba todo el día en pena, la casa parecía un chiquero. Damián y Mili se quedaban solos en algún cuarto o jugaban en el patio. En la noche nadie los bañaba. En esas visitas me convencí de lo cruel que era mi padre.

Con seguridad uno lo encontraba en la cantina "Al pasito, pero llegas cabrón", un lugar de mala muerte lleno de prostitutas. Un día cuando yo tenía unos seis años, mi madre me mandó con mi hermano Damián para seguir a mi padre hasta que entró al bar.

Esperamos fuera, sentados muy cerca hasta que salió un hombre, no era mi padre pero dejó la puerta abierta. Ahí lo vimos, con una botella en la mano y con la otra acariciando a una mujer. Las mujeres de otras mesas tenían el vestido desarmado, una sentada encima de un borracho que apenas la tocaba.

Regresamos a la casa animados porque la escena era bastante nueva para nosotros, y le contamos a mi madre lo que habíamos visto. Ella no se sorprendió, sino que se quedó insensible cuando le contamos los detalles. Siguió rezando. Al regresar del prostíbulo mi padre le decía que se había acostado con tres mujeres y que todas eran mejor que ella. Otras veces la agarraba del brazo y la llevaba al cuarto; de esos encuentros nacieron mis otras hermanas. Cuando vi a mi padre con esas mujeres odié a las prostitutas.

Una noche, en aquella cantina, mi padre se enredó en una pelea por una muchacha. Estaba tan descontrolado que no tuvo tiempo para darse cuenta que el hombre mal herido y al que estaba a punto de ahorcar era un reconocido político del pueblo. Lo tenía en el suelo y casi muerto cuando el dueño de la cantina –que nunca intervenía en las discusiones borrachas– dio un tiro al aire. Todos volvieron a las mesas. El político recuperó la respiración, se paró sin decir nada, se arregló la ropa y salió cojeando de la cantina. Luego de la golpiza, su hermano envió un mensaje a mi padre: –Si no te vas del pueblo, te mataré.

Bien sabía mi padre de quien se trataba y que esa amenaza era segura; había golpeado a muchos sin consecuencias graves pero estaba seguro que el político pondría a todos los matones a buscarlo. Además, tenía que agregar la amenaza que le había hecho pocos días antes el tío Eduardo: –Si vuelves a golpear a Elia, yo mismo te hago desaparecer.

Esa misma noche de la pelea con el político, mi padre entró a la casa y vio que no estaba Elia ni sus hijos. Mi madre había partido unas horas antes a Irapuato en el estado de Guanajuato, a la casa de Delfina, una sobrina del abuelo, convencida de que Vicente estaba loco y que nada podía hacer por él. Sintió miedo porque estaba segura que mi padre haría todo lo posible por encontrarla. Se repetiría la

historia cuando años más tarde, yo escapara de mi esposo Leandro:
—Compré esta arma para ti —me dijo—. Si no te largas te mato.

Delfina era una mujer cariñosa, le gustaba vivir en Irapuato porque era la segunda ciudad más grande del estado de Guanajuato, no muy grande, no muy pequeña. La agricultura le daba trabajo a casi todos, sobre todo la producción de fresas, cereales y hortalizas. Su arquitectura era hermosa, con casas de adobe que se mantuvieron firmes hasta que la Presa del Conejo se reventó y causó la inundación que arrasó con Irapuato.

Delfina leía las cartas del tarot, a pesar que no vio el desastre en ninguna de ellas, cuando se las leyó a mi madre vio otra tragedia.
—Vicente va a morir —dijo.
—¿Cuándo? —preguntó mi madre.
—No va a morir pronto pero su muerte será sangrienta y fuera de México.

Pillita se quedó más tranquila cuando supo que su hija, por fin, había decidido abandonar a Vicente. El abuelo insistía en un negocio en Irapuato para ella, por lo que no se demoraron mucho en instalarle uno a su medida: una peluquería.

En Ario de Rosales todo seguía igual, excepto la salud de Pillita. Habíamos salido a comprar unos trajes donde Elia Mares cuando al regresar tuvo un ataque. A menudo pasábamos por afuera de la farmacia propiedad de una familia de origen francés. La señora tenía gemelos; altos y de ojos azules. Siempre que caminaba por ahí, yo decía: —Un día Dios me va a dar gemelos.

La casa de los gemelos era enorme, con un pasillo lateral que conectaba al patio. A veces estaban los gemelos afuera —tenían diecinueve años— y yo los miraba con la timidez de once. Pero más vergüenza sentí cuando empezó el ataque de las arañas imaginarias en la garganta de Pillita. Estábamos afuera de la casa de los gemelos y Pillita empezó a ahogarse producto de un problema nervioso, nadie supo con certeza a qué se debían esos ataques. Su cara se puso roja y comenzó a hacer ruidos originales. Entré al patio de los gemelos, agarré un balde, le puse agua y volví corriendo a empapar a la abuela.

—Ya se calmaron las arañas —dijo la abuela. Después de dejarla toda mojada, las arañas o lo que fuera se calmaron pero el corazón me latía por el susto y por la vergüenza; los gemelos estaban parados detrás de mí. Agarré a la abuela del brazo y apuramos la marcha.

Cuando llegamos, Pillita les contó a Aurora y a mi tía Bárbara que las arañas habían vuelto a atacarla. Yo me puse a llorar del susto porque si algo le pasaba, mi vida iba a quedar abandonada. Pillita fue una de las personas que más quise. No me transmitía su cariño como yo hubiera querido, no gastaba tiempo en acariciarme el pelo, o preguntarme cómo me sentía, ni jugaba conmigo mis juegos de niña, pero las veces que imaginé su muerte y la veía dentro de un cajón, me encerraba en algún cuarto de la casa y lloraba por horas.

El tío Rodrigo había vuelto. Olvidó el rencor con mi abuelo pero no el alcohol; seguía igual de borracho pero más enfermo. Como ya no tenía restaurante y tampoco podía inventar nada más, me divertía en la tienda o en el camino a los mandados para curar al tío Rodrigo. Me iba entre los sembradíos hasta subir el cerro donde —en una pequeña casa de madera— vivía la señora de los hongos. Eran unos hongos curativos que Aurora cocinaba por largas horas. Cuando estaban fríos, los ponía al sol y les agregaba el líquido de una botella que guardaba con llave.

Un día quise probar esas cosas tan misteriosas; eran deliciosas pero el cerebro me empezó a temblar y creí que estaba en un sueño. Me fui volando al cuarto y me quedé dormida, seguro era el mismo efecto que sentía el tío Rodrigo cuando se comía una cacerola entera. Pero el remedio anti-alcohólico no funcionó siempre, y a veces era contraproducente porque a los hongos tenían que ponerle una buena cantidad de alcohol para que mi tío los comiera. Después, se quedó tan flaco que no podía seguir comiendo sólo esos hongos.

Mejor optaron por las medicinas creativas de los curanderos para remediar el problema del tío Rodrigo; contratamos a dos señores de pelo largo que se apoderaban de la cocina de Aurora para preparar los brebajes. Mientras hacían sus conjuros, me daban una lista de ingredientes que tenía que traer de la bodega. El abuelo ya había cerrado la tienda al final del día y quería que yo ayudara así que me dio las llaves y me mandó allá. Buscando una culebra seca de piel colorada –además de encontrar los cascabeles de serpientes que el abuelo coleccionaba– revisé una caja llena de recuerdos; fotos, piedras que para mí parecieron insignificantes y joyas. Fue el lugar perfecto para una niña indiscreta.

Ni todas las culebras ni los hongos del mundo habrían servido para curar a mi tío Rodrigo. Como tampoco sirvió la iguana que una vez me ordenaron limpiar para hacer la sopa. Después de lavarla casi diez veces, se la pasaron a Aurora. Cuando ella terminó de preparar la sopa, me dijeron: –Vas a darle la sopa a tu tío sin que sepa qué hay dentro del plato, ¿entendiste?.

Me senté en la cocina a esperar la sopa con las propiedades místicas y curativas de la iguana. El plan era que cuando entrara mi tío a la cocina, Aurora iba a ofrecerme una rica sopa de gallina. Tal como lo planeamos, el tío Rodrigo –que iba tambaleando de un lado a otro– se afirmó en una silla, luego en la mesa y se sentó. Me senté al lado de él y Aurora me sirvió el plato.

–¡Que deliciosa está la sopa! –le dije a Aurora cuando fingí que probé la sopa.

–¿Quiere probarla? –Aurora le ofreció a Rodrigo.

–Si no tiene alcohol, no quiero dijo el tío Rodrigo.

–Cómo va a tener alcohol si Aurora la hizo para mí.

–Entonces no quiero. Cómetela tú que pareces un fideo, mira, se te ven los huesos –dijo apretándome el brazo.

Tuve ganas de tirarle el plato por la cabeza. Aurora murmuró pidiéndome paciencia.

–Mire, si quiere le podemos echar un poco de vino, pero tiene que prometerme que va a dejar el plato vacío.

–Está bien, pero échenle harto –respondió enojado.

Intentó comer solo pero botó la cuchara tres veces y casi la mitad de la sopa. –Abra la boca grande –le dije. Parecía un niño. La paciencia se me acabó cuando me dijo: –No puedo abrir la boca porque tengo boca de charal, igual que tú.

Me puse furiosa, como cada vez que me decía que tenía la boca como de un pescado. Su borrachera no le permitía ver que tenía enfrente a una niña tímida y frágil.

Cuando terminé de darle la sopa, le ofrecí el pedazo de carne que quedaba en el plato.

—Le gustó, ¿la disfrutó? —dije con ánimo de venganza.

—Sí, estaba delicioso, ¿es gallina recién matada? —me preguntó.

—No, es mejor que eso. ¿No sabe lo que acaba de comer? —le pregunté riéndome.

Junto con decirle la verdad, saqué la iguana del refrigerador para que me creyera y salí corriendo de la cocina. Aurora quedó espantada. Mi tío Rodrigo fue al patio a vomitar.

Con el escándalo, apareció Pillita y mi tía Bárbara y el abuelo andaban buscándome por toda la casa. Me quedé debajo de unas cajas en la bodega del piloncillo; cuando sentí los pasos del abuelo, me hice pis en el mismo lugar donde unos años después sería víctima del tío Eduardo.

El tío Eduardo, hermano mayor de mi madre, era dueño de la zapatería Canadá, otra tienda que el abuelo había ayudado a construir encima de la casa donde Eduardo vivía con su familia. Era un hombre borracho, pero a diferencia del tío Rodrigo, él bebía en ocasiones. Acostumbraba a meterse en la vida de los otros, igual que su esposa Elisa, con quien se casó a los veinte años cuando ella tenía sólo trece.

—Eres muy pequeña para casarte. ¿Estás segura? —le preguntó el sacerdote.

—Sí, lo que diga Eduardo —dijo la niña que venía de un ranchito fuera del pueblo.

Tuvieron trece hijos.

El tío Rodrigo no volvió a confiar en mí ni tampoco me siguieron enviado a los mandados para sus curaciones. La que me pedía mandados era mi tía Bárbara, yo no me resistía porque era la oportunidad de recorrer las calles. Sobre todo, me gustaba ir a comprar en la mañana. A esa hora circulaba mucha gente haciendo negocios, comprando o simplemente de paseo por la plaza. El mandado más repugnante era comprar filete para el gato. A veces iba a la misma hora en que el camión descargaba la carne y veía chorrear la sangre fresca por los adoquines que en esos años habían reemplazado la tierra suelta de las calles. Además, cuando el carnicero me entregaba los filetes podía sentir el calor del animal en mis manos. Sentía ganas de vomitar y me acordaba de mi gallina; ¡qué culpa tenía la pobre! Si mi abuelo hubiese sabido que la gallina ponía huevos todos los días, su final habría sido distinto. Pero no me dio ni tiempo ni espacio para contárselo.

Cuando el valor me sobraba, me arrancaba a la casa de mi abuela paterna Trina a unas cuadras de mi casa; su abrazo y su mirada eran tan cariñosos que daban ganas de quedarse ahí para siempre. Trina era una mujer humilde pero de un corazón generoso. En su casa, vendía quesos y coyules. Cada vez que me despedía, me cargaba de regalos, especialmente quesos de otras regiones de México donde no hacía tanto calor, los que yo llevaba a mi casa y luego escondía debajo de la cama. Un día mi tía Bárbara los descubrió y me los tomó. No me golpeó. Me dijo: –Puedes visitar a tu abuela Trina pero cuando yo te autorice y no quiero que le hables a nadie más de esa familia, ni a tus tíos ni primos.

Bárbara prefería socializarse apenas con las personas con dinero y de la alta sociedad. Y como la familia de mi padre era relativamente pobre, Bárbara no quería que yo ni otra persona de nuestra familia se asociara con la familia Sayavedra.

Trina me hacía sentir feliz y linda. Alagaba mi nariz y era como estar en un sueño porque siempre escuchaba que yo era una niña fea. Y me lo creía. Algunas veces me dejaba subir a los árboles a sacar duraznos que comía en el camino. Era tan diferente a mi padre, aunque ella tuvo la culpa de criarlo así.

–Tu padre es un flojo –decía. Me contó que cuando era niño y no quería ir al colegio, ella no le decía nada. Lo protegió tanto que no lo dejó ser un hombre independiente, cuidaba de cada detalle para que estuviera a gusto en la casa. Le dio todo, lo acostumbró a sentarse y esperar que el resto moviera el mundo. Por eso su vida la pasó sentado tal como lo hizo cuando mi madre le pagó por sentarse en las bancas de la plaza.

A pesar de que el abuelo era un ogro agresivo verbal y emocionalmente, pocas veces me pegó. El día de la iguana –aunque se moría de ganas de hacerlo– no pudo porque no abandoné la bodega del piloncillo hasta que él salió de la casa.

Un día, con las hijas de mi tío Eduardo que habían venido a visitar la casa y tienda de mi abuelo estábamos corriendo por la tienda, entrando y saliendo por todas las puertas. En una de las vueltas el abuelo me agarró del pelo, me puso en sus piernas y me dio golpes en el trasero con su cinturón. Me oriné. Mis primas se rieron. Después me sentó junto a él y dijo: –Pobrecita –y me entregó un dulce. Cada vez que me pegó hizo lo mismo.

Donde podía jugar sin problemas era en las fiestas del pueblo, entre ellas, la celebración en honor a Santiago Apóstol. Cada 25 de julio, el pueblo se llenaba de bailarines, mariachis, bandas y gente recorriendo las calles para adorar al apóstol hasta dejarlo en la parroquia del mismo nombre. Bajaban los rancheros con sus mejores vestidos, otros vendían sus productos, quemaban castillos o simplemente disfrutaban de la música, los juegos y la comida. Ese tipo de celebraciones me gustaba mucho porque me sentía libre; era una fiesta para todo el pueblo, aunque fueran de orígenes y costumbres distintas. Había mucha interculturalidad; griegos, argentinos, como también familias francesas e italianas que habían emigrado a México a finales del siglo XIX.

En la esquina de mi cuadra vivían los Karras, una familia de origen griego que al llegar al pueblo había instalado la tienda de ropa "La Ciudad de Atenas". Vivían cómodamente con sus tres hijas: Sara, Marta y Laura; eran niñas bonitas a las que yo admiraba y quería imitar pero lo único que tuvimos en común fue un par de almuerzos y el colegio de monjas. Sara fue la única con la que tuve problemas. Deseaba lucir como ellas, con la nariz levantada y tener gestos finos. La casa era hermosa, distinta a las demás, con arreglos y decoraciones modernas. Se comía bien y no lo digo por el tipo de comida, sino porque estar en la mesa con sus padres era un mundo de armonía envidiable. Las veces que me invitaron para comer en su casa, lo veía el ambiente como un sueño, como una emoción que nunca había sentido en mi vida.

En un de los cumpleaños de Marta, la familia Karras le hizo una fiesta de disfraces. Mi tía Bárbara adoraba a esas niñas, le gustaban especialmente su pelo y su piel güerita: –Deberías ser como ellas –me decía. Ella vivía con el trauma antiguo de Achulo, su abuelo materno, un hombre moreno con cara de indio que se había casado con Nina, la madre de Pillita. Cada vez que se acordaba repetía la misma historia:

–Achulo descompuso la familia, no sé qué le vio Nina a ese hombre tan feo.

Qué culpa tenía ese pobre señor que más encima murió a los cincuenta años en una montaña huyendo de unos criminales que querían robarle el caballo y las pocas pertenencias que llevaba. Nina moriría a los ciento catorce años, tan blanca que sus venas parecían estar arriba de la piel, con el pelo largo y plateado y con su cara de muñeca.

Además de la familia Karras, recuerdo también a las familias Manzur y los Yafar. Entre la mezcla de extranjeros en el pueblo eran los asiáticos. El chino más famoso que vivía en el pueblo, una noche desapareció, dejó su caserón abandonado años hasta que alguien lo compró muchos años después. Nadie supo adónde se fue. Las personas venían a Ario desde tantos lugares, y otros se fueron para lugares igualmente lejos. Muchos en el pueblo habían emigrado de otras localidades de México, tal como el abuelo que había nacido en el DF de padres de descendencia alemana –quizás por eso mi tía se creía la heredera de la raza pura–. El abuelo contaba que muchas personas del pueblo eran descendientes de refugiados; emigrantes que habían escapado de la guerra en busca de mejores tierras para sus negocios. También llegaron varias veces los gitanos. Instalaban sus típicas carrozas y carpas coloridas en las afueras del pueblo. Cuando eso ocurría, más de alguien se encargaba de gritar:

–¡A prepararse, vienen los húngaros! para referirse a los gitanos.

Se paseaban por el pueblo, recorrían la plaza buscando a quien leerle la mano. Comían allí y se quedaban hasta que el sol se escondía. Dejaban todo sucio, por eso la gente decía que eran cochinos; los dueños de las tiendas procuraban mantenerlos alejados. Recuerdo que las gitanas se reunían en grupos de tres o cuatro, no ocupaban las bancas sino sus largas faldas para sentarse en el suelo. Podían estar todo el día mientras sus hijos jugaban con el agua de la pileta o pedían dinero.

Un día entraron a la tienda, la muchacha que estaba en ese turno se asustó porque el abuelo había ido al campo y no había quien tuviera el valor de echarlas. Yo estaba en el mostrador jugando con unas monedas antiguas. Al igual que la muchacha, me quedé congelada pero no por miedo sino porque parecían sacadas de un cuento. Cerré y abrí los ojos para comprobar que no estaba soñando y las saludé. Eran dos mujeres y una pequeña niña. Sus largas faldas parecían las alas de una mariposa, a una de ellas la revisé de pies a cabeza hasta que choqué con sus ojos pintados de fiesta. Me parecieron tan alegres que quise ser como ellas.

—Voy a leer tu mano —me dijo una—; no te cobraré nada.

Mientras otra de las gitanas acosaba a la muchacha del mostrador, yo estaba muy feliz de conocerlas, le estiré mi mano sobre la mesa. La gitana con ojos de fiesta tomó mi mano y la puso sobre la suya. Pasó su dedo, más bien su uña, por una línea y la cerró. La volvió a abrir y dijo:

—Te vas a casar muy lejos de aquí y tendrás gemelos.

Para el cumpleaños de Marta hicieron una fiesta de disfraces. Hacía poco que habían entrado las gitanas en la tienda, así que pensé que era el disfraz perfecto. Recordé a la señora de los ojos de fiesta y le pedí a Pillita que me comprara una falda de mil colores. Me apropié tanto del personaje que las niñas se me acercaron para que les leyera la mano y gané el premio al mejor disfraz.

En Ario de Rosales pasaba de todo; era un pueblo marcado por acontecimientos históricos, muy importantes para la liberación de México. Durante la guerra de independencia, había sido el centro de operaciones del ejército insurgente y varios arienses habían apoyado la liberación. Tanto fue el protagonismo del pueblo que en el año 1815 se instaló el Supremo Tribunal de Justicia de la Nación para designar desde allí a quienes representarían los tres poderes del Estado. Desde entonces, Ario de Santiago, el nombre que le habían dado los colonizadores, quedó en el pasado y en honor al general Víctor Rosales todos le llamarían Ario de Rosales.

En el año 1956 el pueblo pasó de la categoría de villa a ciudad, lo que significó desarrollo y modernidad a sus habitantes; para mí siempre fue y será un pueblo. Se comenzaron a construir más caminos, a remodelar algunas construcciones, como también la iglesia. Muchos proyectos de crecimiento tuvieron éxito entre los años sesenta y ochenta, es decir durante mi infancia y juventud. Pillita en su afán de ayudar a la comunidad, hizo suculentas donaciones. En una casa de la calle Arista se puso una placa de cobre con su nombre. Además de donar una escuela para los hombres que estudiaban en el seminario para hacerse padres, y llevar cigarros y comida a los prisioneros que estaban en la cárcel por "errores de ignorancia", como Pillita los decía, también donó una propiedad al DIF, una institución de gobierno, que la utilizó como un gran taller.

Recuerdo que era una casa enorme, aunque para una memoria de niña todo es enorme, con muchos cuartos que el gobierno adaptó para talleres de cocina, enfermería, costura y otras cosas. Pillita me inscribió en clases de cocina y primeros auxilios. Tenía once años y aprendí muchas cosas. Parte de mi interés y éxito en la cocina, fue gracias a esos cursos. El primer plato que hice fue "pollo a las cuatro tazas", desde entonces, cada vez que menciono ese plato lo relaciono inevitablemente con la casa del DIF y toda esa época.

Estudié kínder y toda la primaria en el Colegio de Monjas Vasco de Quiroga, propiedad de unos españoles. Pillita decía que ese lugar sería muy útil para el resto de mi vida; que iba a aprender cosas que sólo las monjas podían enseñarme. De igual manera, Pillita le pagó un tiempo a Yuri, la hija mayor de mi tío Eduardo, pero ella no supo aprovecharlo. No duró ni un año. Sara, la hija menor de los Karras me odiaba y se juntaba con Yuri para juntas fastidiarme. El colegio estaba rodeado de árboles, recuerdo que había muchos de chirimoyas. Las monjas también criaban conejos y gallinas, cada semana sacaba maíz de la tienda y se los regalaba; si el abuelo se hubiese enterado me habría pedido la gallina para cocinarla. Al fondo del terreno había una alberca, en donde Yuri quiso matarme. Fue un día en que estábamos aprendiendo a nadar. Estaba en la orilla esperando mi turno y me empujó. No era profunda pero caí con fuerza y me golpeé la cabeza. Perdí el sentido del tiempo y del espacio, no sabía hacia donde arrancar, pensé que iba a morir, hasta que sentí frío y vi que una monja me tenía en sus brazos. Me desmayé al verla, luego desperté asustada en una camilla. Soñé muchas noches con esa alberca, me veía flotando llena de sangre.

Todos los lunes hacíamos el homenaje a la bandera. Iba en la escolta y Sara llevaba la bandera, eso la hacía sentir más importante. A diario teníamos que rezar en la capilla; allí nos enseñaban los mensajes de la biblia y cómo hablar con Dios. No me gustaba repetir las oraciones, prefería decir con mis propias palabras lo que sentía. Cuando podía, me iba a la capilla a pedir por mi madre, mis hermanos y Pillita. En ese lugar, donde me sentía tranquila y protegida, le pedí tantas veces a Dios que me hiciera feliz, que en el futuro me enviara un hombre bueno –no como mi padre– y que me convirtiera en una buena persona capaz de ayudar a la humanidad. Junto con ir en la escolta aprendí a tocar el tambor, a tejer y a coser.

Estar con las monjas no me desagradaba; en ese tiempo te preparaban para ser una buena esposa y madre. Con las esferas de navidad hacíamos mosaicos, las quebrábamos en mil pedazos y coloreábamos los dibujos. Un viernes, no me gustó como había quedado, así que comencé a sacarle los pedacitos de cristal hasta que una de las astillas se me enterró debajo de una uña. Aunque sangró mucho, no le dije a nadie. Al llegar a la casa me puse un parche.

–¿Qué te pasó en el dedo? –preguntó una de las monjas el lunes siguiente.

–Nada, me enterré un palito y me puse un parche para que no se infecte.

–Déjame ver –dijo la monja poniéndose los lentes.

–¡Madre mía!, tu dedo está podrido. Voy a llamar a tu abuela para llevarte con un médico. El color era indescifrable, variaba del azul al verde y del verde al amarillo. –Vamos a tener que cortar el dedo –dijo el doctor. Las tres nos miramos con cara de angustia. –Es una broma para que esta pequeña aprenda –dijo riéndose. Mi dedo estaba infectado pero el doctor nos aseguró que con una buena limpieza y una pomada quedaría como nuevo.

Fue bueno que me llevaran al médico porque las monjas estaban preparando una obra de teatro sobre las "frutas y verduras" y esas actividades yo las disfrutaba.

Lo que no me gustaba era cuando mi abuela se iba a Irapuato a ver a sus médicos. Como mi tía Bárbara viajaba frecuentemente a D.F., Pillita me dejaba con las monjas mientras estaba en Irapuato. Todos los días que pasaba allí lloraba, no es que las monjas fueran malas conmigo, es que no estar en mi casa y con mi abuela me ponía triste. Me sentía otra vez abandonada, aunque no era así, ya que la abuela siempre se preocupó que estuviera bien, a su modo claro, con su ceguera en algunas cosas, pero me quería hasta el infinito, y me lo demostró una vez más con el disfraz de fresa.

Al regreso de su viaje me mostró la fresa gigante que había mandado a hacer. Era hermosa, casi real.

La misma tarde que Pillita regresó de Irapuato apareció mi padre. Después del episodio de la cantina y el político, había estado en varias casas buscando refugio. Entró corriendo a la tienda y me abrazó. Quedé sorprendida. Tenía cara de espanto y su camisa estaba toda mojada. Me habían prohibido decirle que mi madre estaba en Irapuato, pero sus palabras y abrazos me convencieron.

Llegó a Irapuato arrepentido, prometiendo que cambiaría, que dejaría el alcohol y buscaría trabajo. Nadie le creyó, excepto mi madre que lucía más alegre con sus estudios de belleza en una academia italiana. En una de las ocasiones que fui a visitarla, me hizo un peinado hermoso pero no para mí. Era muy antiguo, al estilo años veinte y yo tenía once años. Cuando me puse frente al espejo me enojé tanto que lo desarmé. Ella se puso triste.

Mi madre aceptó a mi padre en su casa y le consiguió un trabajo en una tienda de ropa. Él tenía que encargarse de las cobranzas. Todos querían ser testigo de ese acontecimiento anormal de mi padre trabajar, pero el esfuerzo le duró tres días. Fueron los únicos días que trabajó en toda su vida. Dijo que lo había abandonado porque se había fracturado un pie de tanto caminar; se puso una venda y consiguió un par de muletas. Nadie sabía si creerle pero mi madre no se quedó callada:

—Prometiste cambiar Vicente, no debes perder ese trabajo. Dime si es verdad lo de tu pie.

—¡Cállate! —le dijo—. Debería volver con las prostitutas, ellas sí me entienden.

—La biblia dice que la maldición de una madre y de una esposa se cumplen —le respondió mi madre—. Escúchame Vicente, un día vas a morir como un perro en la calle.

Y así moriría el 7 de noviembre del año 1992 cuando el narcotraficante diera la orden de apagar las luces. Yo tendría treinta años cuando mi padre moriría.

Mi padre tenía un problema en su carácter pero nada ni nadie pudo cambiar su trágico destino. Estaba enfermo, poseído por la rabia contra sí mismo y contra el mundo. Era capaz de gritarle a cualquier persona, sin importar quien fuera ni las consecuencias. Cuando las condiciones eran aún más tensas, se ponía a gritar como un loco. Tal como ocurrió durante el desastre en Irapuato, cuando se enfrentó al propio presidente de México.

Era agosto de 1973 y la lluvia se había vuelto amenazante, tanto que el día dieciocho colapsaron varias presas, entre ellas la más cercana a Irapuato, la llamada "Presa del Conejo". El agua, como un tsunami, entró por las calles y las casas, dejando a su paso destrucción, llanto y muerte. Los Irapuatenses refugiados en las azoteas de sus casas, se las ingeniaban para conseguir alimentos y escapar de la ola de robos que comenzó a surgir.

Tres días después del desastre el presidente Luis Echeverría fue a ver los daños, alentó a la gente y les prometió la reconstrucción de Irapuato. Mi padre se acercó por detrás del presidente y le gritó:

—¡Ey Luis!, mi hija no tiene leche, ¿no le vas a dejar una caja cabrón?

El presidente se dio vuelta.

—¿Nos lo echamos? —preguntó un escolta.

El presidente les dijo: —Olvídenlo, su insulto es producto de la locura del desastre.

La hija a la que se refería mi padre era Ernestina, que tenía poco menos de un año y era la hija menor de mis padres. El desastre movilizó a todo el país. Por días, mis padres anduvieron en la azotea escapando del agua y de la lluvia que no daba tregua. Fue un episodio muy triste para todos los mexicanos. Los habitantes de Irapuato estaban asustados y abandonados, sentían que el gobierno no estaba reaccionando a la altura de los hechos. Incluso meses después, el gobierno anunció que no había muertes que lamentar, mientras las familias reclamaban el cuerpo de sus deudos en las alcantarillas que se habían abierto con el paso del agua, o en una secreta fosa común en el cementerio municipal.

Con el desastre de la presa las cosas se pusieron más difíciles en la casa de Delfina. Había que sacar el agua de la casa, secar los muebles y alimentar a los niños. Mi madre y Delfina empezaron a discutir por el presente y el pasado. Delfina estaba cansada. El mismo año del desastre se acabó el sufrimiento de mi madre, por lo menos el que le provocaba su esposo. Mi padre decidió irse de México sin rumbo conocido; mi madre tenía tres meses de embarazo de Esmeralda, el último recuerdo que le dejaría. Mi padre no la conocería hasta que Esmeralda se convirtiera en una adolescente de trece años. Sería el momento en que regresaría al pueblo para asistir al funeral de su padre, mi abuelo del mismo nombre Vicente Sayavedra. Sólo entonces nos enteraríamos que mi padre estaba viviendo en los Estados Unidos junto a su nueva familia en Los Ángeles. Seis años después de ese encuentro, agonizaría a la salida de un bar luego que un narcotraficante lo baleara y lo dejara tirado en la calle como un perro. Antes de morir, lo auxiliaría un muchacho del bar, quien acercaría su mejilla y escucharía sus últimas palabras:

—Avísales a mis hijas que ya me mataron.

A los pocos meses que mi padre dejó Irapuato, Delfina dijo:

–Lo siento mucho por tus hijos Elia, pero quiero que te vayas de mi casa.

Mi madre salió de la casa de Delfina en la misma época en que yo estaba preparando para la presentación de las frutas y verduras en la escuela de las monjas. El día de la obra de teatro estaba tan concentrada que hice mi mejor actuación. Cada vez que veo las fresas, recuerdo ese día. Estábamos todas las frutas y verduras atrás de la cortina esperando nuestro turno. Hasta que salí al escenario con mis patas verdes flacas y una gorda fresa en el cuerpo, luego apareció la zanahoria, la fresca lechuga y la jugosa naranja; estaba todo el mercado arriba del escenario. Hicimos nuestros parlamentos hasta que se escuchó el aplauso del público. Una de las monjas nos puso en orden y las personas empezaron a aplaudir el mejor disfraz. La fresa recibió una ovación. Mi abuela miraba orgullosa desde el primer asiento. Cuando la monja dijo que la fresa había ganado el primer lugar me sentí en la gloria, fue mi gran momento de fama y también me sirvió para darme cuenta que tenía algún talento.

Días después hablé con la madre superiora para que me autorizara a entrenar a un grupo de muchachas para el baile de fin de año. Nos juntamos una vez a la semana y les enseñé la coreografía hasta un día antes del baile; todo salió perfecto, le gustó tanto al público, que el padre de Tere Salinas improvisó una sala de teatro en su casa.

Algo tenía de artista pero lo que más trabajo me costaba era leer. Nadie lo había notado hasta que llegó la maestra Juana al colegio, no era monja, así que le faltaba la alegría y la paciencia. Un día, se dedicó a escuchar la lectura de cada estudiante. En mi turno, me pasó un pequeño libro con letras y dibujos; no entendí las letras pero con los dibujos empecé a inventar una historia.

–¿Qué estás diciendo niña?, estás inventando. ¿Cómo es posible que estés en cuarto grado y no sepas leer?

Bajé la cabeza. De verdad no entendía las letras. Mi mente estaba en otra parte y era imposible concentrarme. Vivía pensando en fantasías, inventaba escenas, me perdía en todo tipo de imaginaciones. En la casa del abuelo nadie me ayudó a estudiar, tampoco lo hacía sola. Para cumplir en el colegio le robaba al abuelo cosas de la tienda y le pagaba a Elizabeth, una compañera, para que me hiciera las tareas. Tenía puros diez en los exámenes porque ella me copiaba las respuestas o cambiaba las hojas a cambio de chicles, lápices y juguetes. Las monjitas estaban preocupadas de que fuéramos buenas personas y se preocupaban de rezar, jamás desconfiaban de los valores de sus dulces niñas.

La maestra Juana le contó a la madre superiora y me hicieron un examen especial, tuve que tomar varias clases extras y estudiar en la casa. Yuri y Sara se preocuparon de hacerme sentir aún más tonta. Siguieron con sus bromas durante todo el año. Un día, apenas entré al colegio se pararon frente a mí.

—Escoge uno —dijo Yuri señalándome los dedos índice y mayor de su mano.

—¿Cuál quieres?, éste o éste —agregó Sara.

—Éste —respondí temerosa pero apurada para salir luego de esa situación.

—*Chinga tu madre!* —gritaron al mismo tiempo y me mostraron sus dedos sucios.

Me puse muy triste porque otros niños habían escuchado. Me fui a la sala con un nudo en la garganta, mirando el suelo y pensando por qué sentían tanto odio contra mí. A pesar de su reiterada crueldad, nunca levanté la voz para enfrentarlas, menos hice algo para vengarme. A Sara, el destino le dio una lección. A las dos semanas después de aquella broma, estaba jugando por los pasillos del colegio. Al pasar cerca de la oficina de la madre superiora, decidió entrar corriendo pero no se dio cuenta que la puerta de vidrio estaba cerrada. Sara azotó su cabeza y sus manos contra el vidrio. Fue horrible porque varios estábamos jugando en el patio cuando le vimos su cara ensangrentada y las manos llenas de cortes que le recordaron el accidente por años. Yuri se fue al poco tiempo. No quería estudiar y la abuela se aburrió de pagarle cuando se enteró que se había escapado por una ventana para ir al cine.

—Ey niña, ¿tú eres de los Negrete cierto? —le dijo el señor del aseo cuando la vio dormida en la butaca—. Ándate a tu casa.

Yuri se fue a la Escuela Melchor Ocampo, a pocas cuadras del colegio de monjas. Ahí estudiaban todos los hijos del tío Eduardo. Al frente de la escuela había una plaza donde nos juntábamos a jugar basquetbol. En esa misma plaza me enamoré por primera vez cuando tuve quince años. Un año antes de ese flechazo, me había gustado un muchacho llamado Alberto que vivía en el DF, pero durante sus vacaciones de la escuela visitaba a sus abuelos en el pueblo. Él existía en mi cabeza y en mis fantasías. Toda nuestra relación fue imaginaria porque el abuelo no permitía esas cosas, incluso una vez lo echó cuando estábamos conversando a través de la ventana. Era una especie de noviazgo pero nunca nos tomamos la mano, menos nos regalamos un beso.

Si mi madre me hubiera criado en vez de abuela, yo no habría crecido sintiéndome rechazada por mi madre. Tal vez yo estaría mejor financieramente, como mis hermanos que crecieron con mi madre. Pero desde que nací, Pillita quiso cuidarme y más aún cuando se enteró cómo era mi padre. Por fortuna, tuve la posibilidad de estudiar con las monjas, de lo contrario mi infancia habría sido más cruel. Mi experiencia en la escuela ayudó a mi espíritu y a mi alma, y me ayudó a combatir las dificultades que viví en la casa de mis abuelos. Eso es algo que puedo decir ahora, no cuando lo único que deseaba era volver con mi madre.

Tenía cuatro años el día que mi madre decidió separarse de mí. Había peleado con mi padre. Tenía el pelo desordenado y un ojo a medio cerrar.

—Quédate aquí Elia, ese hombre te va a matar —le dijo Pillita.

—No puedo abandonarlo, él me necesita.

—Ese hombre no necesita a nadie. Dame a la niña y ándate a la casa del DF —le dijo la abuela—. Allá puedes ayudar en la farmacia, te lo he dicho cientos de veces. La niña va a estar mejor cuidada aquí.

La convenció. Al día siguiente, escondida como un criminal, mi madre me dejó en la esquina de la tienda y se fue al DF. Tres meses después fue a buscarme porque mi padre la había encontrado y como siempre, lo había perdonado. Fue a la casa de la abuela para llevarme con ellos pero la rechacé, ella me contó que en vez de abrazarla me puse a llorar y a patalear cuando me tomó en sus brazos. Desde ese día fue Pillita quien decidió mi vida.

Lo que no pudo decidir fue el momento en que perdí mi virginidad a manos del tío Eduardo. Esa tarde, estaba en la cocina buscando algo que no recuerdo. Se abrió la puerta muy despacio y apareció mi tío. Dio pasos de borracho, con los ojos rojos y con una extraña sonrisa hasta llegar donde yo estaba. No había nadie cerca. Dio pasos suaves mientras me habló con cariño. Cuando se acercó, pude sentir el olor amargo del alcohol, corrí hasta una mesa y me metí debajo, sin mucho esfuerzo para una niña de siete años. Podía ver sus zapatos acercándose mientras seguía peleando con su saliva para decir palabras cariñosas.

–Dónde estás –decía con su extraña dulce voz–. ¡Ya te vi!.

Nerviosa, casi temblando le pregunté si quería algo; agua, té o…:

–Puedo preparar lo que usted quiera tío –le dije. No sabía qué hacer. Mi corazón empezó a latir rápido, sentí un nudo en el estómago que me apretaba para decirme que algo malo iba a pasar.

–Ven acá Rosa Lilia, necesito ayuda, no me siento muy bien, ven acá.

–¿Cómo lo ayudo tío? –le dije mientras salía de abajo de la mesa–. ¿Qué quiere?

–Te voy a hacer cariño, nada más –susurró.

Me tomó del brazo con firmeza, me acercó a su cuerpo y empezó a acariciarme. Yo lo miré como a un gigante borracho. Intenté llorar pero ni siquiera podía respirar. Siguió con su tortura hasta que comencé a sangrar. Cuando vi la sangre, sí pude llorar. Me tomó de la cara e intentó consolarme diciendo que era un juego, que todo estaba bien y agarró un pañuelo para limpiarme.

–Este es un juego nuevo. No tienes que decirle a nadie porque nadie te va a querer. Te van a pegar y castigar si cuentas a qué jugaste con el tío.

Me hizo beber de la botella que tenía en su mano y me llevó a una bodega oscura donde me quedaría sola y nadie me oiría ni me buscaría. Cuando se fue, prendí la luz y descubrí que estaba en la bodega del piloncillo, ese lugar estaba cargado de travesuras de niña y de juegos macabros como éste.

Me fui a mi cuarto y lloré todo el día. Desde entonces, cuando veía a mi tío en la casa, corría, huía de él, lo más rápido que podía. Nunca dije nada, además de la vergüenza, no quería castigo ni que me dejaran de querer.

La que tuvo sospechas fue mi tía Mary, esposa del tío Fermín, el hijo al que mi abuela le pagó una carrera en el DF para convertirse en abogado. Era una pareja muy alegre y lucían muy enamorados. Con ellos se podía conversar. Ella era de Matamoros, una ciudad en la costa del Golfo de México. Era muy realista, porque miraba el mundo como es, no se inventaba cosas ni creía todo lo que decía el resto. Era sensata, capaz de decir lo que pensaba y comprensiva; creía en las segundas oportunidades. Ella me conoció a los ocho años, cuando iba del DF a visitar a mis abuelos, se acercaba mucho a mí, pero yo sentía que más bien me interrogaba. Ella quizás adivinó lo que estaba sucediendo.

En una ocasión me dijo: «Cuando veas al tío Eduardo borracho aléjate y si te toca, agarras un cuchillo y lo amenazas. Quedé sorprendida y pensando por muchos días en sus palabras, no podía dormir imaginando qué arrancaba de mi tío Eduardo con un cuchillo en las manos.

Le conté a mi abuela lo que Mary me había dicho, pero todos estaban ciegos. Mi abuela le contó a mi tía Bárbara, quien odiaba a Mary porque nunca se quedaba callada.

—Esa mujer estúpida tiene cerebro de mosca —dijo como lo hacía siempre para insultar a la gente—. ¡Cómo es posible que le aconseje a esa chiquilla matar a mi hermano!

Me quedé en silencio y no volví a hablar sobre el tema. Conociendo al abuelo, creo que hubiese enfrentado a mi tío Eduardo, pero sólo en privado, sin que nadie se enterara. Lo habría callado ante la sociedad para no perder el prestigio de su tienda. No le convenía. Habría hecho lo mismo que hacía conmigo cuando me golpeaba y luego me hacía reír para olvidar el castigo.

Obviamente los rumores de que mi tío Eduardo violaba a sus hijos tampoco se hicieron escuchar por mi tía Bárbara. Y que los insinuara Mary era peor, no podía soportarla, menos cuando se casó con Fermín, y mucho menos cuando crecí y me encariñé con ella.

Cuando estuvo embarazada, me habló de su larga espera, me dijo la verdad acerca de la cigüeña y la importancia de querer a los niños. Quedé sorprendida porque las monjas me habían mentido. Cuando sus hijos nacieron e iba a visitarnos, me quedaba horas con los niños mientras ella aprovechaba de salir o dedicarse a sus quehaceres.

–Tú no eres su niñera, tienes que limpiar las ventanas y hacer lo que yo te diga. ¡No estás aquí para atender niños! –gritó una vez mi tía Bárbara.

No podía soportar que yo quisiera a Mary y dedicara mi tiempo a sus hijos Rolandín, Rafaelín y Rogelín, así les decían. Era tanta la envidia que Bárbara siempre encontraba una ocasión para molestarnos y lanzar su veneno que a veces nos mataba, pero de la risa.

–Rolandín, Rafaelín, Rogelín, pues para la otra pónganle Valentín –se burló.

Todo le parecía de mal gusto. Era tan estricta y cruel que podía amargarle la existencia a cualquier persona. A mi madre le dijo desde pequeña: –Tocha, huachalota, cochina, gorda y fea.

Ahora que soy mujer, cómo me gustaría regresar a la época del Ario antiguo, volver con mi conocimiento, retroceder a ser niña pero con más valor para defenderme y tener la fuerza para hacer valer mis derechos. Es imposible, lo sé, también sé que debería volver a pisar esa tierra y sanar los dolores para acabar con los fantasmas que me han perseguido durante todos estos años. Algún día, quizás.

Cuando el abuelo se enfermó decidió vender la tienda y continuar con sus otros negocios tanto en el pueblo como en otros estados de México. Estaba cansado, así que decidió traspasar la tienda a unos árabes que habían llegado pocos años antes al pueblo pero eran comerciantes arriesgados y querían hacerse cargo. Sus dos hijas fueron mis compañeras en el colegio de monjas. Fue un excelente negocio para ellos porque heredaron la clientela del abuelo. Rápido trasladamos a la parte de la casa que daba a la Calle Arista; la otra, la que quedaba por Calle Portal Juárez la utilizaron los árabes. Fue justamente ese lado de la casa la que se incendió.

A los pocos meses del traspaso, una noche que parecía tranquila, sonaron las campanas de la iglesia. No era una boda sino el aviso a todo el pueblo de que había un incendio. A las dos de la mañana, el fuego iluminó varias cuadras a la redonda. Toda la gente salió a ayudar. Iban y volvían con baldes de la pileta de la plaza mientras llegaban los bomberos de Morelia, pero en la tienda había pólvora, gasolina y un montón de explosivos que comenzaron a estallar. Se quemó una ferretería, la farmacia y la casa donde había vivido el Buki. Dos personas murieron. Yo me quedé inmóvil en la calle y me oriné.

El abuelo les había entregado la propiedad en pagos mensuales pero los árabes habían asegurado la mercadería y los muebles, no la tienda. La casa quedó llena de humo y se quemaron un par de murallas, pero todos quedamos bien, traumados pero bien. El abuelo lloró. Decían que había sido un corto circuito por la antigüedad de la casa, pero mi abuelo estaba seguro que los mismos árabes habían provocado el incendio para cobrar el seguro de la mercadería. Fue tanto su desconsuelo que por varios años dejó la propiedad tal cual quedó con el incendio.

Cuando ocurrió el incendio, la tía Bárbara estaba hacía más de un año en el DF –a cargo de la farmacia–. El abuelo no le pidió que regresara, pero sí tuvo que hacerlo cuando meses después recibió el aviso lloroso de mi abuela: –Tu hermano Rodrigo murió.

Ninguno de los creativos tratamientos pudieron salvarlo de morir a los treinta y tres años en el Hospital del Seguro Social después de varios días de agonía. Su hígado no resistió más. Murió un viernes santo a las tres de la tarde. Lo pusieron en un cajón de metal y lo trasladaron hasta la casa.

Como era muy conocido en el pueblo, llegaron muchos vecinos a despedirlo. En la noche apareció mi tía Bárbara, mi madre y por supuesto su esposa que estaba desde temprano sentada –con sus cuatro meses de embarazo–, al lado de Pillita que se veía triste, desconsolada y sin querer separarse del cajón.

Ver a mi tía Bárbara me produjo escalofríos, su presencia me recordó la humillación de mis días de infancia. Se quedó por tres meses porque mi tío Rodrigo la había dejado como albacea. Ella fue la encargada de distribuir el dinero de las diez propiedades –quien lo creería– y entregar la mesada a los hijos; dinero que Gustavo y Janet, cuando crecieron, le reclamaron.

Pillita no tuvo consuelo y la vida cambió para todos. Si antes se veía triste, después del funeral parecía un alma en pena. Sin poder superar la muerte de su hijo se vistió por diez años de negro.

Cuando el tío Rodrigo murió yo tenía catorce años; estaba más alta, más independiente y más traumada. Yuri, una de las hijas del tío Eduardo, había cambiado; ya no me pegaba ni inventaba bromas crueles, más bien, éramos amigas y cómplices de travesuras.

Íbamos a la escuela secundaria Lázaro Cárdenas, la única del pueblo. Su director, un viejo a quien le gustaban las jovencitas, más tarde me involucró en un tremendo escándalo cuando trató (sin éxito) de tener una relación conmigo. Yuri se reía de la situación y las señoras del pueblo decían que yo lo había acosado y que seguro quería arrebatárselo a la esposa. Cada día inventaron versiones y opinaban que yo no era una santa como me veía.

La fama de "niñas locas" había empezado un par de años antes afuera de la zapatería de mi tío Eduardo. Con Yuri y sus hermanas nos pusimos traje de baño, sacamos una alfombra a la calle que usamos como escenario y empezamos a bailar. "Pueblo chico, infierno grande"; las señoras del kiosco nos acusaron de niñas pornográficas.

Compartía muchas horas con Yuri, pero no me gustaba entrar a su casa. La tía Elisa no se preocupaba de sus hijos; la casa parecía un chiquero, todo desordenado y con olor a pis. ¡Qué iba a saber su madre de cuidarlos! si pasaba horas jugando a las cartas y sus hijos no eran unos angelitos. Para castigarlos los metía a un cuarto oscuro por uno, dos y hasta tres días; Yuri fue la que más tiempo duró encerrada. A pesar de que su vida era un tormento, vivía en un mundo de fantasía del que yo también participaba.

–Sal por la ventana del segundo piso –me dijo un día–. Nos vamos a ir por los tejados y en la casa de los Villanueva nos ponemos a espiar.

El señor Villanueva nos vio y fue a hablar con Pillita. –Dígales que se cuiden porque yo pensé que eran delincuentes y casi les disparo.

Yuri era la hija mayor del tío Eduardo, alta e incontrolable –la abuela no gastó tiempo en regañarla– y creo que influyó mucho en mi actitud compulsiva. Muchas travesuras las aprendí de ella. Antes que el abuelo cerrara la tienda me puse a vender caramelos y chicles por mi cuenta. Llamaba a los primos para que los vendieran a la *guare*. En Michoacán le dicen *guares* a las personas que pertenecen a la cultura tarasco y no se mezclan con otras razas. La *guare* era una mujer de aspecto indígena que usaba vestimenta blanca, típica de su cultura. Ella tenía una tienda al otro lado de la plaza a la que Miguelito iba a dejarle la mercancía. Volvía con las ganancias y yo les repartía comisión a todos. Hasta que un día la *guare* vio a mi tío Eduardo y le preguntó:

–Su hijo Miguel no ha venido por acá, hace tiempo que no me trae los caramelos.

–¿Cuáles caramelos? –dijo el tío.

–De esos que él vende, si me traía casi a diario.

Miguelito tuvo que contar la verdad, de lo contrario iba a pasar tres días encerrado en el cuarto oscuro. El tío Eduardo le contó al abuelo pero no hubo castigo porque el cáncer había comenzado a molestarlo. Algunos días se veía pálido, sin fuerzas; en otros, aparecía con la misma energía que le había visto haciendo negocios. Yuri siguió con sus travesuras y yo las celebré hasta que un día se metió en mi cama. Fue una noche que juntas le pedimos a Pillita que la dejara dormir en mi cuarto porque queríamos seguir armando un rompecabezas y además, estaba lloviendo. Cuando terminamos la hazaña apagó las luces y se acostó en la otra cama. A los pocos minutos la escuché levantarse, cuando me di vuelta estaba metiéndose en mi cama.

–¿Qué estás haciendo? –le dije enojada. Y me levanté.

–Espérate, espérate –me agarró con fuerza del brazo–. No hagas ruido. Te va a gustar.

Me tomó de los hombros, me acostó en la cama y empezó a tocarme. Lo que pasó después no lo quiero recordar porque sigo pensando en cómo es posible que esas cosas sucedan; de dónde sacar el valor para enfrentarlas cuando eres una niña. Yuri fue víctima de su padre, no la culpo, el tío Eduardo abusaba de ella y de algunas de sus hermanas. Araceli no vivió la misma historia porque mi tía Lancha, hermana de Pillita, se la llevó a vivir con ella a Irapuato cuando la tía Elisa se hizo cargo de un negocio en el DF. El resto se quedó con sirvienta y con el tío Eduardo que cuando llegaba borracho confundía el cuerpo de su esposa con el de sus hijas.

Después del incidente con Yuri, yo tenía tanta vergüenza por haberlo dejado suceder que ya no podía mirar en sus ojos. Percibió que yo no aguantaba su presencia y también se distanció. Nunca más hablamos del incidente ni fuimos amigas.

Años después, Yuri se casaría con un cubano y terminarían su matrimonio sin hijos. El pueblo diría que el cubano traficaba droga y que era lesbiana. Luego se casaría con Luis pero también se divorciarían sin tener hijos. Yuri terminaría sirviendo en el ejército arriba de un helicóptero buscando narcos.

La mayoría de las mujeres que encontré en mi vida nunca fueron mis aliadas. Fui blanco de sus abusos, de sus rabias y venganzas. Uno de los recuerdos que más dañó mi vida fue el rechazo de mi madre. Su abandono me dolió más que los golpes de mi tía Bárbara, que no fueron pocos. Si me hubieran dado a elegir, habría elegido soportar a mi padre, vivir la angustia con mis hermanos y arrancar con ellos si era necesario.

Pillita y Rafael, mis abuelos maternos, me enseñaron a trabajar, a ser limpia, a respetar a las personas, pero no me enseñaron a querer ni a defenderme. Si alguien me pregunta cuál es la clave para ser feliz, diría que es el amor aunque suene a frase repetida. Fue eso lo que necesité para sentirme fuerte. Los abuelos me quisieron pero de una manera distinta a la que yo anhelaba. Ellos me alimentaron y me dieron toda la ropa y educación que necesitaba, pero crecí sin sentir amor ni amparo, y sin desarrollar la confianza para defenderme. Una mano cariñosa o alguna palabra amable me habrían ayudado.

Sobre el abuso de mi tío Eduardo no le dije a nadie, ni a mi madre, pero sí le conté años después –en medio de una conversación borracha en Morelia cuando tenía dieciocho años– lo que había sucedido con mi tía Bárbara:

–¿Qué compromiso tuviste conmigo, qué responsabilidad asumiste cuando me abandonaste, cuando te suplicaba para que me dejaras estar con ustedes? –le grité.

–No puedes culparme así Rosa Lilia, los abuelos te dieron todo.

–Me dieron todo menos lo que yo necesité. Tú no sabes lo que pasó ahí, en esa casa. No supiste de los golpes y abusos.

–¿Qué abusos? –me dijo desconfiada.

–Te dejaste llevar porque yo aparentemente estaba bien, porque tenían dinero, porque me vestían bien. Pero no, yo necesitaba amor, yo no quería eso para mí. ¡Yo quería a mis padres!

Y le conté sobre la noche de los buñuelos.

Tenía ocho años, era de noche. La tienda estaba cerrada porque el abuelo había ido con Pillita al cine –creo que Pillita era la interesada porque siempre llegaba diciendo: –Rafael durmió toda la película...

Cerca de la medianoche yo seguía despierta, me había acostumbrado a los desvelos, sobre todo cuando mi tía Bárbara y yo nos quedábamos solas. O me hablaba como si yo fuera una sirvienta o se reía de mis defectos. Esa noche ella había estado callada hasta que apareció en mi cuarto. En una mano hizo sonar unas monedas, en la otra, sostenía a su gato.

Dijo: –Quiero buñuelos así que ponte el vestido que vas a ir comprar a los carros.

Los buñuelos eran unas masitas fritas hechas de harina con azúcar, huevo y manteca; deliciosos pero a partir de esa noche, amargos. En los alrededores de la plaza se instalaban mujeres y hombres a vender comida, estaban allí hasta las cuatro de la mañana.

–Quiero buñuelos sin piloncillo –dijo mi tía. Me puse el vestido blanco que había usado en la comida de los Karras, los zapatos que Pillita me había comprado en Irapuato; Bárbara me miraba con impaciencia. Salí del cuarto y detrás iba mi tía para abrirme la puerta: –Aquí te espero, no te tardes.

Como siempre, iba pensando en el miedo que esa mujer me

provocaba. Caminé por el portal Juárez, después pensé en las estrellas, el campo del abuelo y en mi madre, hasta que llegué al puesto de los buñuelos. No recuerdo como los pedí, no sé si me equivoqué o la señora me entendió mal. Era muy probable que olvidara decirle "sin piloncillo", como era inquieta cada vez que salía a la calle, me perdía en el tiempo y el espacio imaginando cosas. Por lo general me anotaban en un papel los mandados porque si me pedían pollo volvía con cerdo. Nunca entendí por qué me daban responsabilidades si yo no hacía nada bien.

Me devolví a la casa y en el camino pude sentir cómo el jugo del piloncillo se escurría entre mis manos, parecían masas remojadas en agua. Comencé a tiritar y sudar; imaginé que mi tía me encerraba en un cuarto o peor, que llenaba una bañera con agua fría y me ponía dentro, como una tarde en que no quise limpiar al gato.

Frente a la puerta, con los buñuelos en mis manos comencé a pensar en una solución. Si entraba tenía que aguantar lo que mi tía considerara como buen castigo. Al otro día, todo seguiría igual. Si escapaba, tendría que esconderme en el bosque o quizás más lejos del pueblo, lo más seguro era que el abuelo iba a poner a todos los empleados a buscarme y cuando me encontrara, mi tía Bárbara iba a estar feliz de castigarme. Si me desaparecía Pillita se iba a desesperar, la visitarían sus arañas y mi madre la odiaría para siempre. Estaba pensando en un mejor plan cuando de pronto se abrió la puerta. Ella estiró los brazos para recibirme los buñuelos. Los inspeccionó como si hubiera tomado una bolsa con fruta podrida.

–¡Estúpida!, ¡tarada!, ¡pendeja tonta! ¡Mira lo que hiciste!

Me dijo un montón de cosas que no entendí muy bien. Agarró los buñuelos y los aventó contra la puerta. Intenté correr a mi cuarto pero me agarró del pelo. Al lado de la puerta había un pequeño mueble con zapatos –las mujeres habían comenzado a usar zapatos muy altos, con tacos llamados tacos clavos–, muy puntudos. Agarró el primer zapato que alcanzó y empezó a golpearme la cabeza. Mi pelo, el cuello, la espalda y mi vestido blanco quedaron salpicados en sangre. Sentí que moría, no sé si de dolor o al ver cómo las manchas en el vestido se hacían cada vez más grandes. Lloré pero no dije ni una palabra. Todo mi pequeño y difícil mundo se derrumbaba otra vez; quise estar con mi madre que vivía a pocas horas de allí pero no podía escaparme y seguro me mandaría de regreso diciendo: —Bárbara es una buena persona, sólo está un poco triste.

Cuando mi tía reaccionó, me soltó el pelo... se asustó tanto que empezó a consolarme. Fue por toallas para intentar detener la sangre e inventó una venda con una de ellas. Me apretaba la cabeza para hacerme presión y pude decir algo: —Me duele.

Me escondió en una bodega y se fue a limpiar el piso. Cuando regresó me dijo: —Si Pillita te pregunta, por favor no le digas la verdad, dile que fue un accidente.

Estaba tan asustada que empezó a hablar sin parar, me seguía apretando la cabeza: —¡Me duele! —le grité. Agachó la cabeza y se puso a llorar.

Cuando la vi así, desesperada y humillada, me sentí feliz. ¡Me pidió perdón!, por primera vez me pidió perdón. Hizo lo que quiso conmigo y esa noche estaba arrodillada suplicándome que no dijera la verdad. La herida era profunda porque no paraba de sangrar, fue por más toallas y agua, y me cambió el vestido. Descolgó su cartera de una silla y salimos a la casa de un doctor. En el pasillo quedaron algunas manchas de sangre.

—¿Qué le pasó? —dijo el doctor, asustado por la hora y por mi cabeza llena de trapos.

—Andaba corriendo dentro de la casa y se cayó —respondió nerviosa.

—¿Y a esta hora? ¿Y tan feo se golpeó?

—Es que se pegó con la punta de una mesa —dijo mi tía.

El doctor me cortó el pelo que rodeaba al agujero y me puso algunos puntos. Le pasó unas cajas que mi tía intercambió por unos billetes y nos fuimos. No sé cuánto tiempo estuvimos ahí pero yo sentí que fue toda la noche.

Camino a casa empezó de nuevo con la melodía: —Si te pregunta Pillita...—cantaba. Me prometió que si no le contaba a nadie me llevaría muy pronto a Pátzcuaro y no tendría que limpiar nunca más las lámparas.   Los viajes al lago Pátzcuaro y no tener que limpiar como Bárbara siempre me había forzado a hacer, parecían cambios mágicos que mejorarían mucho mi vida.

Cuando llegamos me puso una gorra y me mandó a la cama. Pillita estaba en su cuarto. Ella dijo: ¡Llegamos!... Rosa Lilia estaba saltando arriba de la cama y se cayó... pero no fue nada, un chichón en la cabeza pero nada de qué preocuparse. Ni esa noche –ni al otro día– alguien hizo preguntas sobre mi chichón. Todos estaban tan ocupados en sus cosas, que a nadie le importó mi accidente. Esa noche me quedé despierta muchas horas hasta que me perdí en un sueño que todavía recuerdo. Al día siguiente lo dibujé y años más tarde para un concurso de cuentos infantiles lo escribí:

Había una vez una pequeña niña muy solitaria, pero tenía tanta energía que podía cruzar todas las montañas corriendo y de un salto podía alcanzar las estrellas más lejanas. Las estrellas cercanas a la Tierra estaban celosas de su energía y de su brillo. Era una niña tan inquieta que buscaba por todos los rincones la verdad de las cosas; cuando sentía que alguien estaba mintiendo, insistía en saber la verdad y la buscaba por todas partes.

Un día iba saltando por el bosque y toda luz que había se apagó. Se quedó sola sin saber hacia dónde avanzar hasta que vio una luz mezclada de colores amarillo y rojo al final de un largo camino. Se acercó a la luz y vio agua y fuego. A la orilla del camino aparecieron dos enormes dragones que la estaban protegiendo. –Este camino es muy peligroso pequeña, debemos llevarte a un lugar seguro –dijo uno de ellos. La niña los siguió con la misma energía de siempre y les agradeció. Cuando se quedó dormida a los pies de un árbol de damascos, los dragones la tomaron y la llevaron al dormitorio de una gran casa, donde había mucha comida. Al momento en que la niña despertó, miró a su alrededor y no vio ni agua, ni fuego, ni a los enormes dragones. Se sintió extraña y empezó a llorar. Lloró hasta que las lágrimas mojaron toda la cama. –¿Por qué me trajeron aquí? Yo estaba bien en ese bosque. Después que se pasó la mano por la cara vio una puerta de madera vieja y llena de telas de arañas. Sintió frío y miedo. Se bajó de la cama, se miró la ropa nueva que le habían cambiado y caminó hasta la puerta. Se dio vuelta para mirar de nuevo la habitación, revisó cada rincón. Volvió a mirar la puerta y la empujó. Dio un paso para cruzar el umbral y despertó de su sueño.

Cuando al día siguiente mi tía Bárbara volvió a pedirme disculpas, sentí con el corazón que debía perdonarla por todos los golpes que me había dado. Pensé que acabaría con sus maltratos. Me puse feliz. Y pensé: *–Por fin voy a ir a Pátzcuaro con mis primas sin que me humillen.*

Ella abusaba de la diferencia de trece años que nos separaban y a ciegas creía en sus libros que hablaban de la raza pura. Me ignoraba por ser morena y fea, decía ella, pero había algo más detrás de todo ese odio. Cuando salía con mis primas repetía siempre la misma frase: –Tú vas a quedarte aquí, tienes que limpiar la casa de los gatos y esas lámparas por ocho horas.

Sin embargo las limpiaba, daba de comer a los gatos y los bañaba hasta que ella me decía: –Está bien, pero trata de no mirar a nadie porque eres muy fea.

Me preguntaba qué había pasado entre ella y mi madre para que me odiara tanto. Mi madre me explicó que de niñas no tuvieron problemas, fue cuando mi tía Bárbara creció y se convenció que era superior al resto. Leía sobre política y religión y podía hablar por horas de historia universal. Para ella, el resto del mundo era una "bola de tontos". Se convirtió en una joven extraña, arrogante y egoísta por ser la más pequeña. Nunca nadie le había contradicho y nunca sus padres le negaron nada. Y su vida llena de lectura incesante no le había enseñado a relacionarse con nadie.

Mi madre me contó que la relación de hermanas se hizo más difícil cuando el abuelo empezó a buscarle novio y que ella intentaba acercarse a su hermana pero mi tía Bárbara la rechazaba. Mi tía dijo todo lo contrario, que fue mi madre la que se alejó de ella porque mis abuelos le ponían demasiada atención por ser la más pequeña. No sé a quién creerle, tampoco es momento de tomar partido, pero también creo que la misma presión del abuelo la volvió una mujer fría.

Cuando el abuelo gritaba se hacía lo que él decía. Y si alguien estaba en descuerdo era capaz de gritar más fuerte y avergonzar a cualquier. Mi tía Bárbara fue una víctima más de su disciplina, la perseguía por donde anduviera, por eso, en su juventud saltaba la reja para ir a una fiesta o juntarse con sus amigas, siempre andaba escondida y todo lo dejaba con siete llaves. Vivía de los secretos, exigía una perfección imposible y acumulaba rabias que después descargaba conmigo.

Quizás mi abuela me trataba mejor que a ella, no lo sé y tal vez eso le producía más celos, sobre todo porque mi tía Bárbara decidió estar con mi abuela todo el tiempo.

De la noche de los buñuelos, todavía queda rastro de las rosadas cicatrices y hendiduras en mi cabeza. Y aunque la herida cicatrizó, todavía me duele.

Morelia
La mariposa en plena lluvia

Poco antes de ir a estudiar a Morelia a los dieciocho años, mi vida empezó a transformarse; no como de oruga a mariposa, sino como una mariposa en pleno vuelo bajo la lluvia. Tomé vuelo para conocer la ciudad y hacerme independiente después de tanta obediencia y silencio cómplice. En ese viaje puse todas las esperanzas de convertirme en una mujer exitosa. O eso creía. En realidad, estaba completamente perdida; sabía que tenía que estudiar pero ni la cocina ni la medicina estaban en mis planes. No recuerdo en qué momento de mi infancia o juventud abandoné la idea. Tenía el ejemplo de mi tío Fermín que se había convertido en abogado, pero sus visitas fugaces no fueron suficientes para empaparme de su inteligencia. Mi abuelo quería que le siguiera los pasos en los negocios, mi abuela decía que estudiara lo que yo quisiera. Mi tía Bárbara... decía que no estaba segura si yo era capaz de de pensar. Tere Salinas, mi entrañable amiga, fue la que me abrió los ojos. Una tarde llegó en mi casa con unos papeles de un instituto en Morelia. Ella quería estudiar allí, así que me motivó para que nos instaláramos en la ciudad. La propuesta de estudiar administración en turismo sonó interesante y llegó en el momento justo.

Desde niña quise casarme en la iglesia de Ario, vestida de blanco, con un muchacho bueno y ser feliz como una lombriz, pero el escándalo con el director anciano de la escuela, que trató pero no consiguió tener una relación conmigo, hizo de mi reputación un trapo viejo tendido al sol. Vi cada vez más lejos la iglesia y el vestido blanco, por lo menos en ese pueblo.

El día que dejé ese lugar, sentí el desahogo, la libertad de un preso liberado una mañana de brisa suave. La vida con los abuelos era cómoda, mi tía ya no me golpeaba pero me sentía atada, escondida y guardada como la primera carta de amor. Tenía la firme convicción de encontrar mi destino, olvidar el chisme con aquel hombre y encontrarme, porque en realidad no sabía quién era Rosa Lilia. Dentro de todo, mi infancia había sido normal en algunos sentidos, pero llena de humillación y traumas que no me dejaron crecer en paz. Ese mismo carácter de samaritana me jugó una mala broma; me debilitó cuando yo más necesitaba haberme protegido. Nunca tuve el valor de enfrentar los problemas y defenderme, por eso fui el blanco perfecto para darle un poco de emoción a la aburrida vida del pueblo. Sobre el chisme de la relación con el director de la escuela, la gente hizo una avalancha de nieve. Por lo que al marchar, no pude dejar de sentir odio por el director que me deseó y por las chismosas que malograron mi reputación.

Hercilio era su nombre y se enamoró de mí cuando yo tenía quince años. Era el director de la secundaria Lázaro Cárdenas y daba clases de química y matemáticas. El primer año tuve que caminar hasta los pies de un cerro, pero al segundo año cambiaron las instalaciones a un lugar más grande, seguro y moderno; rodeado de muchos árboles, limpio de malezas y con cancha de basquetbol. El año que nos cambiaron también rotaron los profesores.

Así conocí al profesor Hercilio. Era un hombre serio, algunos decían que parecía sacerdote. Cuando quería, juntaba las cejas y con ese gesto tenía a todo el mundo sentado y escuchando la lección. A todos les tronaba los dedos como si la escuela y el mundo le pertenecieran. La primera vez que me tuvo cerca me llamó adelante y me preguntó dónde vivía, quiénes eran mis padres y si tenía hermanos. Me tocó la cabeza y suspiró. En adelante, por cualquier tontera que se le ocurría tenía que ir hasta su mesa. Él volvía a suspirar. Mis compañeros se dieron cuenta y tomaron la situación como cualquier joven a su edad; se burlaban descaradamente y me señalaban como "la niña de la que el director estaba enamorado".

Cuando entregábamos los trabajos, teníamos que pasar uno a uno por su escritorio, pero él decidía el orden. Me sentía nerviosa cuando comenzaba con esa rutina. Esperaba mi turno, moviendo pies y manos; mientras más se demoraba en llamarme, más rápido latía mi corazón. Él disfrutaba con la idea de verme sentada esperando que dijera: —Rosa Lilia.

De esa forma se aseguró de tenerme varios días a la semana cerca de su pesado aliento. Frente a él, intentaba conversar, responder a sus preguntas pero en realidad no dejaba de mirar el cuaderno para que los compañeros pensaran que estaba hablándome sobre la tarea. Así fue como planeó acercarse a mí. Sus fantasías llegaron muy lejos y enloqueció. También enloquecí, pero no de amor, su sombra estaba en todas partes. Fue una verdadera locura porque me persiguió por varios años. Según lo que decía su corazón: –estaba enamorado. Durante las vacaciones, solicitaba mi presencia en la escuela. Su imagen y su voz me asustaban tanto que tenía que obedecer. Mis calificaciones eran buenas, a diferencia de la primaria sí estudiaba, a última hora, pero lo hacía. Aún así tenía miedo a que me reprobara si yo no correspondía sus peticiones. Estaba segura que el rechazo rotundo a sus fantasías podía resultar peor. Jamás me atreví a ir sola, por eso armé un plan llamado "Lupe, Gerarda y Blanquita", tres compañeras en las que pude confiar algunas de las tonteras que me decía el viejo...

–Mi corazón se va a parar Rosa Lili –decía el hombre que a su antojo le sacó la "a" a mi nombre–. No sé qué hacer para ganarme su amor. Tóqueme aquí –y ponía mi mano en su pecho–. Usted tiene la palabra, dígame que me quiere.

Sin incomodarse con el hecho que siempre había otros estudiantes que podían ver, me tomaba rollos enteros de fotos. En la sala, en el patio, durante los exámenes, donde estuviera. En los recreos me buscaba para que posara, pero yo agarraba a Lupe, Gerarda y Blanquita y las ponía a mi lado para que salieran en las fotos. Era un viejo que tenía casi setenta años y se había enamorado de tres alumnas. Lo supimos porque la joven esposa con treinta y cinco años de Hercilio –cuando los rumores sobre la obsesión de Hercilio salieron de la escuela– se presentó en nuestra casa.

Ese día había salido de clases temprano, cuando entré a la sala vi a mi abuela y la esposa de Hercilio con ánimo de reunión, así que lo primero que hice fue retroceder. Me quedé escuchando; la esposa hablaba de cualquier cosa menos de Hercilio, decidí saludar desde lejos pero Pillita –que había escuchado los rumores y sabía el motivo de su visita– me pidió que tomara asiento. Me quise morir, pero en vez de pasar a mejor vida me quedé escuchando la tranquila y hasta cariñosa voz de esa mujer.

–Vine a ponerla al tanto sobre el asunto de Hercilio. Yo conozco a esta familia y sé que su nieta es una niña correcta. Ya sabe como los chismosos son capaces de difundir las historias de vida de los otros;

pueblo chico infierno grande pero usted y su nieta deben saber lo que les espera –dijo la esposa.

–¿Qué nos espera? –preguntó Pillita verdaderamente interesada en la premonición de la señora.

–Yo fui alumna de Hercilio hace muchos años. Para quedarse conmigo dejó a su esposa, que también había estado en su clase. Todas caemos a sus pies, pero tienes que ser fuerte –me miró–: que no te preocupe lo que diga la gente. Lo que pasa es que no conocen a Hercilio, pero yo sí. Él no está muy bien de la cabeza pero estoy segura que pronto se le pasará esa obsesión por perseguirte.

Pillita había escuchado cosas extrañas en su vida pero confirmar con la propia esposa que ese hombre estaba loco la dejó pensando toda la tarde. Me tranquilizó confirmar que el hombre estaba enfermo pero seguía preocupada porque los rumores no paraban. En la calle me miraban como su amante y decían que me iba a casar con él. Hercilio siguió con sus juegos maniáticos; yo seguía buscando pretextos para no jugarlos.

Amanda, su cuñada, trabajaba en la escuela como secretaria y la pobre tenía que hacer todo lo que Hercilio le pedía, me entregaba recaditos por la ventana o me sacaba de la sala para llevarme a su oficina: –El director la mandó a llamar –decía la pobre avergonzada por las misiones sicópatas. En su oficina me tenía sentada por casi una hora, se dedicaba a hablar por teléfono, revisar los libros de clases y hacía pausas para decirme alguna tontera o examinar mi vida en la casa de los abuelos. En una de sus interrogaciones me preguntó si era cierto que yo estaba saliendo con un muchacho. No se cansó de preguntar hasta que le dije.

–Sí y espero que usted deje sus tonteras a un lado.

Se paró junto a la ventana. –¿Quién es?, quiero saberlo, tienes que decírmelo ahora mismo –dijo. Amanda entró con unas carpetas para su firma y aprovechando el momento volví a la sala.

Una mañana –en la misma oficina de siempre–intentó tocarme; le di vuelta una taza de café que tenía en el escritorio y corrí al baño.

Los rumores sobre un novio eran ciertos. El muchacho por el que preguntaba Hercilio se llamaba Ramiro, lo había conocido por medio de Blanquita una tarde de basquetbol accidentado. Blanquita estaba boteando la pelota, yo quise agarrarla y sentí como la punta de su dedo entró en mi ojo. Ramiro, que miraba desde una banca corrió a prestar ayuda, me tomó del brazo y me sentó. Mandó a Blanquita y otros niños a buscar agua. Luego mojó su pañuelo y lo puso en mi ojo izquierdo. Con el ojo derecho seguía viendo su belleza, parecía un príncipe valiente sacado de un clásico cuento de hadas. Por primera vez sentí una mano cariñosa.

Cuando el director confirmó su sospecha, prohibió jugar basquetbol si no era con un profesor y dentro de la clase correspondiente. Se volvió loco pensando en cómo hacerme de su propiedad, empezó a beber y a faltar a clases. Se consumió en una historia fantasiosa, imaginó en su cabeza que algún día lo amaría.

Me culparon de quitarle su intachable carrera de profesor y de haberlo convertido en un borracho y falso suicida. Una señora que jamás había visto en el pueblo me gritó a la salida del colegio: –Tú lo enamoraste y ahora te haces la santita, quieres destruir su vida pero no te vamos a dejar tranquila hasta que pagues por todo el daño que le has hecho.

Elisa, la esposa de mi tío Eduardo, aparentaba tenerme simpatía pero en realidad me tenía envidia porque los abuelos me tenían en su casa y vivía un poco mejor que sus hijos. Era una mujer resentida de la vida, que apenas había alcanzado a salir de la infancia cuando tuvo que batirse con un esposo alcohólico y una productiva maternidad. Se preocupaba del resto más que de su propia casa, vivía las tragedias ajenas como si fueran las suyas y las alegrías las miraba con desconfianza.

–Yo sé que tu abuela te quiere más a ti que a mis hijos, ella siempre te va a proteger y va a tapar tus errores –me dijo el día que conocí a la señora que me había gritado a la salida del colegio. Era una clienta de la zapatería de mi tío Eduardo. Ella más que nadie se encargó de esparcir los rumores y aunque hubiese tenido el valor de enfrentarla, no habría conseguido más que tristes resultados. Una vez que lanzas las plumas al aire, ya no puedes juntarlas.

–Pueblo chico… ¡Dios me libre! –decía Pillita cada vez que algún cristiano era víctima del chisme estimulado por el aburrimiento. Decía que la vida en un lugar como Ario podía ser tranquila y entretenida, pero también podía dejarte en medio del bosque y desnuda si todo lo que sucede es tema público a la hora de la merienda. Así me vi yo, abandonada al medio de un bosque lleno de árboles grandes y chismosos, como le pasó a un tal Alfredo.

Lo que se contaba era que Alfredo había escapado de Islas Marías, un conjunto de tres islas ubicadas en el Océano Pacífico de México. En la Isla Madre funcionaba una prisión donde los reos podían vivir con sus familias y en "libertad". A cambio debían trabajar en agricultura y ganadería. En la isla había una iglesia, muchas tiendas, un hospital y un cine. No tenía grandes barreras de protección porque si algún reo decidía escaparse, los tiburones harían lo suyo.

La supuesta mamá de Alfredo iba a menudo a la tienda y mi abuela le regalaba mercadería, Pillita apreciaba su amabilidad y le daba un buen trato. Un día se despidió de la señora diciendo: –Me saludas a Alfredo.

–¿Quién es Alfredo? –le pregunté.

–Es un hombre muy peligroso que está en la cárcel y va a salir la próxima semana –dijo Pillita replicando el manoseado rumor.

Muchas personas se alborotaron al saber que la madre estaba preparando su dormitorio. Va a venir mi hijo – decía orgullosa. Ella estaba segura que alguien se había dedicado a construirle una historia de ataques cavernícolas a su hijo. Cuando lo vieron por el pueblo, todo el mundo andaba con el alma en un hilo.

–Dios nos libre –suplicaban las señoras en la tienda–: Ese hombre mató y castró no sé a cuántos hombres.

Durante la primera semana de su liberación –y aunque nadie conocía su rostro pero todos le habían inventado uno– las tiendas cerraron temprano, las calles se ahogaron en silencio y unos cuántos carros de comida se quedaron con la esperanza de vender un par de tacos. Pillita que tenía un corazón generoso creía en su rehabilitación y esperaba con ansias atenderlo. Nunca lo vi pero lo imaginé tan bien una noche.

Aproximadamente un mes después de que Alfredo salió de

la cárcel, una vecina llamó a la una de la madrugada. Estábamos armando las bolsas de frijoles –incluidas mis tías Milla y Lancha que estaban de visita– cuando saltamos con el timbre del teléfono. Mi tía Milla contestó, puso cara de espanto y colgó.

Como no estaba el abuelo con nosotras porque se había perdido en las cajas de papeles del segundo piso, pude hablar:

–¿Qué pasó tía Milla? –le dije asustada.

–Acaban de avisar que Alfredo atacó a tu hijo –dijo mirando a Pillita y a punto de llorar.

–¿Cuál hijo? –le preguntó Pillita.

–No me acuerdo...creo que la persona que llamó sólo dijo:

–Alfredo atacó al hijo de Pillita.

Con los gritos el abuelo llegó a la sala. La tía Milla le repitió la frase, el abuelo agarró una escopeta y salimos todos. Anduvimos una vuelta a la cuadra hasta la casa del tío Eduardo. Agazapados en la oscuridad caminamos uno detrás del otro mirando hacia todos lados, el abuelo iba primero. Cuando llegamos a la casa del tío Eduardo no había luces encendidas, ni gritos ni sangre. Golpeamos desesperados la puerta de la zapatería en el primer piso pero nadie abrió.

–¡Alfredo ya los mató a todos! –gritó mi tía Lancha.

–¡Cállate niña!, no me pongas más nerviosa –la sacudió Pillita.

Fuimos a la comandancia, pusimos la denuncia y un policía nos acompañó con una escalera a la casa de mi tío. El policía prendió la linterna y llegó hasta el segundo piso. Estaba intentando abrir la ventana cuando apareció mi tío Eduardo desnudo y todo despeinado.

–¿Está bien señor? –le preguntó el policía.

–Sí ¿por qué? –le respondió medio borracho y rascándose la cabeza, luego nos miró como extraterrestres.

–Siga durmiendo –dijo el policía.

–Entonces Alfredo atacó a Rodrigo –gritó la tía Lancha–. ¡Ahí va Alfredo! –gritó más fuerte estirando su brazo hacia la plaza.

Todos corrimos pero el policía lideró el batallón.

–¡Cálmese!, era un animal –le dijo el policía a la tía Lancha–. La sombra que usted vio era un burro señora.

Las muertes y accidentes de esos días fueron atribuidas al pobre

Alfredo. Todos le temían pero ninguno podía relatar un ataque. No puedo asegurar que fuera inocente, pero esa noche más que un crimen hubo un enredo.

–¡Mataron a Rodrigo! –dijo Pillita.

Luego de perseguir al burro por la plaza, partimos a la casa de mi tío Rodrigo. Cuando entramos, lo vimos en su cama con un montón de sangre que goteaba de su cuerpo. No había nadie más en la casa.

–No entren, esta es la escena del crimen –dijo el policía.

La escena estaba lejos de ser un crimen. El tío Rodrigo había sido atacado por una repentina nostalgia por su familia. Se había tomado una botella de charanda que luego había tirado contra la muralla, se enterró varios vidrios en los pies y luego cayó borracho con medio cuerpo colgando de la cama. No pude comprobar la existencia del tal Alfredo pero la gente terminó la historia del criminal diciendo que la policía de Morelia lo había capturado y lo había encerrado nuevamente en Islas Marías y para siempre.

Lo que si pude comprobar fue el funcionamiento de la ouija; ese recuerdo espeluznante me pone los pelos de punta. Fue un día que Selene –una compañera de secundaria– llegó a la clase contándome que había un nuevo juego muy entretenido y que varios de sus amigos lo habían comprado. Era el boom de la película "El exorcista" en Latinoamérica y las tiendas lo vendían como un juguete.

Compramos el tablero y como todas las semanas –porque Pillita conocía muy bien a su familia– nos juntamos en la casa de Selene para hacer la tarea de matemáticas, transformada en la primera sesión de contacto con los muertos. Selene invitó a dos de sus primos, que se convirtieron en los expertos del tablero.

Lo que pasó con ese tablero fue terrible. Nosotros lo habíamos tomado como un juego de moda del que un adolescente de catorce años no se puede perder. Queríamos saber cómo funcionaba la ouija; si resultaba algún contacto con el "más allá", sería mucho mejor. Algunas personas decían que te podías comunicar con los espíritus y extraterrestres, nosotros queríamos comprobarlo. En la primera sesión, los primos hicieron todo, leyeron las instrucciones, movieron las piezas y también se dedicaron a inventar respuestas. Como no pasó nada nos reunimos la semana siguiente. Y la siguiente, en la que también se sumaron otros invitados. La tarea de matemáticas la hacía cada uno en su propia casa porque nos habíamos enviciado con el jueguito. Cada uno leía mensajes diferentes y fingía conversar con quien se le ocurría que pudiera comunicarse a través del tablero. Al mes, conocíamos todos los trucos de la ouija. Experimentamos algunas cosas pero eran risas, sugestiones y ruidos de la casa de Selene. Nada de espíritus ni voces del más allá ni del más acá.

Yo empecé a tener sueños oscuros, a sentir gritos de ultratumba y oír voces en mi cuarto. No me asusté porque mi tía Bárbara me había convencido —con su tono carente de afecto— que todo ruido tiene una explicación. Me lo había dicho un día que insinué que el fantasma de la novia envenenada estaba en la casa y que tenía cadenas amarradas a sus pies. Mi tía Bárbara respondió: —¡Estúpida!, no hagas escándalo, estas casas tienen ruidos porque son viejas o porque hay ratas, gatos o murciélagos en el techo. ¡No seas tonta niña fea!

Yo sabía que nada sobrenatural ocurría. Mis amigas y yo hallábamos tanto humor en el juego porque nadie creía en que el tablero tuviera una conexión a lo sobrenatural.

Selena, Teresa y yo nos turnábamos en llevar el juego para casa. Lo terrible sucedió cuando me tocó a mí guardar el juego; mi abuela descubrió la ouija escondida dentro de una caja de fina vajilla y la mandó a quemar. Por suerte la tía Bárbara andaba de viaje en el DF y en la casa estaba alojando mi hermano Damián, que siguiendo la bondad de mi madre quería convertirse en sacerdote; había ido por una semana desde Irapuato con un grupo de jóvenes católicos a visitar el pueblo, querían devolver las ovejas descarriadas a la iglesia a través de la oración. Mi abuela le contó a Damián y sus amigos acerca de la ouija y le pidió que la destruyera.

—Mañana temprano vayan al patio y quémenla —le dijo a los muchachos—: y después le hacen una limpieza a esta niña —pidió con angustia.

—¡No Damián!, no la quemen. Es un juego —le grité.

—El demonio es así Lilia —dijo Damián. Así me empezaron a

decir en mi adolescencia y yo sentí que iba perdiendo una parte de aquella niña llamada Rosa Lilia–. Empieza a destruir tu cerebro a través de la diversión. Te empieza a entusiasmar, a enviciar y luego te manipula. Tienes que creer en Dios y a él no le gusta este jueguito –me explicó.

Al día siguiente, cuando me levanté para ir a la escuela, escuché voces en el patio; la ouija era un montón de cenizas. Pillita me vio y dijo: –Esto no es un juego.

Me sentí furiosa porque todo lo que mis manos tocaban terminaba destruido por el abuelo, mi tía o Pillita. Pero la furia se convirtió en terror cuando vi que desde las profundidades de las cenizas comenzó a salir un hilo de sangre que luego se perdió hacia la calle dibujando huellas parecidas a las de un pequeño animal. Quedamos helados.

–Tenemos que hacerte una limpieza –dijo Damián apurado.

–Voy por más biblias –dijo uno de ellos. Aunque yo no creía que estuviera poseída de ningún demonio, seguí el ritual de limpieza fanática porque fui obligada por Damián y Pillita.

A los pocos minutos estábamos sentados en la mesa más grande de la sala y tomados de las manos. Damián leyó una hoja que puso en el centro de la mesa e invocó a Dios para que sacara el espíritu maligno de mi cuerpo. Tuve que repetir las palabras y los jóvenes que acompañaban a Damián empezaron a hablar en idiomas que jamás había escuchado. No sé cuánto tiempo estuve con los ojos cerrados escuchando sus lenguas, repitiendo frases y sintiendo un calor tan intenso que pensé que la mesa se iba a incendiar. Cuando abrimos los ojos Damián dijo:

–Lo que viste arrancar de las cenizas fueron las huellas de la bestia. El demonio se estaba apoderando de ti pero ya estás limpia, el diablo salió de tu vida.

Al terminar la sesión de limpieza me sentí más tranquila. No volví a tener pesadillas ni a escuchar ruidos. Menos volví a jugar con uno de esos tableros ni con nada; el destino no me daría tiempo para esas cosas.

En México se acostumbraba a designar a una madrina o padrino para la fiesta de graduación de secundaria; el abuelo decía que eran tonterías. Para mi fiesta, el hermano de mi madre, el tío Fermín, siempre de buen humor, aceptó ser mi padrino y viajó desde el DF para acompañarme. Pillita me había comprado un vestido de noche de seda color salmón. Como pocas veces estaba tan entusiasmada con ir a una fiesta que estuve toda la tarde en el espejo combinando el color del maquillaje con mi vestido. De tanto probar colores me había dejado como cinco capas de pintura. Abajo, me esperaban impacientes Pillita y mi tío Fermín que al verme puso una cara extraña, no supe si estaba impresionado o decepcionado.

–¡Lilia!, no era necesario tanta pintura, pareces un payaso...dijo el tío Fermín–, tu vestido está hermoso y te ves bonita sin pintura... ¡no!, sácatela por favor.

Me devolví triste, pero al entrar al baño y mirarme en el espejo comprendí que mi tío me estaba haciendo un favor; parecía un payaso listo para el espectáculo. Al tío Fermín siempre le creí porque su franqueza estaba por encima de todo, sin lastimar, sin reírse de los demás. No le gustó y me lo dijo, así de simple. Volví a bajar y dijo sonriente: –Ahora sí.

Me ofreció su brazo izquierdo y partimos con Pillita para el salón de fiestas, donde tenía lugar la recepción.

Al entrar a la fiesta, nos asignaron una mesa con flores rosadas. Una banda chilena, los *Ángeles Negros,* estaba tocando. En la mesa del lado estaba la familia de Selena y un poco más lejos estaba la de mi novio Ramiro quien apenas me vio entrar se acercó para saludar a Pillita y luego le dio la mano a mi tío. La música empezó a sonar y Ramiro, como todo un caballero, estiró su mano y me ofreció el primer baile. Miré a Pillita.

–Anda Lilia, viniste a divertirte. ¡Vamos!, la vida es corta –dijo el tío más entusiasmado que yo.

Ramiro había pasado un par de veces por afuera de la casa, pero igual que al otro muchacho, el abuelo lo correteó con sus gritos. Me había enviado mensajes llenos de amor y canciones románticas de la banda chilena llamada Los Ángeles Negros, el mismísimo grupo que estaba tocando en la fiesta. Un día que el abuelo lo acusó a sus padres de estar espiando la casa, me escribió una carta con la letra de una canción de aquel grupo: *"...Déjenme si estoy llorando, ni un consuelo estoy buscando, quiero estar solo con mi dolor, si me ves que a solas voy llorando es que estoy de pronto recordando a un amor que aun no consigo olvidar..."*.

El salón estaba lleno de luces, globos y coloridos confetis. Gran parte del pueblo estaba en las mesas celebrando la graduación de sus hijos, incluido Hercilio, que no tenía hijos pero había ido como profesor porque la calidad de director la había perdido cuando decidió perseguirme. A seis mesas de la nuestra estaba él junto a su esposa, enojado porque Ramiro me había sacado a bailar. Ramiro sabía de los rumores y se daba cuenta que el hombre no dejaba de mirarme. Seguimos bailando hasta que comenzó a acercarme a su cuerpo. Sin decir nada lo empujé sutilmente, no dijo nada, siguió bailando tan lejos como al principio. A pesar de todo, me encantaba su delicadeza y estaba feliz de sentir ese tipo de cariño, ternura y tal vez mismo el amor que nunca antes había sentido. Cuando terminó la canción, Ramiro me llevó cerca de la mesa donde estaba Hercilio para demostrarle —me imagino— que yo no estaba sola y que él era mi dueño.

—Hola profesor, ¿ella es su esposa? —le preguntó Ramiro. El viejo le dio la mano, asintió con la cabeza y se sentó con cara de tristeza. La mujer, sonriendo y fingiendo que nunca me había conocido, nos saludó y dijo: —Se ven muy bonitos.

Le agradecí y correspondí en la conversación para ocultar el hecho de que había hablado conmigo y con Pillita en nuestra casa.

Le hice un gesto a Ramiro para que volviéramos a la pista, la situación era tensa y en cualquier momento el profesor iba a soltar su rabia. Bailamos una canción más y luego volvimos cada uno con su familia. El tío Fermín me contó de su vida en el DF, sus estudios de abogacía y que la tía Mary estaba embarazada. Pillita se puso contenta.

Hercilio seguía mirándome entre cada sorbo de su tequila. La fiesta había sido un sueño pero volví a la realidad cuando el viejo al levantarse borracho dio vuelta a la mesa, quebró una botellas, tres vasos, un cenicero y empezó a gritar: –¡Tú eres mía y de nadie más!

El grupo siguió tocando, entraron los hombres de verde encargados de la seguridad y lo llevaron detrás del escenario. En el camino seguía gritando: –¡Me voy a matar si no me quieres!

–No le hagas caso –dijo Pillita y tuvimos que contarle la historia al tío Fermín que había quedado con la boca abierta después de ver la dramática escena. Cuando se llevaron al viejo me sentí mejor, bailé con mis compañeras con tantas ganas que quise sacarme los zapatos, pero me quedé en las ganas porque Pillita con una sola mirada me desafió. Ya me había advertido antes de la fiesta que tenía que conservar la elegancia hasta el final. Ramiro se sumó al grupo y luego me apartó, me tomó las manos para pedirme que fuera su novia.

–Lo voy a pensar –le dije nerviosa mientras las chicas me espiaban ansiosas.

–No lo pienses tanto. Si me das un beso, es un sí. Si no me lo das, entonces es…Antes de terminar la frase me robó un beso.

–¡Somos novios! –gritó–. ¿Puedo decirle a tu abuela?

–No, ni se te ocurra.

Acepté. Más bien asumí ser su novia, pero nunca le di un beso ni tampoco tomé su mano. Para mí, ese tipo de gestos no eran sucios, pero si lo permitía a pensar que yo era una chica fácil, que era una cualquiera e iba querer abusar de mí.

Mantuvimos nuestro noviazgo en silencio, nos veíamos cuando lograba salir a la plaza o cuando jugábamos básquetbol en la cancha del colegio. Ramiro –que iba un curso más abajo–me pidió ser su madrina en su fiesta de graduación. Pillita, que al tiempo se enteró del noviazgo, me ayudó a inventarle al abuelo que tenía que ir al baile porque me había ofrecido de voluntaria para organizar las mesas. En aquella fiesta también estaba Hercilio con su esposa, pero a diferencia del año anterior se quedó sentado, conversó con distintos padres por algunas horas y luego se marchó.

Al día siguiente de la fiesta, Ramiro me invitó a caminar, traía a mi amiga Teresa como señuelo. Hablamos de la escuela, de los amigos y de la fiesta. Entramos a un café y en medio de la conversación, se acercó a mi cara para besarme. Ya había perdido la cuenta de sus intentos fallidos y uno más le hizo perder el romanticismo y cortesía.

–Ya sé que no eres tan santita como te ves, ya sé que te has acostado con el director –me gritó cuando no quise besarlo–. Te haces la santurrona y todo el pueblo ya lo sabe.

Sentí el estómago hervir hasta que el calor subió a mi cabeza y pensé que iba a reventar. Esa no fue la primera vez ni la última que sentiría el enojo tan fuerte. Agarré la taza y le aventé todo el café en la cara. No quise verlo más. Corrí a la casa y rompí todas sus cartas y canciones. A tal grado llegó el chisme que ni el muchacho que decía quererme pudo resistir los rumores. No me costó olvidarlo, a los tres días intentó disculparse pero yo no quise escucharlo.

–¡Eres del pasado! –le grité por la ventana.

Con gran esfuerzo el último año de secundaria fui la primera de la clase, estudiaba hasta muy tarde para mostrarles a todos que era inteligente. Y aunque fui la mejor y las matemáticas se me daban mejor que las letras, nada sirvió para revertir mi reputación. Mis compañeros –y sus amigos de otros cursos– decían que mis calificaciones eran regaladas.

En el recreo me gritaban: –Ahí va la indecente.

¿Cómo era posible que ese viejo estuviera enamorado de mí y me hiciera la vida tan miserable? Cómo era posible que quisiera dejar a su esposa por un capricho y que todos me culparan por eso. Cómo era posible que me trataran así sin saber nada de mí, yo que me consideraba una señorita, aunque en realidad lo habría sido si no hubiese sido por mi tío Eduardo.

Hercilio tenía una hermana en Chihuahua que en las vacaciones se iba por unos días a Ario. Un día, algún tiempo después del escándalo en la fiesta de graduación, la envió a mi casa con la misión de convencerme para que saliera con él. Estábamos con Pillita arreglando unas cajas en las bodegas cuando entró una de las sirvientas.

–Hay una muchacha afuera y pregunta por usted señorita Rosa Lilia, dice que viene de parte de don Hercilio.

—Dile que no está aquí –le pidió mi abuela y al rato la sirvienta volvió con unas cintas de grabación y fotos. Explicó quién fue la que nos visitó. "Era la hermana de don Hercilio, dijo que le traía esta caja y que Hercilio quería verla, sólo verla." Las cintas tenían grabaciones en donde gastaba horas declarándome su amor y repitiendo las mismas tonterías. *"Por qué me ignoras. Si te vas, mi vida no tiene sentido, te quiero mucho, si te vas, ya no quiero vivir".* Las fotos eran las que me había tomado en la escuela, sola y junto a mis amigas. Pillita estaba preocupada de que la obsesión de Hercilio causara que me secuestrara, entonces sugirió que me encerrara en la casa hasta que él creyera que me había ido del pueblo. Entonces dejé de salir de la casa por dos meses. Aunque yo estaba ansiosa para salir y sentía como si estuviera en la cárcel, creía que el plano de Pillita me mantendría segura y haría que Hercilio se olvidara de mí. El plano se completó y la molestia de Hercilio se disminuyó.

Dos años más tarde, mi familia vivió el primer y único quiebre entre los abuelos. Pillita por fin se había cansado. Aunque lamenté el desenlace, la separación me vino como anillo al dedo.

El abuelo, según los rumores, se había involucrado con una jovencita de Pátzcuaro, hija de un inversionista en decadencia. Pero no eran rumores porque el abuelo tuvo que reconocer la verdad cuando Pillita lo puso entre la espada y la pared. —Si no me dices la verdad me iré de Ario para siempre y jamás me volverás a ver, ¡jamás!

El papá de la muchacha le debía mucho dinero a mi abuelo, entonces le ofreció a su hija para que le perdonara las deudas; al abuelo le pareció una buena idea revivir algunas costumbres del pasado. A pesar de su enfermedad visitó a la muchacha varias veces, incluso le regaló una tienda para que instalara la panadería que siempre había querido tener. No sé qué tenía en su cabeza cuando le dijo a la abuela —no sé si para arreglar la situación o empeorarla— que había pensado casarse con la joven pero que se había arrepentido porque la amaba a ella. Todo fue un caos. Viajó mi tío Fermín a intervenir, pero ninguna mediación fue posible: mi abuela no quería velo más: –¡Quiero el divorcio! –repetía. Sufría.

Como no podía seguir viéndole la cara al abuelo decidió vivir en Irapuato, con sus hermanas Lancha y Milla. Mi madre estaba viviendo al lado, así que la idea me pareció mejor. El tío Fermín insistía en que me quedara con el abuelo para cuidarlo; los síntomas del cáncer en su próstata ya habían comenzado a afectarlo. Incluso me ofreció un carro y dinero mensual para que lo cuidara, pero Pillita era mi segunda madre y a pesar de todas las desatenciones mi lealtad estaba con ella.

Pillita (Elpidia) Negrete.

En la casa de Irapuato, me acondicionaron un cuarto que estuvo muchos años abandonado; lo limpiaron de cajas y recuerdos que hacían llorar a mis tías no porque les doliera, sino porque eran unas sentimentales. Pillita mandó a pintarlo, compró muebles y todo lo que yo necesitaba para sentirme cómoda. Quedó como un palacio. Estaba contenta porque estaba cerca de mi madre y de mis hermanas, pero sobre todo me alegró la posibilidad de estar aún más lejos de la gente chismosa del pueblo: –*voy a sentirme libre* –pensaba. Pero todo tiene su precio, como mi abuela se preocupó que nada me faltara, mis hermanas –que vivían del dinero que mi madre ganaba cortando el pelo– empezaron a molestarme.

Para aprovechar el tiempo Pillita me inscribió en la preparatoria. Una tarde, después de la segunda clase entré a mi cuarto y creí que un delincuente había estado allí. La cama estaba al revés, la ropa cortada y tirada por todos lados. No quise avisarle a nadie, me senté en la cama a esperar que se me olvidara mi sospecha. Decidí coser las ropas que se habían cortado para que nadie percibiera para preguntar cómo mis ropas se habían rasgado. A la semana siguiente pasó lo mismo; eran mis hermanas Susana e Ernestina que rompían el candado. A diario, me encontraba con sorpresas y eso me puso triste, ¡qué libertad!, era el turno de la humillación de mis hermanas.

Me costó trabajo acostumbrarme a esa ciudad, primero fue el calor, luego las cucarachas y alacranes que se ponían a tomar el sol afuera de la puerta. No sólo adornaban el patio, también buscaban el calor de las sábanas. Quedé traumada cuando tuve que sacar un alacrán de mi cama. Ese día, agarré un martillo y lo maté. Luego, Pillita mandó a fumigar.

La gente era menos educada, sobre todo los hombres en la calle, que gritaban a cuanta mujer veían. Parecían animales recién liberados para la cacería. Y yo que estaba en plena adolescencia, no escapaba a sus palabrotas.

Para recuperar el tiempo perdido, empezamos a salir con mi madre. La acompañaba a la tienda o para algún mandado de la peluquería. Una tarde que fuimos a comer pozole se dio cuenta cómo me miraban con interés y deseo y dijo: —Los hombres son muy malos, cuando salgas a la calle tienes que poner cara de mala, así —dijo haciendo el gesto—; arruga la frente, enójate y jamás los mires.

—Mejor me voy a poner una sábana para la próxima salida.

—No exageres tampoco, lo digo por tu bien.

—¿Qué me pongo entonces?

—Sólo haz lo que te digo y ten cuidado porque aquí hay mucho *marihuano* suelto.

Esos eran los tipos que más asustaban a mi madre, decía que esos viciosos estaban por todas las esquinas buscando droga o mujeres para calmar sus penas. Les tenía terror y me hizo respetarlos.

—Te voy a presentar a un hombre que sí te conviene —me dijo—. Se llama Horacio.

—¿Y en qué preparatoria estudia?

—Ya salió de la preparatoria. Ahora se dedica al boxeo y le va muy bien. Ha ganado varios premios.

—¿Un boxeador? —le pregunté, pero en realidad me dieron ganas de decirle ¿estás loca?

Para complacer a mi madre acepté conocer al tal Horacio. A la primera cita quiso tocarme con sus manos llenas de parches. Le dije: —Mucho gusto —y me fui. Una semana después mi madre lo invitó a comer a la casa. Mis hermanas se sentían atraídas por el hombre y le preguntaban por las peleas, mientras yo pensaba en un muchacho a quien yo había conocido, llamado Arturo.

Para llegar a la preparatoria tenía que tomar un autobús y recorrer veinte minutos, algunas veces sentada, otras de pie. En el camino, no sé si eran *marihuanos,* pero tuve que ocupar la técnica de mi madre porque los hombres no paraban de decirme tonterías, a veces groserías.

Más fiel me hice de su consejo cuando atacaron a mi hermano. Fue un día después de la misa a la que Damián había insistido en llevarme; seguía con la idea de ser sacerdote. De regreso, a una cuadra antes de llegar a la casa, apareció un carro con dos tipos, frenó ruidosamente y el chofer le gritó a su acompañante:

—¡Agárrenla!

—¡Corre Lilia!, ¡corre! Yo me encargo —dijo Damián que creyó que con el favor de Dios se iba a salvar. Estuvieron forcejeando por un par de segundos hasta que apareció otra camioneta. El tipo soltó a mi hermano, se subió al carro y la camioneta los persiguió hasta que se perdieron. Sepa Dios qué fue eso. Al otro día arrugué la frente, me enojé y tomé el autobús. No miré a nadie, excepto cuando se subió el muchacho de siempre que, como todos los días, se bajaría en la misma preparatoria. Tenía el pelo corto, ojos redondos y bien oscuros, de lejos podía sentirle un olor suave a jabón cremoso. Todos los días me desconcentraba de mi ejercicio de rudeza por mirarlo a él sin que se diera cuenta. Sonaban campanitas y pajaritos cantores cuando se subía al autobús. Cada día era una nueva película, imaginaba que se enamoraba de mí, que me pedía matrimonio, que teníamos hijos y éramos felices para siempre. Hasta imaginé la palabra "Fin" en la pantalla del cine. Cómo me gustaba soñar con el día en que el príncipe azul me rescatara.

Una mañana estaba profundamente atada a mi sueño de amor —volando por las nubes— cuando sentí que alguien se sentó a mi lado; volví a la tierra porque percibí que el jovencito de ojos redondos estaba junto a mí. Nos miramos, pero hubo un silencio nervioso hasta que llegamos a la preparatoria. Después de ese episodio, el baño, el patio, el casino, todos los lugares tenían su rostro. De cerca era tan bello como en mis sueños. Olvidé a mis hermanas, los alacranes, los silbidos de la calle, todos los lugares y animales del mundo tenían la cara de Arturo.

Era deportista, jugaba en el equipo de fútbol. Me habló por primera vez un lunes y lo hizo para invitarme a un partido importante, según él. Jugaba con el número once y quedó con ese nombre para mis amigas.

—¿Has visto al once? —me preguntaban. Mi madre se enteró de que yo y Arturo teníamos un interés mutuo porque una tarde, después de un partido, Arturo me dejó en la puerta. Quiso de inmediato conocer a mi familia, pero yo le adelanté que era de una familia humilde. Estaba empeñada en que yo encontrara un hombre con una buena situación económica; nunca creyó que el abuelo me dejaría una herencia, y si lo hacía, su hermana Bárbara se iba a encargar de quitármela. Al llegar en casa una tarde acompañada por Arturo, le presenté a Pillita y a mi madre. Como no lo hice una presentación muy formal, mi familia no lo pensó una ocasión importante. Sin embargo, Arturo lo vio como un paso significante en nuestra relación.

Mientras tanto, mi madre persistía con su deseo de que Horacio fuera mi novio. Pillita y Lancha lo miraron con desconfianza. Cuando se fue, mi madre tuvo una desafortunada iluminación que compartió con todas las que estábamos en la mesa:

–Tienes que casarte con ese hombre.

Pillita y Lancha no confiaban en Horacio.

–¿Quieres deshacerte de tus hijas? –le respondió Pillita enojada–. ¿Acaso te estorban?, no ves que la muchacha está estudiando y ese joven está muy feo para ella. Además, a Lilia no le gusta, déjala que escoja –le soltó antes de irse a su cuarto.

Mi madre insistió con el boxeador, compraba fruta en el puesto que el boxeador había heredado de sus padres. Si no iba a comprar, Horacio se las mandaba con un sirviente. En la casa sobraban los plátanos, las manzanas y las fresas, pero seguía faltando el cariño. Le conté a Arturo lo que estaba pasando y me consoló diciendo:

–síguele la corriente.

Pero al boxeador le llegó su hora cuando se puso a discutir en el mercado con un cliente que le debía dinero. No le bastó con un golpe directo en el ojo, sino que lo dejó tirado, sangrando de una apuñalada.

Mi tía Lancha llegó a contar la noticia con una sonrisa de oreja a oreja, sabiendo que le convencería a mi madre a parar de oprimirme con esa idea de casarme con Horacio. Lancha frecuentemente me ayudaba y había esperado pacientemente para hallar una manera de disuadir a mi madre de su idea absurda. Aquel día Lancha entró con el periódico en sus manos abierto en la página que decía: "Boxeador apuñala a su cliente en pleno mercado". Terminó en la cárcel.

Había pasado casi un año y el abuelo había vivido la mitad de ese tiempo acostado en su cama; mitad por la tristeza del abandono de Pillita, mitad por los dolores del cáncer. La joven plebeya con la que había engañado a mi abuela se había ido con un ranchero y con los bolsillos llenos.

La abuela –después de varias insistencias llorosas–, decidió volver a Ario de Rosales por su querido viejo. Tuve que dejar a Arturo con la promesa de que pronto nos encontraríamos. Hicimos nuestras maletas y abandonamos aquella ciudad calurosa. Arturo me enviaba cartas y apenas terminaba de leerlas, yo le respondía. Un día fue al pueblo con un amigo, empezó a silbarme para que bajara. Todavía tenía miedo del abuelo, así que bajé escondida y nos encontramos en la plaza. Empecé a visitar a mi madre en Irapuato, tres horas de viaje de Ario, para lograr verlo hasta que en una cita me contó que se iba a estudiar arquitectura al otro lado de México. Me propuso que nos siguiéramos viendo en las vacaciones pero muy pronto el amor de lejos terminó por separarnos. Me dolió su partida pero por muchos años guardé sus cartas y su recuerdo.

De regreso en Ario, mi abuela reanudó sus quehaceres en la casa, atendía al abuelo y sus dolores. Como yo había tomado sólo un año de preparatoria en Irapuato, también se encargó de inscribirme en una escuela del pueblo para hacer el segundo año. La gente seguía hablando de mí, el abuelo estaba igual que siempre –preocupado de sus negocios–, el paisaje era el mismo. Todo seguía igual.

Jennifer, otra de las hijas de mi tío Eduardo –menor que Yuri– había copiado mi costumbre de salir a correr. Yo tenía quince años cuando empecé a correr; mi rutina era correr hasta el cumbre del cerro San Miguel cuatro veces por semana al amanecer con algunas de mis primas. Se hizo fanática, por eso iba cada amanecer a correr por el cerro San Miguel que estaba a media hora de su casa. A veces iba con nosotras y a veces iba solita.

En ese cerro había una cueva, al parecer enorme, la verdad es que nunca me atreví a comprobarlo. Decían que había cientos de esqueletos humanos que habían intentado robar el oro enterrado. Al entrar, eran devorados por animales pre-históricos que se habían apoderado de la cueva, principalmente culebras de cabeza gigante. Cada vez que pasé cerca de las cuevas imaginé que las víboras me miraban con hambre. Nunca subí el cerro completo y mucho menos de madrugada. Jennifer iba sola, subía y bajaba ese cerro según ella para fortalecer los músculos y verse más bella.

En una ocasión, se dio cuenta que un hombre la estaba vigilando, se asustó y empezó a correr como pudo. Era un hombre que andaba con sus animales pastoreando, pero cuando Jennifer vio que había otros tipos más abajo que comenzaron a seguirla, corrió aún más rápido sin detenerse hasta llegar a la zapatería, casi sin aliento y toda sudada.

–¿Qué te pasó niña? –le reclamó su madre.

–Estaba en el cerro y vi a un hombre que me estaba vigilando –trató de decir apoyando las manos en las rodillas–. Luego vi a otros dos y me asusté... Me querían violar, estoy segura, así que me vine corriendo.

–Seguro que son esos viejos frescos que les gusta mirar a las jovencitas.

–No. Eran jóvenes. Estaban cerca –dijo casi ahogándose.

–Tú tienes la culpa –le dijo su madre–: Te dije que no fueras sola a ese lugar y menos tan temprano. Nunca haces lo que te digo. Por querer hacer cinturita, vas a llegar con pancita. ¡No quiero que vayas más a ese cerro!

La tía Elisa, como siempre, se encargó de comentar lo que le había pasado a Jennifer. Con la noticia de que hombres jóvenes andaban al acecho, cinco de las solteronas del pueblo empezaron a hacer fila para subir el cerro al amanecer. Esas mujeres, todas con más de cincuenta años de edad, nunca se habían casado y probablemente nunca se casarían. Su respeto por sus reputaciones había impedido que ellas se metieran en alguna relación además del matrimonio. Pero la realidad del celibato interminable hizo que ellas quisieran aliviar sus deseos en el cerro San Miguel. Varios les decían: –Vayan a sacarse las telarañas.

Y cuando las veían camino al cerro les gritaban burlonamente: –¿Van por el cambio de aceite?

Obviamente, ellas siempre negaron que algún encuentro hubiera sucedido, e insistían que sus caminos largos al amanecer eran sólo para ejercicio.

Un año después de los violadores del cerro, Teresa Salinas (Tere), mi amiga desde la niñez, llegó a mi casa con la propuesta de irnos a estudiar administración en turismo a Morelia. Había encontrado la carrera perfecta para viajar por el mundo, conocer mucha gente y ser felices. Pillita la miró poco convencida. Mi tía Bárbara seguía en el DF, así que la opinión de ella poco importaba. Más interesante se volvió la propuesta cuando el fin de semana siguiente apareció mi tío Fermín, con su adorable Mary, a quien le pedí ayuda para convencer a mi abuelo.

–Abuelo, el turismo es un negocio –le expliqué: Con eso puedo practicar lo que tú me has enseñado: atender a la gente, vender paquetes turísticos…

–Déjela don Rafael –interrumpió Mary–; ella está grande y quiere estudiar eso.

–No hijita, tú vas a estudiar para ser doctora –respondió el abuelo ignorando a Mary.

–Mire… es una buena idea para que empiece con sus estudios –insistió ella–, además se va a ir con las hijas de la familia Salinas que creo que es la única familia que usted respeta.

Aceptó al minuto. Más energía necesitaba para batallar con su enfermedad.

Con el recuerdo de Arturo, mi paso por Irapuato, la pesadilla de Hercilio y el legado de mi tía Bárbara, partí a Morelia, capital de Michoacán, a estudiar en el Instituto Valladolid, un centro de padres maristas muy prestigioso. Era el año 1981 y llegué a vivir a una casa de huéspedes, una residencia con treinta muchachas, ubicada a pocas cuadras del centro de la ciudad. Pillita me fue a dejar. Era una casa grande, estilo barroco, con muchas ventanas. Su administradora era Gela, una señora española, de nariz grande y voz grave. Arrendaba cuartos privados, cuartos compartidos y cuartos con servicio de lavado, planchado y comida. Paquete completo. Yo pedí cuarto privado y comida, pero cuando me di cuenta que las ollas de la comida las ocupaba para otras cosas, dejé de comer ahí. Me dio un cuarto del primer piso. A los lados estaban Gema –media hermana de Gela– y Marlén. En otro cuarto muy grande compartían cuatro muchachas. Arriba vivía Tere, Lucy y Rossie. Al poco tiempo después, Tere y Lucy se irían a un apartamento que les compraría su padre en la casa de enfrente. Me invitarían a vivir con ellas, pero yo les diría que no. Sería otra mala decisión. Fui muy tonta, quizás hubiese estado mejor y habría tenido otro destino con ellas porque eran unas niñas muy buenas.

Ahí comenzó mi nueva vida, el cuarto era pequeño pero lo decoré y acomodé para que luciera más espacioso. Mi rutina al principio era ir al instituto y volver a la casa. Luego, se llenaría de emociones, sobre todo con Gela, que era todo un personaje; un tiro al aire imposible de ver. Me iba caminando entre las calles, salía a la avenida Madero que cruzaba toda la ciudad, y me entretenía mirando el comercio, los restaurantes y la gente; era una avenida llena de luces y vida. También recordaba el consejo de mi madre, "poner cara de mala y enojada" cada vez que veía hombres sospechosos.

Morelia es una ciudad grande, muy poblada y llena de historias malas y buenas. Me gustaba mirar las plazas, las catedrales, las casas del siglo XVII y los edificios típicos de la ciudad. Se veía realmente bella. Creo que por esa razón prefería caminar que tomar un autobús al instituto.

Habían empezado las clases y todo parecía normal hasta que el viejo Hercilio apareció. Gela abrió la puerta.

–Busco a Rosa Lilia –le dijo el señor–. Soy su tío.

Ya le había contado la historia a Gela, le dije que Hercilio usaba en su muñeca una esclava de oro con su nombre, así que ella supo de inmediato que era el hombre del cual yo me estaba escondiendo. Además mi abuela la puso al tanto de la situación y humillación que yo había sufrido en el pueblo. Gela le respondió a Hercilio que estaba equivocado, que podría ser en otro lugar porque había muchas casas de huéspedes en Morelia. Y se fue. No lo vi más hasta tres años más tarde en otra casa.

Como Ario de Rosales estaba a casi dos horas de Morelia, a menudo iba a visitar a mis abuelos. En una de esas visitas cuando tenía diecinueve años y estaba en mi tercer año de carrera, conocí a Federico. Era un doctor de Querétaro con veintisiete años de edad que estaba trabajando como practicante para el Instituto Mexicano de Seguro Social en una nueva clínica en Ario. Él era uno de los tantos doctores a los que enviaban de diferentes ciudades del país a prestar sus servicios en el pueblo.

Con la enfermedad del abuelo, Pillita se había hecho cargo de más propiedades en el pueblo. En una de ellas y en el piso de abajo estaban Marta y Lulú, unas jovencitas que vivían en los Estados Unidos pero que cada temporada de vacaciones visitaban a sus padres en Ario. Ellas eran muy liberales. Hablaban en inglés, en español y fumaban marihuana. Eran divertidas pero un poco locas para mí. A Lulú yo le parecía simpática, entonces ella se comportaba de manera respetuosa conmigo, sabía que yo era una muchacha tranquila y no podía seguirla en sus locuras y vicios. La madre arrendaba esa tienda para vender ropa americana y en el piso de arriba vivía aquel doctor, Federico. A veces mi abuela me mandaba a cobrar la renta y así fue como lo conocí.

Yo le gusté y empezó a pretenderme. Lulú era amiga del doctor y nos ayudó a enviarnos recados y hacer algunas citas. Comenzamos a vernos, a compartir más.

Volví a sentir el deseo de casarme en la iglesia, con una hermosa ceremonia y una gran fiesta de amor. Ese hombre fue mi salvación, al principio. Me hizo sentir hermosa, pero después fue mi pesadilla y una de mis grandes desgracias.

Mis abuelos lo conocieron y lo aceptaron.

Mi tía Bárbara decía que era feo. Pillita decía que no importaba:

—Lo adoro —decía. Incluso algunas veces fue a cenar con nosotros, yo estaba muy feliz.

Viajaba a menudo al pueblo de Ario a ver a mis abuelos. Un sábado llegué tarde porque antes me había juntado con Federico y el tiempo se me había pasado volando. Eran las nueve de la noche. Al entrar, al primero que vi fue a mi tío Fermín sentado en la mesa con un montón de papeles en las manos.

–¿Por qué vienes a estar hora Lilia? –me preguntó enojado, nunca me había hablado así–. Tienes que estar temprano en la casa, mi papá está muy enfermo, ya lo sabes.

–Disculpe, es que el autobús se demoró en llegar.

–Está bien, ve a ver a mi papá –me ordenó y siguió mirando los papeles.

Mientras caminaba hacia el cuarto, pensé en que la voz de mi tío Fermín sonaba muy extraña, tenía la cabeza casi hundida en la mesa y a cada momento suspiraba. Esos papeles eran contratos, facturas, incluso era probable que allí estuviera el testamento del abuelo. Nunca me levantó la voz y para mí algo andaba mal.

Entré al cuarto y vi al abuelo, más flaco y pálido que nunca. Empezó a hablar cosas sin sentido y a hacer ruidos extraños. Dios se lo va a llevar muy pronto, pensé. En el cuarto estaba mi abuela, mi tía Milla y Susana, mi hermana que estaba en la casa desde que me había ido a Morelia porque mi madre le había pedido que ayudara a Pillita. Me acerqué al abuelo y parecía un cadáver, sólo tenía una delgada capa de piel pegada al hueso. Le habían puesto sangre, algo como plasma y mucha morfina, pero el cáncer seguía esparciéndose por su cuerpo.

–¿Eres tú? –balbuceó–. Diles que vengan a comprar el piloncillo.

–Calma abuelito –le dije y le toqué la cabeza por primera vez.

Estaba mal, pero me reconoció y se alegró aunque tenía poca fuerza. Hace un tiempo yo había comenzado a inyectarle morfina. No quería enfermeras, decía que le tenían los brazos como coladores y lleno de moretones. Cuando estuve en la preparatoria, había tomado un curso de primeros auxilios. Como parte de nuestro entrenamiento, nos llevaban a las escuelas primarias y a casas rurales para darles las vacunas. Los niños hacían largas filas para vacunarse conmigo. Se pasaban el dato: –No duele con esa doctora –decían. Mi tía Milla también me había mostrado cómo poner las manos, cuánta presión hacer y todas las técnicas que habían pasado de generación en generación.

Aquella noche, tenía mi mano en la cabeza de mi abuelo cuando empezó a hacer gestos extraños y comenzó a sangrar por la boca.

Quise auxiliarlo pero rápidamente me sacaron del cuarto. Me fui del cuarto pero estuve pendiente de lo que sucedía. Mi tío Fermín seguía revisando los documentos. El abuelo murió a las doce de la noche, lo supe cuando escuché a Pillita gritar y llorar. Susana, que también estaba acostada, se levantó. –Rafael se murió –gritaba mi abuela.

–Para qué lloras Pillita, si era tan malo contigo –le dijo Susana. Mi tía Milla se quedó sentada e inmóvil pensando, no lloraba. Fuimos al cuarto, menos mi tío Fermín que estaba hablando con el doctor y luego con un sacerdote. Luego se fue a bañar y todos lo miraron extraño, nadie entendía por qué iba a bañarse justo en ese momento. Yo lo comprendí, imaginaba que estaba tan afectado que quería sacarse el dolor con el agua. Estaban todos haciendo diferentes cosas, entraban y salían del cuarto, hasta que me quedé sola con el abuelo. Tenía un muerto en frente pero no le temía. Lo miré detenidamente y me pregunté –*¿Estará muerto?*

–Abuelito, abuelito –le dije sin tener respuesta–. Bueno, entonces, estarás muerto. Por dónde empiezo a vestirte. Te perdono los golpes que me diste, el estrés que me causaste, tus gritos, tus maltratos a Pillita. Te perdono abuelito. Ándate tranquilo. Si es cierto que el último órgano en dejar de funcionar es el oído, entonces quiero que sepas que te perdono y estoy segura que mi madre también.

Desde el cuarto se oían las conversaciones sobre el cajón, que de madera, que de metal, discutían. –Cómo lo vamos a enterrar en un cajón de madera, todo el pueblo va a criticarnos –dijo el tío Fermín. Hasta escuché la voz de mi tía Elisa –que había llegado con mi tío Eduardo–; decía que el abuelo le había confesado que quería un cajón de madera. Con tanta porfía me encerré en mi mundo, los dejé conversar sobre esas tonteras y destapé al abuelo. Quería ver su cuerpo, sobre todo cómo era eso de tener cáncer a la próstata. Había sufrido tanto que me imaginaba que algo visible había ahí. Mi abuela siempre lo mantuvo a raya con las mujeres que estaban a su alrededor –años atrás se había metido con una de las sirvientas y de esa relación había nacido una niña a cuya madre le habían pagado para que se fuera lejos–.

–¿De veras pecarías tanto con esta cosa? –le dije. Le eché un último vistazo a su tripa muerta y lo tapé hasta la cintura. –Que te vaya bien abuelo. Te perdono y ojalá que tu alma esté tranquila –le dije antes de ponerme a trabajar. Yo nunca creí en eso de que las almas se van al cielo, nunca, pero estaba tan conmovida por verlo muerto que le confesé: –Si tu alma anda por aquí, así como tú creías que el alma del tío Rodrigo se había quedado en el gato, espero que se meta en mi gallina y me la regreses le dije con una sonrisa porque me pareció gracioso lo que le estaba pidiendo.

Abajo seguía la conversación acalorada.

Después de desahogarme, le puse sus dientes, su mejor traje, una corbata y saqué de la cartera el estuché con mis pinturas para maquillarlo. Le puse algodones en la nariz, gel en el pelo y hasta un sombrero que él usaba cuando tenía reuniones importantes. Lo miré de lejos y me parecía un artista. Las voces se callaron y escuché pasos. Era el tío Fermín.

–¿Es mi papá? –dijo sorprendido–. ¿Tú lo maquillaste así? ¡Dios mío!, parece que estuviera vivo.

Cuando llegó el cajón –al final de metal– ya era la mañana del domingo, lo velamos durante todo el día. Al pasar las horas, fueron llegando los familiares y amigos de Morelia, del DF, más un gran número de vecinos del pueblo y mi tía Bárbara. Dentro del cajón, le puse una cebolla para el olor y un limón para espantar a los mosquitos. La casa estaba llena de personas, en todos los rincones. Nadie lloró, solo Pillita. Rondé por los pasillos para escuchar las conversaciones de la gente; alguien dijo que el abuelo era un gran hombre que había dedicado su vida a los negocios. Me habría gustado escuchar que era un hombre humilde dedicado a su familia.

Lo lloré a los días después, cuando empecé a recordar los momentos en que el abuelo me pedía que le cocinara. Nunca tuvimos una relación de afecto, pero su cariño lo demostraba al elogiar los platos que le preparaba cuando Pillita viajaba a hacerse sus chequeos médicos. La semana siguiente al funeral sentí que lo extrañaba, que era un hombre importante en mi vida. Para recordarlo me senté en el sillón que siempre ocupó para descansar o hacer listados con números. Lloré, pero un día me vio la tía Bárbara y le contó a mi abuela. Dijo que yo estaba mal, deprimida, que me había vuelto loca porque me iba a sentar en el sillón del abuelo y hablaba sola.

El cuerpo del abuelo se quedó en el único cementerio del pueblo. Muchos años después se reuniría con Pillita cuando la familia –sin mayor consenso– decidiera poner los huesos de mi abuela en el mismo cajón.

No llamé a Federico para contarle que mi abuelo se había muerto. De seguro no habría podido asistir al funeral porque también prestaba servicios médicos en el estado de Coahuila. Una semana después nos juntamos en Morelia y le hice un resumen aunque él insistió en los detalles. Se sorprendió y me hizo preguntas específicas sobre el futuro de mi abuela, mi tía y mi propio futuro.

Entre sus viajes, nos juntábamos en Ario, en Morelia o en la casa de sus padres en Querétaro. Me contaba sobre sus pacientes, enfermedades y nuevos medicamentos, yo siempre lo escuchaba interesada. Me llamaba la atención que siempre tomaba alcohol pero nunca terminaba borracho, más bien se ponía contento y enamorado. Me ofrecía unas bebidas alcohólicas y le rechacé varias veces hasta que un día salimos a comer y me convenció de que el alcohol había que saber manejarlo.

En ese día Federico había llegado con flores a la casa de huéspedes pero yo andaba con Tere comprando unos libros. Al regresar, Gela me entregó las flores con ojos de enamorada; eran unas flores bellas, de brillantes colores amarillos, rojos y azules.

–El doctor está enamorado de ti… Mira que hermosas… ¿Cuándo se van a casar? –dijo Gela–.

Gela estaba tan contenta como si estuviera hablando de su propio matrimonio.

–Muy pronto –le respondí. Federico me había hecho un par de preguntas sobre el matrimonio.

Me llevé las flores al cuarto. No pasaron cinco minutos cuando Gela golpeó la puerta. –El doctor está al teléfono, corre niña –me dijo. Federico me contó que las flores era la primera parte de una sorpresa; la segunda, era una invitación a comer cabrito asado. Se trataba de un restaurante donde preparaban el cabrito tal como en Monterrey, por eso también el restaurante llevaba el nombre de esa ciudad en el estado de Nuevo León.

Al llegar, él abrió la puerta del carro para mí, tomó mi mano para ayudarme a bajar del carro, y me ofreció el brazo mientras anduvimos. El restaurante tenía espacios grandes y muebles de madera antigua. Los antepasados del dueño habían vivido ahí y él quiso transformarlo en un lugar para comer y sentirse como en la hacienda. El cabrito lo ponían abierto en una enorme brasa de leña, luego lo llevaban en trozos a la mesa, junto con cebolla, ensalada, tortillas y salsa. Era una hacienda elegante, los platos eran de una colección antigua que habían comprado los primeros dueños en China. A pesar de que había un garzón parado todo el tiempo junto a nuestra mesa, otros, se acercaban una y otra vez a preguntarnos si necesitábamos algo más. Mucha amabilidad a la que yo no estaba acostumbrada. Federico pidió un tequila: −El cabrito sabe mejor si lo comes tomando tequila −me dijo. No escondió un anillo en la copa, pero esa noche me pidió matrimonio. Brindamos por eso.

−Después que salgamos de aquí te llevaré al apartamento de un amigo que está estudiando aquí en Morelia pero viene de Oaxaca −dijo mientras me tomó la mano−. Quiero que lo conozcas y veas un licor que trajo, es un licor especial que tiene un gusano adentro. ¿Lo conoces?

−No sé nada de alcohol, sólo de borrachos cuando era niña pero no aprendí a diferenciar las botellas.

Me sirvió más tequila. No estaba acostumbrada para nada a los efectos del alcohol porque fue la primera vez en años que yo lo había probado. Aquella noche me gustó el efecto calmante; estaba contenta, relajada, y me había olvidado de todas mis preocupaciones. La noche parecía perfecta y la comida estaba deliciosa. La invitación de ir a ver a su amigo me parecía extraña, nunca habíamos compartido con nadie más, pero iba a ser mi esposo, cómo podía desconfiar de él. Durante la cena me habló de la ceremonia de matrimonio, preguntó por mis invitados; incluso improvisó una lista en la servilleta. Me sentía una mujer importante y llena de fortuna por estar viviendo aquel momento.

–¡Tómate otro tequila! –le escuché repetir como cuatro veces–. Mira, agarra el limón, le pones sal y ¡adentro! Con la barriga llena y el corazón contento nos fuimos al apartamento del amigo. Nos abrió la puerta como si fuera año nuevo, abrazó a Federico y luego le dio un fuerte golpe en la espalda. A mí, me tomó la mano, hizo graciosamente una reverencia y la besó. Me sentí incómoda. El apartamento estaba en el sexto piso de un edificio en pleno centro de la ciudad. Tenía ventanas grandes que terminaban en una especie de altillo donde estaba su cama, tenía cocina americana y un amplio espacio para la sala, donde un sillón blanco con un par de cojines hacía juego con la alfombra. Ahí me senté mientras Federico y su amigo conversaban mirando una botella. Se trataba del mezcal. Federico se sentó a mi lado y su amigo en la alfombra para dar la charla: –Mucha gente dice que el gusano en su interior tiene un aminoácido que es curativo, y yo les creo... –partió diciendo el amigo.

–Tómate una copita –me ofreció–. Te vas a sentir muy bien.

–Perdón, pero me da asco ver esa cosa flotando.

–Es un inocente gusanito... –dijo Federico–. Mejor piensa que es un trozo de fruta.

–No gracias, de verdad no quiero tomar de eso.

Con esa respuesta la conversación se acabó, no porque el amigo se enojara, sino porque dijo: –Tengo que salir, pero los dejo en su casa... en el refrigerador hay cerveza y en ese mueble hay un poco de brandy.

Tomó su billetera que estaba encima del televisor y se fue. Hubo silencio.

Federico me llevó al segundo piso para mostrarme las fotos que tapizaban uno de los muros; su amigo era un tipo aventurero y ordenado, había organizado las fotos por año y por lugar. Mientras Federico fue a la cocina, me quedé mirando las que decían Oaxaca; fotos de playas hermosas, las ruinas de Monte Albán y una de la selva Lacandona donde el aventurero estaba abrazando a dos guerrilleros zapatistas. Federico apareció con dos copas.

–Como no vas a tomar mezcal, te traje esto.

Recibí la copa desconcentrada por las fotos, ni siquiera pregunté que era y bebí un gran sorbo. Seguí mirando las fotos de Acapulco y Veracruz hasta que tuve ganas de ir al baño. Frente al espejo vi mi cara roja, los ojos hinchados –como si hubiera llorado por horas– y sentí calor. Sudé y tuve que sentarme por un momento porque se me nubló la vista por unos segundos. Mareada, salí del baño y lo último que recuerdo es a Federico sentado en una cama, riéndose. Me senté junto a él y no recuerdo nada más hasta que desperté desnuda, me levanté rápidamente y vi que las sábanas tenían sangre. No estoy segura qué cosas hizo conmigo pero sentía ardor entre mis piernas y no podía caminar con normalidad. Lo desperté.

–¿Qué pasó? –le dije asustada.

–¿No te acuerdas? –me dijo–. Tú me lo pediste.

–¿Qué? Pero si yo estaba en el baño y me empecé a sentirme mareada y… ¿Qué pasó? –le dije junto con tirarle la almohada en la cabeza.

–No pasó nada malo. Todo es normal, no te preocupes, si pronto nos casaremos…–Hasta entonces, ni nos habíamos besado, ni pensar en una relación sexual. Antes de aquella noche, nuestro cariño lo expresábamos solamente con abrazos y al cojernos la mano.

En ese momento debí haberlo abandonado. Me sentí una basura, pero él me explicó que era normal que tuviéramos relaciones antes del matrimonio y que además yo había insistido en que lo hiciéramos ahí en la casa de su amigo. Cuando lo recuerdo, siento odio, porque fue un mentiroso. No sólo por esa noche sino por lo que vino después. Yo siempre cuidé de lo que consideraba mi virginidad, no obstante el abuso trágico por mi tío Eduardo. Pero aquella noche, Federico me violó en muchos sentidos. La sangre y el dolor me indicaban que él había hecho lo que quisiera conmigo, sin que yo estuviera consciente y sin que yo consintiera, entonces tuvo que ser forzoso y violento con mi cuerpo. Y como yo estuve dormida por muchas horas, sospecho que él hizo sexo más de una vez o tal vez varias veces.

Yo tenía la ilusión de casarme en la iglesia, seguir mis tradiciones y toda esa maraña de creencias que hoy me parecen innecesarias. Federico era un hombre astuto que creció en la ciudad grande. Él consiguió engañarme, usando el alcohol para robarme mi consciencia. Pero me dijo que no me preocupara, que las parejas tenían relaciones sexuales antes de casarse, que era mucho mejor para el futuro del matrimonio. Días después me dio pastillas anticonceptivas y tener sexo se transformó en una rutina. Enamorada seguí su juego, incluso conocí a sus padres.

En ese día, Federico estaba animado y sus padres eran simpáticos conmigo. Después de mostrarme toda la casa, me sirvió un té con sus padres. Entonces les dijo que no cenaríamos con ellos en casa porque teníamos una reservación en el restaurante. Lo pensé extraño porque cuando uno presenta a la familia un novio o una novia, la costumbre es tener una cena larga con los padres. Sin embargo, los padres de Federico dijeron, "Está bién! Aprovechen la cena!" Entonces no sospeché más esa falta de formalidad.

Federico e tenía cegada, a sus pies, era capaz de madrugar, viajar dos horas en autobús desde Morelia a Querétaro y regresar durante la misma mañana. Un día llegué a la terminal de buses, le hablé por teléfono para que me recogiera en su carro y me respondió que tomara un taxi porque estaba ocupado preparando un examen para conseguir trabajo en un hospital del DF. En esa ocasión tuve que llamar a Nataly –mi hermana mayor (adoptiva) que se había mudado con su esposo a Querétaro– para que me recogiera.

–¿Cuándo se casan? –me preguntó después que la actualizara de mi vida.

–Pronto –le dije mirando el piso–. No hemos hablado de eso porque tiene que dar un examen importante y no quiero molestarlo.

–Bueno, no olvides poner mi nombre en tu lista de invitados– bromeó.

En Querétaro vivía casi toda su familia, conocí a pocos familiares porque cada vez que llegábamos a la casa, Federico me llevaba directo a un cuarto en el fondo de la casa. Yo quería caminar por el campo, conversar con sus hermanas, pero él me encerraba para tener sexo. Si no era en su casa, era en un hotel barato; las salidas a restaurantes y lugares elegantes se habían acabado junto con su caballerosidad. Lo había comprobado las últimas tres veces que habíamos ido a un hotel. Al momento de pagar fingía buscar su tarjeta por todos los bolsillos, se demoraba tanto que yo sacaba mi dinero y pagaba.

Teníamos poco menos de un año juntos y algo extraño estaba pasando. Mi cerebro empezó a reaccionar. —¡*Aló, despierta!* —me dije una vez en el autobús de regreso a Morelia. Cuando llegué, Rossie estaba cambiando sus cosas a otro cuarto porque Gela había mandado a fumigar toda la casa. —Anda a buscar tus cosas y vas a tener que traerlas a mi cuarto por esta semana —me dijo.

Rossie estudiaba enfermería, era una joven que apenas saludaba pero siempre la veíamos alegre abrazada de su novio estudiante de medicina. Esa semana pudimos conversar y le conté de mis observaciones del comportamiento de Federico. Se atrevió a decirme que quizás había algo escondido. —Abre los ojos —me aconsejó.

Decidí abrirlos y partí un día a Querétaro, sin avisarle a Federico. Llamé desde la terminal de autobuses a Nataly para que me llevara a la casa de ese hombre. No contestó. El plan de tomarlo por sorpresa se acabó cuando además no encontré ningún taxi. Eran las cinco de la tarde y me empecé a desesperar, así que tuve que llamar a Federico. Me respondió su madre.

—Federico no está ¿Quién habla?

—Soy una amiga, le estoy llamando de un pueblo llamado Ario de Rosales —le inventé.

—Claro, si me contó que había ido a ese pueblo a trabajar ¿seguro tú eres enfermera?

—Sí, soy...

Sin dejarme terminar la frase me dijo que Federico había salido con su novia a comprar algunas cosas para el matrimonio.

—¿Cuál novia? —le pregunté.

—Isabella es su novia, ¿no te invitó a la boda? —me dijo—. Y por su tono pude imaginar la cara de felicidad que puso.

Por segunda vez sentí mi estómago hervir y antes que me estallara la cabeza, corté el teléfono y empecé a caminar alrededor de la terminal. Federico, sin duda, no tenía problemas de dinero pero quería un puesto de doctor en un hospital público del DF y para eso necesitaba influencias. Isabella, a quien había conocido en sus visitas al hospital de Coahuila, era la hija de un reconocido político en Querétaro y puedo jurar que también la usó a ella. Pasó una hora, pasaron dos y no sabía si ir hasta su casa para enfrentarlo o esperarlo en la mía algunos días y humillarlo.

No hice ninguna de las dos –ambas por vergüenza– y preferí estar sola. Pregunté por un hotel y antes de llegar compré una botella de tequila. No recuerdo si era pequeña o grande, ni de sus colores, apenas entré me tomé casi media botella y me arrodillé en el suelo a llorar. Repasé una y otra vez la historia y no podía convencerme de que Federico fuera capaz de aprovecharse con tanta crueldad. Gritaba con toda mi fuerza: –¡Maldito!

Mientras rabiosa, me hacía cortes en los antebrazos con una navaja que siempre guardaba en mi bolso. Los gritos se siguieron escuchando hasta que llegó un empleado del hotel, abrió la puerta y me encontró dándome cabezazos contra una pared. Me quería morir. El mismo joven que me encontró me llevó en su carro al hospital, me dejó en la entrada y nunca más lo vi. Llegó la policía y después de las curaciones me preguntaron qué había pasado.

–¿A qué hombre se refería cuando estaba gritando en el hotel? –preguntó uno de los policías.

–A mi novio –le confesé.

–¿Y qué tiene usted contra ese hombre? –preguntó el policía mirándome las manos y agregó: ¿ese hombre la dejó así?

–Él me hizo esto –le respondí sin pensar en lo que estaba diciendo.

La policía me llevó hasta la casa de Federico. Me quedé esperando en el carro hasta que lo vi salir –seguido por su madre–, lo metieron a otro carro de policías y se lo llevaron. Su madre se acercó a mi ventana.

–¿Qué hiciste?, no te das cuenta que lo perjudicarás en su carrera.

–Usted sabía que yo era su prometida –le grité–. Federico había sido el único hombre en mi vida, al que había amado y con el que quería tener una familia.

–Estúpida, cómo se te ocurrió que mi hijo se iba a casar contigo si ya tenía novia –dijo mirándome de pies a cabeza.

–Él tiene que pagar por todo lo que me hizo, yo tengo que sacarme este coraje señora. ¡El tiene que pagar¡

–Claro que te va a pagar y sabes por qué… porque a las prostitutas se les paga –dijo la señora y me tiró unas monedas.

Extrañé al abuelo y recordé el día de su muerte. Se me juntó el amor inexplicable por ese hombre frío y mal genio con el odio por el maldito que había dicho que me amaba. Relacioné sin querer a Federico con la muerte del abuelo porque varias veces insistió en preguntar por la herencia y las propiedades. Un día le conté lo que me había dicho Pillita una tarde cualquiera: –Cuando me muera, todo mi dinero va a ser para Bárbara, tu madre y para ti. Tu abuelo Rafael ya se preocupó de dejar la herencia para los hombres.

En vez de agradecerle me puse a llorar. Entonces hice memoria de la conversación con Federico. Le había preguntado dónde íbamos a vivir cuando nos casáramos. El respondió: –¿Cómo?, ¿tu abuelo no te dejó nada?

Me fui por dos días a la casa de Nataly y después regresé a Morelia como una perdedora, una estúpida que se había creído en el sueño del matrimonio con el doctor que finalmente terminó en una pesadilla. Intenté olvidarlo pero el esfuerzo se convirtió en un odio profundo hacia él y en el repudio a todos los hombres.

Era junio y había comenzado mi último año en el instituto. Sentía que no había aprendido nada. Estaba ahí porque Tere me había llevado pero yo no tenía ánimo de hacer algo por mi vida. Después que salí del pueblo todo fue arrastrado por las circunstancias, excepto Federico, cuando se convirtió en mi razón de vivir. Como no era capaz de construir mi propio destino me aferré al de Gema para ver si me contagiaba un poco su alegría –su hermana Gela decía que se me iba a contagiar la maldad–. Gema era seis años menor que Gela y trabajaba como secretaria para una oficina del gobierno y por eso tenía contactos y fiestas por toda la ciudad.

Dos años antes me había conseguido un trabajo de medio tiempo en una empresa constructora, donde había un arquitecto, un ingeniero civil y un geólogo. Atendía el teléfono, escribía las cartas, les preparaba café y les resolvía problemas domésticos. Eran hombres amables y estaban contentos con mi trabajo, excepto esos días en que me desaparecí por ir a buscar a Federico. Pero me disculparon porque no había faltado ningún día y me querían; decían que yo hacía un gran esfuerzo al ir a trabajar todas las mañanas y luego ir a clases por la tarde. A pesar de tener dinero, Pillita siguió pagando mis estudios, los libros y la casa de huéspedes. Como nunca quise abusar de su bondad, el dinero que ganaba en la oficina, lo utilizaba para el autobús y para comprar ropa y antojos. Los hombres de mi trabajo fueron los únicos que no odié, a ellos les agradecía por darme la oportunidad de aprender.

Con el geólogo –a quien yo le decía tío Alfonso– hicimos buena amistad, incluso se lo presenté a mi tía Bárbara un día que fuimos al pueblo en su carro destartalado y humeante. A mi abuela le encantó ese hombre. Bárbara conversó con él, pero luego me reveló lo que pensaba: –Es feo, tiene los labios muy delgados y eso significa que es un hombre malo –me dijo. Seguro que tampoco le gustó su carro.

Al tío Alfonso le ofrecieron trabajar como subsecretario del gobernador –en ese entonces Cuauhtémoc Cárdenas, hijo del general Lázaro Cárdenas– y apenas aceptó, me llevó para ayudarle con el despacho de la correspondencia.

Ahí trabajé por un año más, llevando las cartas y documentos; andaba todo el día corriendo de una oficina a otra por los pasillos del palacio de gobierno.

Había terminado las clases y los exámenes en el instituto. Tenía una carrera y no sabía qué hacer con ella pero en ese entonces me importaba más trabajar en lo que me estaban ofreciendo; necesitaba tener contactos y terminar de odiar a Federico. Había tanto por hacer que apenas iba al baño. El tío Alfonso salía a terreno, visitaba campos y analizaba los proyectos del gobernador. Algunos días, como los martes, todo era el doble de intenso. Cuauhtémoc –siguiendo los pasos de su padre, quien había ayudado a la clase obrera– se reunía con los campesinos para escuchar sus demandas y luego conseguirles préstamos para mejorar sus negocios. Desde temprano, y algunos desde la noche anterior, hacían filas para las audiencias. Aunque era estresante me gustaba; estaba aprendiendo y todo iba mejor de lo que había imaginado, pero no duraría.

Gema era una de las promotoras de las fiestas de gobierno, yo la acompañé un par de veces, pero nunca acepté participar del grupo de señoritas a las que llamaban "acompañantes". En la primera fiesta Gema me presentó a un señor bien especial, podría decir: un contador público. Era un señor moreno, de manos grandes y piernas cortas. Usaba lentes de alguna época anterior y hablaba tan rápido que entendía la mitad de lo que decía. Parecía una buena persona pero su aspecto no me gustó. Como desde niña había tenido asco a muchas cosas, la saliva que le saltaba de la boca y se le juntaba en los labios me hacía vomitar. Por desgracia el caballero quedó flechado conmigo, le preguntó a Gema si vivía con ella en la casa y empezó a visitarnos.

Un día llegó en su Volkswagen nuevo a invitarnos a tomar helados. Cuando llegamos al estacionamiento del centro comercial se bajó a comprar. Gema –que tenía cinco meses de embarazo– le dijo –Lo vamos a esperar aquí mejor porque me siento cansada.

El contador respondió: –No hay problema.

Cuando se fue, Gema se frotó las manos y se pasó al asiento de adelante.

–¡Vámonos Lilia!, vamos a dar una vuelta en el carro –me dijo con una sonrisa difícil de imitar.

–¿Estás loca?, el viejo va a llamar a la policía.

–Estoy segura que no, ¡vamos!

Nos fuimos por la avenida Madero, la recorrimos un par de veces y pasamos a comprar unos helados. Gema no paraba de reírse de la cara que probablemente había puesto el contador cuando vio que su carro no estaba. Tenía una risa tan contagiosa que a pesar de que no me gustaba la broma, reía con ella. Nos fuimos a la casa de Gela –donde con seguridad llegaría el contador–, él ya estaba ahí, conversando con Gela que nos vio apenas llegamos. Nos bajamos del carro, le dejamos las llaves en el techo del carro y salimos corriendo. Al regresar Gela le dijo a Gema: –Me estás causando muchos problemas, no puedes llevar por tu camino a las demás muchachas... Mírate Gema, además estás embarazada ¿Cómo se te ocurre andar corriendo?

Pero el contador volvió a aparecer por la casa más de una vez; me llevaba flores y dejaba recados con Gela que siempre volvía a decirme: –Ya puedes salir, se fue el viejo.

Hasta que nos encontramos en la calle el mismo día lluvioso que murió mi abuelo paterno Vicente. Yo iba con Esperanza, amiga de Gema, que se ofreció a acompañarme.

–¿A dónde van? –me preguntó.

–A una fiesta –se me ocurrió decir–. ¿Nos llevas?

–Claro, ¿Dónde es?

–Aquí, bien cerca –le dije.

Manejó todo el camino preguntando dónde era. Esperanza y yo le decíamos que faltaba poco. Cuando llegamos a la casa de Trina, mi abuela paterna, me acordé de los días infantiles en que me arrancaba a visitarla y de la fruta que me regalaba. Pero más me concentré en todas las veces que me dijo que era linda y que le gustaba mi nariz; era como un vapor de autoestima.

En la calle había un par de vecinos cobijados debajo de la lluvia con un café en la mano. Nos bajamos del carro, saludé no sé a quién y entramos por un pasillo largo ocupado por unas pequeñas mesas donde había botellas de vino. El contador se sentó en un rincón y le puse un vaso de ponche en la mano. Fui a saludar a la familia de mi padre, a pesar de no haber compartido con ellos. Mi tía Bárbara había sido muy clara cuando me advirtió: –Mantente alejada de esa familia, no es buena para ti. Saluda a tu abuela Trina, y quizás a tu tía Estela, pero a nadie más.

Sentí tristeza, no sé muy bien si fue por la muerte del abuelo Vicente o porque él me recordaba a mi padre; tenían los mismos ojos y el mismo vicio.

–No llores, tenemos que estar alegres –me dijo la tía Estela–. Tu abuelo no quería llantos en su velorio.

Comenzó a sonar la música de Pedro Infante –la preferida del abuelo Vicente– y me di cuenta que nadie lloraba, sino que conversaban con sus vasos llenos como si estuvieran en plena fiesta.

Hasta Panchito, que andaba de velorio en velorio, tenía su vaso. No era cura, sino que vivía en la calle y donde había un muerto él iba a buscar comida y alcohol. A la hora después llegó mi madre y Pillita. Saludaron y se fueron. No me quedé al funeral porque al otro día tenía que correr con los papeles del gobernador. Abracé a la abuela Trina. Ella me tocó la nariz y me dio un beso. Agarramos al contador que había armado una tertulia con unos viejitos del campo y nos devolvimos a Morelia un poco antes del atardecer. El contador, no sé si por compasión porque veníamos del funeral del abuelo o porque había tomado mucho, se quedó callado, eso era un milagro. Llegamos a la casa de madrugada, Esperanza se bajó conmigo para que el contador no me molestara con sus conversaciones tediosas. Nos despedimos y entramos a la casa.

El hombre creyó que con ese favor podía conquistarme, así que empezó de nuevo con los llamados y esperas improductivas. Un día estaba esperándome apoyado en su carro y a Gema se le ocurrió subirse al techo para lanzarle agua con una cubeta.

—¡Voy a llamar a la policía! —gritó cuando sintió los tres litros de agua sobre su cabeza.

Nunca más lo vi.

En la navidad de ese mismo año todas las muchachas de la casa habían decidido pasar las fiestas con sus familias. En vez de ir al pueblo de Ario de Rosales yo acepté la invitación de Gema. Las hermanas menores de Carlos, dirigente de uno de los equipos de fútbol de Morelia, la habían invitado a la cena de navidad. Gema las había conocido antes que la buena fortuna de Carlos y otros negocios que habían instalado sus hermanos, sacaran a la familia de la pobreza. Carlos era un hombre de unos cuarenta años, con rasgos de indio y chaparro. Viajaba todos los meses por asuntos de negocios, incluso esa misma noche había aterrizado de un viaje a New York. En la cena, conversamos sin mayor atención hasta que preguntó mi apellido.

−¿Cómo? −dijo−. ¿Era de la familia Negrete? ¿Negrete de Ario de Rosales? ¿No me digas que eres nieta de don Rafael Negrete?

−Sí, era mi abuelo pero murió hace un par de años.

−Te doy todos mis respetos −dijo levantándose de la mesa−. Don Rafael fue un gran maestro para mí. Casi todo el dinero que gané fue gracias a sus consejos. De verdad fue mi maestro.

Luego de la coincidencia, compartió sus recuerdos de pobreza, cómo había conocido al abuelo y cómo había transformado la vida de la familia. Todos escuchamos con atención la historia sobre sus ocho hermanos; su padre jardinero en una casona muy rica, cuyos dueños lo dejaban vivir allí en una casita al fondo del rancho. Me contó que de niño vendía chicles en los cines y que siendo un jovencito conoció a mi abuelo por medio de su amigo Nicandro, que tenía una tienda en Morelia y al que el abuelo surtía con mercadería.

−Claro −le interrumpí−: Si mi abuelo viajaba siempre a Morelia porque su hermano Antonio vivía allá y porque tenía muchos clientes, uno de ellos era un señor de nombre Nicandro. Incluso yo jugaba con las hijas de Nicandro mientras el abuelo intercambiaba dinero y hablaba del piloncillo −le dije impresionada por el instantáneo recuerdo.

−Don Rafael fue el único que confió en la tienda de Nicandro −dijo Carlos−, lo apoyó hasta que pudo caminar solo y después me prestó dinero para instalar mi primer negocio que luego convertí en supermercado.

Recordé esos días en que el abuelo se levantaba de buen humor y me llevaba a Morelia. En realidad Pillita lo convencía para que la tía Bárbara no se pusiera tan nerviosa con mi presencia. Había olvidado el recuerdo de los viajes a Morelia como también había olvidado lo que Carlos de pronto recordó.

−¿Tú eras la niña que se hacía pis? −me preguntó−. Don Rafael decía que el piloncillo tenía un olor extraño y que por eso se lo vendía a Nicandro más barato.

Me quedé callada.

−Claro… tú eras la mocosa que andaba con él −dijo con alegría celebrando su descubrimiento.

De sólo recordar por qué me orinaba sentí ganas de ir al baño:
—Permiso —dije.

Al regresar Gema me susurró al oído: Ya pegaste tu chicle.

Insistió en que Carlos había quedado encantado conmigo y que
tenía mucha suerte porque él tenía mucho dinero y que me iba a
hacer feliz.

—Cállate —le dije—, ¿me invitaste a pasar una navidad tranquila
o me trajiste de gancho para Carlos?.

La conversación había estado entretenida pero a las dos horas el
tipo seguía con la historia del abuelo y los negocios. Se comportó
como todo un caballero, pero la verdad, me empezó a aburrir cuando
contó la vida de sus propios abuelos.

Después de esa noche me invitó varias veces a comer y me
regalaba entradas para los partidos de fútbol. Gema las aceptaba y
llevaba a todas las muchachas de la casa al estadio.

En las bodegas del abuelo todavía quedaba piloncillo. Le pregunté
a Carlos si quería comprarlo y aceptó. Lo llevé a la casa, conoció a
Pillita, a mi tía, les contó tres horas su historia y ambas cayeron a
sus pies. No me di cuenta del momento en que entre tantas citas me
había convertido en una de las tantas mujeres que solía frecuentar.
Tener a una veinteañera como amante fue todo un orgullo para él.

Cada viernes había fiesta de gobierno. En una de ellas, Gema
me arregló el pelo y me puso un vestido de los que había guardado
de recuerdo con el embarazo. Dejamos a Ernesto, su pequeño
de meses con Gela y nos fuimos a la fiesta, no sin antes pasar a
buscar a Esperanza que salió con los zapatos de tacones altos en la
mano. Gema era una muchacha imparable, disfrutaba la vida y las
conversaciones en las fiestas. Nunca la vi drogarse y el alcohol se lo
tomaba con tanta delicadeza que más bien disfrutaba del gesto de
tener una copa en la mano que de su sabor.

Conocí a varios personajes; un señor que arrendaba sillas para
eventos, la mujer que se encargaba de las cenas del gobernador y
otra que hacía los discursos de un político que no quiso delatar.
Esperanza y yo nos reímos con las anécdotas. Gema tomó su rol de

relacionadora pública en todos los grupos hasta las dos de la mañana. Cuando intentamos regresar a casa, quedamos a mitad de camino y con el motor humeando. Gema con su osadía característica, hizo parar el primer carro que apareció.

Esa noche conocí a Leandro, –Dejemos el carro aquí, yo las dejo en su casa –propuso. Esperanza y yo nos sentamos en la parte trasera. Gema se encargó de presentarnos y lo interrogó todo el camino hasta que Leandro dijo:

–Voy a una fiesta y estoy seguro que ustedes quien ir.

–Yo no puedo –dijo Gema–. Que vayan las muchachas.

–Si tú no vas, yo tampoco voy –le dije a Gema.

–¡Habló Rosa Lilia! –dijo Leandro celebrando y a la vez burlándose de mi permanente silencio.

–¡Yo si voy! –dijo Esperanza.

Cuando llegamos a nuestra casa, Leandro insistió en convencer a Gema pero no hubo caso. Gema le agradeció y desapareció rápido. Leandro nos explicó que teníamos que pasar por unas botellas de alcohol y en quince minutos estaríamos en la fiesta; era en su propia casa. Esperanza se arrepintió, dijo que la disculpáramos porque estaba cansada. Leandro se ofreció a llevarla a su casa y luego terminamos los dos en su carro, con una botella enorme de ron.

Conversamos de su trabajo en el hospital, de nuestros padres, de música y así sin darme cuenta me relajé pero sin dejar de pensar en Federico aunque algunos meses habían pasado desde que nuestra relación se terminó. De alguna manera cualquier hombre que tenía en frente me hacía recordar el odio que sentía por él. Me había prometido no volver a caer en esa trampa y había decidido no involucrar mis sentimientos y no confiar en ningún hombre. –Si ellos pueden ser tan malos, pues yo también puedo serlo –había pensado.

Nos habíamos tomado casi todo el ron a la hora en que le pedí a Leandro impulsivamente que me llevara tres horas y media a Querétaro, a la casa de Nataly, sin ningún motivo, sólo viajar.

–No hay problema –dijo Leandro. Durante todo el camino –sinuoso y con curvas– seguimos disfrutando de la conversación y unos sorbos de ron. Llegamos cerca de las siete de la mañana, así que

Nataly, asombrada por mi visita nos ofreció una taza de café, que tomé sola porque Leandro dijo: –Voy a lavar el carro y vuelvo.

–¿Quién es ese? –dijo Nataly–. Vienes pasada a alcohol.

–Lo conocí anoche en una fiesta –le respondí somnolienta.

–¿Y ya andas con él, no te da miedo?

–Es buena persona, no te preocupes –le dije cuando me recliné sobre la mesa a punto de desvanecerme.

–No te vayas con él, por favor, déjalo solo. En la tarde te llevo a la terminal. ¿Cómo se te ocurre venir con este tipo? De verdad estás…

Nataly no terminó de decir su discurso y se dio cuenta que yo estaba durmiendo. Me llevó a su cama y no me desperté hasta que Leandro regresó después de tres horas. Recuerdo que Nataly me aconsejaba que no volviera a Morelia con Leandro, pero yo ni tenía dinero para pagar el autobús. El pasaje me dejaría solamente en el terminal en Morelia, y luego tendría que pagar un taxi para llegar en casa. Además, ya tenía tomado media botella de ron y pensaba que iba a vomitar en el autobús. Entonces decidí volver a Morelia con Leandro.

Al volver a Morelia me invitó a conocer a su abuela Teodora. La vestimenta de Leandro y su modo de hablar eran tan sencillos que imaginé que vivía en condiciones humildes. Llegamos hasta las afueras de la colonia de Chapultepec y cuando vi la casa me sorprendí de sus jardines, fuentes de agua y enormes árboles. Enseguida salió la señora Teodora a saludarme.

–Le presento a Lilia, una amiga –dijo Leandro.

–Que bonito nombre –dijo la señora.

–En realidad es Rosa Lilia –le respondí al darle la mano.

–¡Mejor aún! –dijo la abuela.

La señora me tomó del brazo y me sentó en una de las bancas. Leandro entró a la casa. Teodora me recibió con tanto cariño que yo la quise desde el primer minuto. Tenía el pelo negro y largo hasta la cintura, amarrado con una cinta roja. Sacó de una caja de madera un par de copas y me sirvió algo de color rosado.

Ya se había tomado un par cuando empezó a contarme cosas de su vida. Lloró como lo hacía siempre que recordaba su juventud, eso me dijo Leandro. A todas las visitas las emocionaba con su historia de niña pobre. Me contó que sus padres tenían gallinas moribundas porque no había con qué alimentarlas. Ella, para comprar sus libros de la escuela, agarraba las gallinas, les ponía alcohol en el cuello para despertarlas y las vendía en los ranchos. Había sido maestra y directora de una escuela donde conoció al abuelo de Leandro. No entendí muy bien, pero intentaba decirme que su esposo era malo. No la golpeaba, pero sí la engañaba con cuanta mujer encontrara desprevenida.

Había criado cuatro hijos: Leandro, Miguel, Javier y Lourdes y se lamentaba de que ésta última hubiera quedado embarazada a los catorce años.

En cada suspiro bebía su copa. Suspiró tanto que me costaba creer que siguiera lúcida. Su modo de hablar pausado, sus lánguidos gestos eran propios de alguien sereno y paciente; me transmitió el sufrimiento pero también su fuerza. Me recordaba a mi madre, que por momentos imaginaba sentada en esa banca, hablándome de su pasado, explicándome por qué las historias se repiten. Teodora me recibiría muchas veces más en su casa, cambiaría la banca, me seguiría sirviendo copas rosadas mientras Leandro y sus tíos conversarían largamente adentro de la casa.

Al momento de despedirnos aquel primer día que conocí a Teodora, ella hizo una invitación: –Tu madre va a tener una fiesta hoy en su casa, ¿por qué no vas con Rosa Lilia? Yo no iré porque estoy muy cansada.

Las fiestas para Leandro eran como el néctar para un colibrí, así que partimos al centro de la colonia de Chapultepec. Pensé que ese día nunca iba a terminar.

Me sorprendí cuando Leandro apuntó a su madre desde el carro: Ella es –dijo estirando su dedo. María Elena, su madre, estaba en la puerta recibiendo a los invitados con un elegante vestido de chifón color azul. Llevaba unos tacones altos y su cabello casi rojo, recién acomodado en alguna peluquería.

Cuando la vi, me volteé a mirar a Leandro para ver si algo había heredado de la belleza de su madre, fue en vano, el cromosoma se había perdido. Pero la sorpresa mayor fue cuando María Elena se acercó al carro y preguntó: –¿A quién traes en el carro?

–Es Lilia, una amiga– respondió Leandro.

Su madre contestó: –¿Y tu esposa? –le dijo con la mano en la cintura–; anda a buscarla, qué crees que estás haciendo con esta mujer. Trae a María.

Me bajé del carro, cerré la puerta con tanta fuerza que varios saltaron del susto. Comencé a caminar sin rumbo, pero con paso firme. Leandro me alcanzó en el carro, se bajó y me tomó las manos.

–Te voy a explicar –dijo apurado.

–No tienes nada que explicar. Tú y yo no tenemos nada. No quiero volver a verte... no quiero problemas.

–Es verdad que tengo esposa pero nos vamos a divorciar.

–No me interesa tu vida, apenas te conozco... de verdad no tienes que darme explicaciones.

–¿Por qué crees que ando en fiestas? –me dijo–. No tengo ningún sentimiento hacia ella, no la quiero, sólo estoy esperando que firme el divorcio.

–¡Cállate por favor!, tu madre me humilló y fue por tu culpa.

–Si la próxima semana no te muestro los papeles del divorcio, no me vuelves a hablar, ¿hecho?

Me subí al carro.

En el camino me contó que se habían casado hace un año, no tenían hijos y aunque el divorcio estaba en trámite, seguían viviendo en la misma casa; una propiedad que Leandro había recibido del gobierno y por la que mes a mes le descontaban dinero de su sueldo. Escuché la mitad de la historia porque la otra se perdió entre mis pensamientos y las personas que veía desfilar frente a la ventana del carro.

Al llegar a la casa de Gela, le agradecí a Leandro los buenos momentos que me había hecho pasar, excepto el episodio con su madre. Nos despedimos sin planes de volver a vernos.

–No me busques por favor, no quiero ser la culpable de destruir tu matrimonio –le dije. Y cerré la puerta del carro.

Entré a mi cuarto y me tiré en la cama intentando recuperar el sueño perdido. Antes de dormir, repasé la fiesta, el viaje a Querétaro, la abuela Teodora y la señora del pelo casi rojo gritando a través de la ventana del carro. Leandro me pareció atractivo pero no era mi tipo, y aunque por un breve momento pensé que podía enamorarme, dije: –Es un tonto.

Me había acostumbrado a ver hombres más inteligentes y elegantes en la oficina del gobernador, incluso Carlos tenía más estilo y en cierta medida se había convertido en mi pretendiente. La verdad es que habíamos salido algunas veces y aunque no me declaraba su amor, se notaba en sus ojos que quería algo conmigo. Era un tipo con mucha experiencia, pero sin ninguna responsabilidad, sus intereses eran los negocios y disfrutar de la vida; se gastaba el dinero en cenas y hoteles con sus amigas.

Leandro regresó una semana después. Estaba afuera de la casa apoyado en un árbol. Apenas me vio se acercó a su carro para abrirme la puerta.

–Sube por favor, quiero hablar contigo. Me siento mal por lo que pasó el otro día y quiero invitarte a una fiesta.

–¿A una fiesta? ¿Cómo la del otro día? ¡Estás loco! –le dije alborotada–. Ya te dije que no quiero que me busques.

Ese día, como profetizando el futuro, dijo: –Trabajo me darás pero no te irás.

Regresó a la semana siguiente, y a la siguiente. Angelita, la señora que ayudaba con los quehaceres a Gela fue su mensajera: –De nuevo vino el gordito –decía.

Insistió todos los días hasta que una mañana, camino al trabajo, me encontró y quiso llevarme a mi trabajo. Sentí vergüenza por su insistencia en plena calle, así que me subí con la única condición de que me dejara a una cuadra del trabajo porque no quería que me vieran con él. Hablamos de cosas sin importancia.

Carlos, que iba y venía con su ocupada vida, algunos días llamaba por teléfono, en otros, pasaba a la casa de huéspedes, bromeaba con Gema, nos reíamos un par de horas y desaparecía. En ocasiones mandaba a su chofer y dábamos vueltas por el centro de la ciudad.

Un viernes, como a las siete de la tarde, me invitó a Acapulco. Al día siguiente partimos en su avioneta junto a dos de sus socios, con ellos jugó cartas y se rió. Me trató con respeto pero quizás igual que a todas sus mujeres.

—Aquí tienes dinero, ve a comprarte ropa si quieres —me dijo mientras ganaba la partida. Al regresar del viaje romántico a Acapulco, supe de noticias desagradables. Me enteré que Gela tenía que viajar a España por tres meses. Gema se quedaría en su cuarto pero todas las demás treinta muchachas teníamos que buscar otro lugar para vivir. Tuvimos un mes para cambiarnos.

Leandro apareció con su mejor cara de niño inocente para mostrarme que los papeles del divorcio estaban firmados por su esposa.

—¿Ves que no estaba mintiendo? —dijo sonriente al pasarme una carpeta.

—Espera Leandro, tú no entiendes —le respondí impaciente—. Yo no quiero estar contigo. Nunca te vi como hombre. Te agradezco el buen momento que pasamos, el viaje, la música y todo lo que me ofreciste pero eso no significa que quiera estar contigo.

—Está bien, pero quería que supieras que soy un hombre libre —dijo con tristeza y me pareció ver la cara de un niño avergonzado.

—Quizás nos veamos otro día —le respondí cansada—, pero de verdad, no pienses que quiero algo más que una amistad.

Se fue tranquilo.

Pensé que el cambio de casa sería la oportunidad perfecta para no verlo más.

Cuando se cumplió el mes y tuvimos que mudarnos, Noelia —una compañera del instituto—, me ofreció compartir su cuarto por algunos días, mientras encontraba un lugar definitivo. Noelia vivía en el centro junto a su madre y sus dos hermanos. Su padre había matado a una sobrina y luego se había suicidado en el sillón. Lo supe porque un día pregunté por qué el sillón tenía unas manchas tan feas; según ella fue un accidente. Su madre enfurecida casi me golpeó y le dijo a Noelia que me sacara de ahí.

Los días siguientes apenas me asomaba para ir al baño, y cuando llegaba del trabajo, la señora no me abría la puerta, incluso un viernes lluvioso tuve que esperar por cuatro horas a Noelia. Pero el mayor problema fue cuando vomité en la cama. No alcancé a llegar al baño y la madre de Noelia se dio cuenta. Armó un tremendo escándalo; me hizo limpiar el colchón y me dejó durmiendo en un pequeño cuarto que usaba como bodega.

Noelia me acompañó al doctor porque la sospecha era casi un hecho. Con apenas dos meses de embarazarme de Carlos, la madre me dio hasta el fin de semana para buscar otra casa. Pensé en Federico, en lo distinto que sería todo si él me hubiera amado. Sentí rabia contra el mundo y contra mí. No podía creer lo que estaba sucediendo. Yo ¡con un hijo! Y de Carlos.

Fui a Ario pero no le conté a Pillita y menos a mi tía Bárbara lo que había sucedido. Ella me habría encerrado en un cuarto por terror a los cuchicheos del pueblo. Visitar a Pillita fue como una confesión silenciosa, que me dio la sensación de una protección fugaz. No podía contarle lo que había sucedido porque estaba con miedo. Pero imaginaba que por estar cerca de ella, podía hacer que ella supiera automáticamente. Quería que ella supiera pero no aguantaba contarle. Esa protección fugaz era imaginaria porque Pillita no sabía que yo estaba embarazada. Sin embargo, el hecho de estar con ella me consolaba. Deseaba protección de mi incertidumbre y miedo.

De regreso me encontré con mi prima Jennifer una de las tantas hijas del tío Eduardo en la terminal de buses. Era una muchacha inteligente y liberal, muy distinta al resto de sus doce hermanos. Verla me recordó sus corridas por el cerro, lo metiche que era su madre Elisa y el odio que sentía por su padre Eduardo. También me acordé que Hercilio había sido su maestro y que acostumbraban a conversar en el patio del colegio. Me contó de la pelea que tuvo con su madre y que había sido la última porque no volvería nunca más al pueblo. La tía Elisa la había tratado de prostituta y Jennifer que ya no soportaba sus desvergonzados reproches, le contestó: −¿A quién le dices prostituta?, si en tu vida nada más abriste las piernas y tuviste hijos y más hijos que no supiste cuidar. Mi padre violó casi a todas tus hijas y tú lo aceptaste. ¿Y me llamas prostituta? ¡No me protegiste de tu esposo!, ¡de mi propio padre! Me imaginé la cara de la tía Elisa escuchando esas palabras filosas directas al corazón. Para cambiar la conversación le hice un resumen de mi vida: la casa de huéspedes, la de Noelia, Carlos y me atreví a confesarle de mi embarazo. Me contó que estaba viviendo en Morelia y me ofreció compartir gastos en su apartamento. Respiré mejor.

El apartamento de Jennifer estaba en el primer piso de un edificio antiguo, era pequeño, desordenado y frío, apenas tenía muebles y yo dormía en el suelo, pero me sirvió de refugio para pensar, aunque no tuvo efecto porque después de un mes seguía viendo todo escuro, esperando el hijo de un hombre más de veinte años mayor y sin señales de comprometerse. Seguí trabajando y disimulando la barriga.

Un día, Hercilio me envió unos telegramas con declaraciones de amor eterno, prometía seguirme hasta la muerte. ¡Viejo loco! ¿Cómo podía pensar que me iba a enamorar de él? No sé cómo me halló en Morelia, pero sospecho que Jennifer le contó a alguien y que la noticia llegó a Hercilio. También es posible que Hercilio la hubiera encontrado y ofrecido a pagarle para que lo mantuviera informado de mis movimientos. Yo sabía que ellos dos eran amigos desde la época en que ella frecuentaba la escuela donde él trabajaba.

Varios días después de mandarme los telegramas, Hercilio apareció una tarde. Yo estaba en mi cuarto en el momento en que Jennifer abrió la puerta y lo hizo entrar. Sentí miedo; porque ese hombre estaba ahí y porque además ella lo había llevado. Escapé por la ventana y le supliqué a un muchacho de la carnicera de la esquina que me escondiera. Estuve ahí por tres horas hasta que vi que Hercilio se subió al carro. Jennifer lo despidió. Al regresar me preguntó por qué no quería verlo si era un hombre tan bueno. Le conté sobre todas las veces que me había acosado, aunque ella conocía perfectamente la historia; sólo que en su cabecita loca cabía la idea de que yo pudiera tener una relación con ese viejo.

La muchacha inteligente que había conocido en el pueblo había desaparecido porque Jennifer había dejado la universidad, se dedicaba a fumar marihuana y compartir su apartamento para fiestas. Fue la única de las hijas que se reveló, pero en el camino perdió el objetivo de su batalla. Era apenas una mocosa cuando devoraba libros científicos y novelas modernas, hasta corrientes sicológicas que después aplicaba con sus hermanos. Pero ningún libro le sirvió para escapar de las drogas y el ambiente en el que estaba encerrada.

No llevaba ni dos meses en esa casa y quería huir, pero el dinero que ganaba en la oficina de gobierno no era suficiente para mantenerme sola. No tuve otra alternativa más que aguantar –asta que algo cambie mi destino –decía. Estaba perdida sin tener ni una sola pista de cómo podía mejorar las cosas. Si en la casa del abuelo no había tenido ninguna orientación respecto a la vida, menos la tenía en ese minuto, me sentí vacía y sin rumbo.

Una tarde, Leandro apareció afuera de la oficina, había sido un día pesado y los síntomas del embarazo me tenían pálida y sin fuerzas. Me llevó al apartamento y conoció a Jennifer, que lo invitó enseguida a la fiesta del día siguiente en su casa. Se hicieron amigos y durante la fiesta conversaron sin parar, incluso Leandro me comentó que Jennifer le pareció muy atractiva. Con esa declaración pensé que me dejaría tranquila. Al contrario, esa fue la excusa que le faltaba para verme con mayor frecuencia.

Todo estaba desordenado, ninguna pieza del rompecabezas estaba donde yo quería, las fiestas me ponían nerviosa, los hombres borrachos me daban asco, los drogados daban vueltas por la casa y la música retumbaba como bombo en mi cabeza. Leandro, que insistía en que yo participara, me ofrecía pastillas para los nervios. Esas pastillas tienen efectos colaterales diferentes en cada persona, y el efecto que tuvo en mí causó que perdiera el control de mis emociones. Tuve que faltar una semana completa al trabajo porque no podía dejar de llorar, no tenía energía y sólo tenía ganas de quedarme en la cama. Jennifer me consolaba diciendo que yo tenía la solución en mis manos.

Decidí hacerme un aborto y como no me atrevía a contarle la verdad a Carlos, Jennifer fue a buscarlo. Yo sólo me quería morir. Le pidió dinero para llevarme a un lugar seguro y él respondió: –¿Quién sabe si ese hijo es mío?

Sospechaba porque había escuchado que un tal Leandro que nos había visitado durante los últimos tres meses, y lo comprobó un día que fue a buscarme al apartamento para ir al cine. Después de insistir Carlos le dio el dinero a Jennifer.

Ella me llevó con una enfermera retirada, una viejita con una voz suave y una cara que no coincidía con la lentitud de su cuerpo. La casa era oscura y desordenada, con tantos cuadros que apenas dejaban ver las paredes. Para hacer el "arreglo" tuve que firmar un papel arrugado que liberaba de toda culpa a la viejita. Caminé por un pasillo largo, con más cuadros. Al fondo, había un cuarto blanco con una camilla antigua y una mesa cubierta de artefactos metálicos. Me indicó la posición, me entregó un par de píldoras minúsculas y salió diciendo: –Volveré en diez minutos.

Cuando regresó, se puso unos guantes que le quedaron grandes y me hizo un par de preguntas. Me contó lo que iba a hacer e introdujo una pequeña manguera. Cerré los ojos y rogué por salir viva. No sabía nada de abortos pero mi prima ya se había hecho diez; los últimos cuatro con la misma viejita. Su método era de iniciar el aborto al separar el feto de mi útero y darme una droga que después me haría expeler el feto muerto.

Mientras la anciana hacía lo suyo pensé tantas cosas que ni siquiera recuerdo si fue doloroso. Después de dos horas me levanté nauseabunda y pude sentir el malestar en mi abdomen. Me sentó en una silla mientras hablaba con Jennifer.

–No la dejes sola –le dijo. –Ciertamente el feto saldrá esta noche. En el caso de que empiece con mucha hemorragia, tienes que inyectarle lo que está adentro de esta bolsa.

Dormir en el suelo iba a ser peor, así que Jennifer me prestó su cuarto. Dejó una taza de té encima del velador y salió apenas sus amigos tocaron el timbre.

A la media hora empezó la fiebre y los dolores insoportables mezclados con culpa y agonía. El pantalón se empapó de sangre así que intenté levantarme pero las piernas apenas me respondían. Busqué la inyección que me había dado la señora y sólo encontré la bolsa. Agarré una toalla y me fui al baño donde me desmayé. No reaccioné hasta que entre luces vi la cara de Leandro. Estaba en el hospital, conectada a una bolsa de sangre y una máquina que no paraba de sonar. Le pedí a la enfermera que no le contara a Leandro lo que había pasado.

—No te preocupes ahora de eso, fue él quien te trajo —dijo.

Leandro había llegado en el momento preciso, como nunca antes. Me encontró en el suelo, llena de sangre a las dos horas que mi prima había salido. Sabía que yo estaba adentro porque Jennifer lo había llamado para decirle que yo estaba enferma y necesitaba que alguien me cuidara. Leandro golpeó la puerta varias veces y como nadie respondió, la empujó. Vio la sangre y la siguió hasta el baño. Ahí estaba yo, tumbada en el piso casi muerta. Pagó el hospital, me visitó los cinco días, también Jennifer y Alejandro, el mejor amigo de Leandro. Juntos hacían el trío de la fiesta, se pasaban toda la tarde en la sala del hospital conversando, incluso bebiendo de las botellas que escondían dentro de los blancos muebles.

Desde ese momento me sentí atada a Leandro. No sentí amor pero mi agradecimiento fue infinito. Cuando regresé al apartamento, Jennifer había guardado el feto para mostrármelo.

—¡Estás loca! —le dije. Para ella no era nada nuevo; nunca quiso tener hijos porque decía que los niños le recordaban su infancia y que sólo venían al mundo a sufrir. En cada aborto ponía a la criatura en un recipiente que luego enterraba a los pies de un árbol. ¿Cómo era capaz de hacer algo así? Después me explicó por qué. Podría haberlos puesto en la basura, pero le quedaba un poco de corazón; los enterraba como un acto —dentro de todo lo horrible— de humanidad.

Tres días después del aborto, todavía convaleciente, apareció Carlos con la noticia sobre la muerte de Jimmy, su hermano menor.

Meses antes, otro hermano llamado Max, había sido atropellado por un tren. Jimmy murió en un robo a una de las bodegas de las tiendas que administraba la familia. Se enfrentó a los ladrones y recibió más de diez balazos en la cabeza.

Fue un golpe bajo para Jennifer porque Jimmy era su pretendiente fiel, se querían, incluso se drogaban juntos y desde que ella había comenzando a salir con él, había dejado de acostarse con sus amigos. Lo habían matado el mismo día de mi aborto, por eso Carlos estaba doblemente afectado. Con la cabeza gacha me pidió disculpas por haberme dejado sola y por dudar que el hijo fuera suyo. Estaba arrepentido de reaccionar tarde y quería remediarlo. Se sentó en el suelo y dijo: –Déjame cuidarte.

Tuve ganas de insultarlo pero lo vi tan deprimido que lo escuché paciente. A partir de ese día comenzó a visitarme.

El cuarto era frío, más frío en pleno invierno, lo que hizo que mi recuperación fuera más lenta. En el trabajo creían que estaba operada de apendicitis y que no podía recibir visitas. Jennifer entraba y salía con sus negocios secretos. Iba a Ario de Rosales para robar a la zapatería de sus padres, compraba y usaba drogas y tenía sexo con muchos hombres diferentes. Ya tenía sífilis y gonorrea.

Mientras tanto, Leandro pasaba dos veces al día a preguntarme si necesitaba algo. Esos dos hombres preocupados por mi salud me hacían sentir protegida, pero también nerviosa porque a veces se encontraban en la puerta y discutían.

Dormía en el suelo, arriba de un petate, una especie de alfombra artesanal que en el campo se usa para dormir, no sé cómo, porque yo tenía la espalda adolorida. Carlos me compró una cama, mandó a alfombrar el cuarto y pintar las paredes de azul claro. A veces llegaba con flores pero yo no tenía ánimo para citas.

Cada vez me sentía peor, de la infección y del alma. Me preguntaba qué había pasado en mi vida. Yo tenía veintiún años… ¿A dónde se habían ido mis sueños? ¿Por qué si yo quería ir en una dirección el destino me llevaba por otra?

Fueron días aterradores, cada noche una pesadilla y cada día un tormento, sobre todo cuando me quedaba sola porque bebía lo que restaba en las botellas que los amigos de Jennifer dejaban de la fiesta anterior. Lloraba, gritaba, me daba cabezazos contra la muralla castigándome por haber matado a mi hijo y estar dónde yo no quería. Recordaba a Federico y lo volvía a culpar de mis desgracias.

Un día en plena crisis llegó Leandro y a los cinco minutos, Carlos. Se pusieron a discutir y terminaron a golpes rodando por el pasillo. Les cerré la puerta y seguí bebiendo. Leandro no quería que siguiera viendo a Carlos; decía que era un viejo mujeriego al que le importaba el dinero y nadie más. Carlos decía que Leandro era un alcohólico que no valía la pena y que él era el único que podía ofrecerme una vida nueva, en un lugar cómodo y quizás matrimonio; eso él tenía que pensarlo.

Me sentí desamparada, confundida, con nostalgia por el pasado. A pesar de que no había tenido la mejor infancia y adolescencia, me hubiera gustado congelar mi vida allí y no seguir creciendo. En esos días anhelé vivir en la casa de Pillita, limpiar a los gatos y ayudar en la tienda, arrancar del cinturón del abuelo y cuidar al tío Rodrigo.

Dejé de comer y cada día la infección se hizo más aguda. Jennifer se desesperó y no tuvo ninguna idea mejor que pedirle ayuda a Federico. No me enteré de sus planes hasta que vi a ese hombre parado en la puerta de mi cuarto. Lucía más viejo, cansado y con menos pelo. Si no hubiese sido por la fiebre habría saltado encima y le habría arrancado los ojos.

Hubo silencio hasta que se sentó en la cama y dijo:

–Perdón.

No supe que hacer más que recordar el día en que me había enterado de su matrimonio y a su madre diciéndome prostituta. Entonces olvidé la fiebre y el dolor.

–Desde que me engañaste, no he hecho otra cosa más que equivocarme. Me he perdido en la vida por tu culpa –le grité–. Yo quería un matrimonio en la iglesia, hijos, una familia. Tenía una esperanza contigo, la esperanza de convertirme en una mujer feliz.

Federico lloró, se tapó la cara y agachó la cabeza. Seguí con mi discurso hasta que intentó hablar...

–Yo...

–No quiero saber qué pasó contigo –lo interrumpí–; si te casaste, si tuviste hijos, no quiero saber nada –dije llorando.

–Por lo menos déjame examinarte, te ves muy mal.

–¡Ándate! –le grité furiosa–, no quiero verte nunca más! –Sentía tanto odio por Federico por haberme provocado a esos comportamientos destructivos. Fue catártico gritarle de qué pensaba de él; eso me ayudó a cicatrizar las heridas que él me dejó.

Poco a poco me recuperé. Me levanté de la cama y empecé a comer. Volví al trabajo. La vida con Jennifer se hacía cada vez más insoportable. Había celebraciones casi todos los días y los fines de semana iban amigos a tocar guitarra. Lo peor de todo es que cuando ella estaba completamente borracha, ella terminaba llevando hombres para dormir con ella en mi cama. Escogía mi cuarto porque el mío era mucho más cómodo y bonito después de las remodelaciones que hizo Carlos. Jennifer era desordenada, no sólo con sus cosas.

El día que llegué a vivir a su apartamento, le pedí a Angelita que lo limpiara. Le tomó tres días acabar con el chiquero. Angelita decía que no podía entender de dónde sacaba tanta energía para tantos hombres.

–Esta Chelita, le sigue dando vuelo a la colita decía cuando encontraba un calzón. Era una señora amorosa y de buen humor; su presencia era sinónimo de alegría. Le pedí que siguiera ayudándome a mantener limpio ese apartamento, incluso nos preparaba ollas de pozole, pero se fue un día que Jennifer estaba drogada y empezó a insultarla.

Carlos se distanció por un tiempo, dijo que por sus viajes, aunque seguía preocupado de mi salud. Leandro volvió a decirme: –Trabajo me darás, pero no te irás.

Cuando me sentí mejor, acepté su invitación a bailar. Primero fuimos a un restaurante y luego a un bar en la calle Madero. Leandro era de los hombres que podía pasar toda la noche conversando y no necesitaba tregua con el alcohol. Nos divertimos tanto que no me di cuenta que yo sí necesitaba una pausa.

A las cinco de la mañana nos fuimos a su casa, me acosté en su cama y le dije que me iba a quedar allí. Esa noche hicimos el amor. No me gustaba pero sentía agradecimiento por haberme salvado aquella noche. Fue un sentimiento que pagué muy caro. De niña viví con la idea de que los favores había que pagarlos y que el cariño tampoco era gratis. Si algo hacían por mí, yo debía soportar lo que fuese para saldar la deuda, aunque fuera recibiendo golpes; como lo hacía mi tía Bárbara que a cambio del viaje a Pátzcuaro me humillaba.

Todo eso creí que podía cambiar con el amor de Federico, me convencí de que sí era posible volar desde un pasado de alcohol, abuso y violencia y aterrizar en un futuro prometedor, pero su traición derrumbó aquella convicción, pisé tierra pantanosa y me hundí.

A él logré amarlo y fue un sentimiento único en mi vida, por eso supe que con Leandro no era lo mismo, pero dejé que me cuidara; no me obligaba a tener sexo, eso era un punto a su favor. Quería mi compañía y yo la suya. Seguimos juntándonos a conversar y escuchar música en su carro, como la noche en que nos conocimos. Eso me gustó, a pesar de que al principio lo vi como un tonto, la música que escuchábamos me hizo cambiar de opinión. Su carro estaba equipado con un buen equipo de música, él ponía empeño en eso y disfrutábamos de los artistas que estaban de moda en el mundo, como el grupo australiano *Men At Work* o los muchos artistas norteamericanos que sonaban en ese tiempo; al fin encontramos un tema que compartir, nos acercamos un poco más y hasta se atrevió a ofrecerme su casa. Incluso me pidió que dejara el trabajo porque no era necesario y yo merecía descansar.

—Lo voy a pensar —le respondí. El paisaje se empezó a ver despejado. El milagro cayó del cielo.

Carlos me visitó un día antes de cambiarme de casa. Le conté que estaba a punto de comenzar una vida con Leandro.

—No te vayas Lilia, por favor —me suplicó.

—Ya tomé la decisión y es buena para mí, ya no puedo seguir viviendo aquí.

—Pero si te ofrecí una casa… mira, dame una oportunidad. Si no funciona, regresas.

—Carlos… mírate —le dije seria—; eres mucho mayor que yo,

nunca has tenido una relación estable, al contrario, te gusta estar rodeado de mujeres.

–Dame una oportunidad… vente conmigo y si no te gusta, me dejas, así de simple –me dijo. –Con ese hombre vas a sufrir –.

Era el año 1985 y yo tenía veintitres años. Guardé mi ropa, junté los pocos muebles del cuarto, remodelado en los últimos meses, y me fui donde Leandro, a la misma casa que había compartido con su esposa. Era una casa grande, de dos pisos, tres dormitorios arriba y un baño. Abajo estaba la sala, el comedor y la cocina con una puerta hacia el patio. Tenía un jardín abandonado que luego convertí en un espacio alegre. Cuando entré, sentí en el ambiente una tristeza tan intensa que tenía sabor, la misma amargura en la garganta cuando supe que Federico se iba a casar. Fue una sensación extraña; las piernas como hilos, el estómago descompuesto, revuelto en un nudo ciego. No hice caso. Me respondí: –Deben ser los nervios de vivir con un hombre.

En las primeras semanas, todo fue normal. Leandro cumplía con sus turnos en el hospital, a veces de día, otros de noche, y yo seguí llevando papeles de una oficina a otra. Por la tarde me dedicaba a cocinar, limpiar y atender a Leandro. Me preocupaba de su ropa, el jardín y las compras; una dueña de casa completa, algo que sabía hacer muy bien. La tía Bárbara me había enseñado a mantener todo limpio y brillante. Leandro repitió que no quería verme trabajar fuera de la casa.

Las vecinas comentaron mi presencia, incluso una se atrevió a decirme: –Ten cuidado, Leandro le pegaba a María…por suerte Leandro le dio el divorcio.

Volví a sentir el nudo en el estómago, pero sin ninguna pista de violencia. María y su madre vivían cerca, Leandro la había saludado a María un par de veces en la calle. Un día, rumo a mi casa me la encontré Me puse nerviosa, estaba segura que ella pensaba que yo le había quitado su esposo. Me saludó como quien saluda a su mejor vecina. Bajé la vista, encogí los hombros y continué mi camino apurada. Primero sentí vergüenza, humillación. Luego rabia y ganas de regresar y enfrentarla. Cómo se atrevía a saludarme cuando probablemente me odiaba, cómo podía burlarse sutilmente de mí. No hice nada y seguí caminando.

Tiempo después, cuando le conté a Pillita de ese encuentro, comprendí que aquella mujer quiso expresarme con su mirada, una especie de compasión, quizás intentaba iniciar una conversación para advertirme sobre Leandro.

Era cosa de tiempo.

A los tres meses Jennifer se fue a vivir con nosotros porque se había quedado sin trabajo y no tenía dinero para pagar su renta. Hablé con Leandro y le ofreció el único cuarto que estaba disponible en la casa. Junto con su llegada, comenzaron a hacerse visibles los primeros síntomas de la enfermedad de Leandro.

Descubrí que usaba drogas a diario y que había empezado con las drogas con doce años de edad. Guardaba medicamentos y jeringas en una caja que un día olvidó cerrar. Faltaba al trabajo y desaparecía casi todas las noches, él decía que sus turnos eran inestables.

Jennifer no duró mucho tiempo, seguía con su desorden, sus fiestas y sus vicios, y como vivía y hacía todo eso en nuestra casa, muchas veces se sumaba Leandro con su grupo de amigos. Las primeras versiones no me las perdí, Leandro quería que compartiera con él, para eso me servía una copa de brandy y dos pastillas, decía que con eso no me dolería la cabeza al otro día. Lo que producían esas píldoras era un estado somnífero que me hacía dormir hasta mediodía.

Lo que enfureció a Leandro y a mí fue que un día, cuando Jennifer llevaba tres meses viviendo con nosotros, ella llevó a Carlos a la casa.

—Está esperándote afuera en una camioneta.

—¿Por qué lo trajiste? —le reclamé. No quiero hablar con él. No te das cuenta que me estás metiendo en un gran problema.

—No lo hagas esperar, dijo que era solo un momento y que es la última conversación.

—Seguro te pagó para que lo trajeras, siempre haces lo mismo —le dije.

—Vamos a estar esperando afuera —me dijo y salió de la casa.

Era cierto, Carlos y Jennifer estaban en la camioneta. Crucé la calle, puse un pie en la camioneta y vi que Leandro estaba entrando a la casa. Me asusté tanto que le dije que se fuera y no volviera más. Jennifer no regresó hasta tres días después diciendo que se iba a vivir con una amiga, pero estoy segura que Leandro se dio cuenta y la echó. No comentó nada pero esa noche se tomó media botella de tequila, sacó sus cajas con pastillas y me obligó a tomar unas cuantas. Me tiró en la cama, me pegó y desperté al otro día desnuda. Ese mismo día Leandro me obligó a abandonar el trabajo. La razón que citó fue que yo necesitaba atenderle mejor a él y a sus amigos, cocinar, limpiar y planchar. Dijo que yo no debía desperdiciar el tiempo trabajando fuera de casa.

Los días siguientes fueron peores, ambos discutíamos por las fiestas sin horario. Sin duda yo había dejado de importarle. Me quedó claro una noche en que delante de sus amigos me gritó: —¡Asesina!, te odio…fuiste capaz de matar a tu propio hijo.

Me atormentaba diciendo que era peor que el demonio y que Dios me iba a castigar. Cuando estaba así no había nadie que lo controlara. Terminábamos en discusiones llenas de insultos y odios. El alcohol fue un desahogo, sólo borracha podía defenderme de sus agresiones… en medio de la discusión lloraba y gritaba hasta que me quedaba dormida en cualquier parte de la casa. Cada mañana sentía la culpa y me prometía que no volvería a pasar. Pero estaba lejos de acabarse.

La compañía de Leandro era como fuego en el papel. Sus golpes se hicieron cada vez más duros, sobre todo cuando llegaba con mujeres, no sé si eran prostitutas o amigas, pero le gustaba pegarme después de revolcarse con ellas.

—Cuando estés durmiendo te voy a matar —me amenazaba.

No quise pedir ayuda, para mi tía Bárbara sería una vergüenza y Pillita tenía bastantes problemas de los que ocuparse después de la muerte del abuelo. Otra vez el infierno. Andaba todo el día a media máquina, sin poder pensar, sin poder alcanzar a darme cuenta de lo que estaba sucediendo. Me hice adicta a los tranquilizantes y al alcohol. Cuando Leandro se iba a trabajar buscaba restos de alcohol y pastillas por toda la casa.

No podía pasar nada peor, excepto un embarazo, que por cierto él deseaba. El día que estuve bien segura, le conté. Se puso contento y le avisó a su familia, pero yo no quería seguir con él, sentía ganas de escapar a Ario y comenzar de nuevo. Tuve deseos de huir pero pasaron los días y no me atreví a dejarlo. No iba a abortar de nuevo y tampoco podía llegar a la casa de Pillita convertida en una madre soltera.

No escapé, al contrario, le pedía más tranquilizantes y le robaba el alcohol que guardaba debajo del sillón. La casa estaba sin limpiar, me pasaba todo el día sentada en el suelo, sin comer, pensando en nada, mirando por la ventana. Leandro estaba en el hospital o andaba en algún bar buscando prostitutas. A veces se quedaba pero me ignoraba; abría sus cajitas misteriosas, se inyectaba, salía y no volvía hasta tarde, a veces, hasta el otro día.

A los cuatro meses seguía en la misma rutina. Pillita se enteró que estaba embarazada, se puso contenta y me pidió que la visitara por un fin de semana, fue ahí cuando me vio la cara golpeada.

—No te preocupes, fue un golpe en la ventana, hace mucho tiempo —le dije. Creo que no me creyó, pero no dijo nada para no contradecir mi explicación.

Volví a Morelia desesperada por las pastillas y una botella de lo que fuera. Leandro, una noche de sobriedad me pidió que abortara.

—Estoy seguro que vas a dar a luz a un monstruo —me dijo. Consiguió el teléfono de mi hermano Damián y le pidió que viajara a Morelia para cuidarme.

Damián llegó a los pocos días, apenas me vio quiso llevarme al hospital pero Leandro se lo prohibió y fue a la cocina a buscar un vaso de leche. Le dijo: —Prueba con esto a ver si vomita.

Nada.

Damián me llevó al baño, incluso me dio un par de cachetadas para que despertara. Cuando logré abrir los ojos, dije: –¿Quién eres tú?

–Vamos Lilia, haz un esfuerzo, hazlo por tu hijo –me decía. Al par de minutos me hizo vomitar, me acostó en la cama mientras Leandro vaciaba unas bolsas con suero que se había robado del hospital. Dormí por una hora.

Al despertar vi a mi hermano y lo abracé. Lloré en su hombro sin poder decirle que Leandro era el culpable de todo. Me cuidó todo el día, ofreció llevarme al pueblo donde iba a estar mejor cuidada. No se atrevía a preguntarle a Leandro por las marcas que yo tenía en los brazos y en el cuello, pero estaba seguro que eran marcas de sus manos alcohólicas.

–Tienes que proteger a tu bebé –dijo Damián.

–Es lo mismo que le he dicho yo todo este tiempo –dijo Leandro sin moverse un segundo de la cama–. Ella no quiere entender.

–Vas a tener que cuidarla mejor –le dijo Damián en tono desafiante–. Si no me la voy a llevar.

–Yo la he cuidado pero ella no deja de llorar, pasa todo el día acostada aquí o en el suelo. No quiere comer nada, sólo tomar tranquilizantes.

–¿Y de dónde sacó tranquilizantes?

–Me los sacó de unos insumos médicos del hospital –mintió.

Damián se fue a las ocho de la noche.

Pasamos un par de días tranquilos. Celebramos los cinco meses de embarazo. No lo vi beber ni abrir aquella caja. Pude dormir sin pesadillas y sin tranquilizantes, incluso hablamos del bebé. Me contó que en su familia estaban felices y que querían organizar el bautizo. Durante el día, preparé comida y salimos a caminar. En la tercera noche se levantó y se acomodó en la sala a ver televisión. A las horas después llegó a la cama furioso, empezó a empujarme y a decir:

–Tienes que abortar a ese monstruo.

Nos pusimos a discutir hasta que se acercó a mi barriga y dijo:

–Vete de aquí y deshazte de ese monstruo. Si no abortas voy a enterrarle un cuchillo.

Salí corriendo de la casa.

A las pocas cuadras encontré una farmacia de turno. El muchacho que atendía enseguida me pasó el teléfono. Por un momento pensé en llamar a Damián, pero sabía que él no podría ayudarme como yo necesitaba. Él estaba estudiando en la universidad, estaba pobre y no tenía su propia casa. Las veces que me visitó, le dejaba dinero en su bolsillo porque sabía que él tenía dificultad en comprar los libros y pagar su pasaje. Mi madre tampoco tenía ni condiciones ni estabilidad para ayudarme. La mejor persona para ayudarme a salir de la casa de Leandro era Pillita. Marqué el número de Pillita.

–Abuela, me quiere matar, Leandro quiere abrirme el estómago y matar a mi hijo. Ya no quiero volver a esa casa.

–Espera, te paso a tu tía Bárbara –dijo con tono despreocupado–. Veamos qué dice ella.

–Tía, no tengo a nadie más que ustedes –le supliqué–. No quiero irme a la casa de mi madre, ellos tienes demasiados problemas.

–¿Dónde estás? –dijo tranquila–: Voy a decirle al tío Antonio que vaya a buscarte. No te muevas de ahí.

El muchacho me pasó una silla y un manta. Lloré silenciosamente abrazada a mi barriga por media hora. Fueron las luces del camión las que me hicieron levantarme. El tío Antonio fue con sus dos hijos y antes de llevarme a Ario de Rosales, pasamos por la casa a buscar algunas de mis cosas. Habló con Leandro y sacamos el refrigerador que yo había comprado, unos pocos muebles y mi ropa. Leandro se quedó paralizado, tampoco podía hacer mucho de tan borracho que estaba, seguramente pensó que yo no pediría ayuda, como siempre.

Llegamos al pueblo, entramos a la casa de Pillita con cierta normalidad, nadie preguntó por mayores detalles esa noche. Descansé y dormí tranquila.

A las tres semanas Leandro había llorado tanto para Damián que le convenció a entregarme una carta.

–Fue a buscarme a Irapuato –me dijo–, está arrepentido, estuvimos hablando durante muchas horas y me pidió que por favor leyeras esta carta –dijo mi hermano. Recibí la carta y escondida de mi tía y mi abuela, leí lo que Damián me había resumido.

Eran palabras de cariño y arrepentimiento que Leandro había

dicho por primera vez. Prometía cambiar, dejar las drogas, el alcohol y los maltratos. Prometía quererme y por sobre todo se arrepentía de haberme pedido que abortara.

"Si quieres te lo pido de rodillas y llorando, perdóname y cásate conmigo", escribió. Decidí mostrarle la carta a mi abuela, ella la compartió con mi tía Bárbara que dijo la misma frase que le decía a mi madre: –Ese hombre nunca va a cambiar, "genio y figura, hasta la sepultura" –. Decía que era un tipo que había nacido loco y que iba a morir así.

En el pueblo nadie sabía que yo estaba embarazada y ni mi abuela ni mi tía querían que la gente me viera así.

Se me hizo triste la vida eses tres meses, estaba igual de encerrada. La carta de Leandro fue convincente. Yo le creí, pero yo me sentiría una hipócrita si volviera con él, porque yo misma había pedido ayuda para salir de su casa.

Unos días después de la carta, Leandro llegó con su madre y la abuela Teodora a pedirme que regresara con él. Mi tía Bárbara no estaba, así que mi abuela los recibió y habló con ellos. Esperé en el segundo piso. Leandro confirmó lo sucedido esa noche, pidió perdón y mi mano. Pillita subió con la noticia.

–No le hagas caso a Bárbara, si quieres casarte, pues hazlo. Quizás Leandro sí cambie y esto sirve para que tu bebé no nazca fuera del matrimonio –dijo contenta–. Pero no le digas a tu tía que yo te lo dije.

Escuché a Leandro por unos minutos y acepté casarnos. En la misma conversación preparamos una ceremonia civil para la semana siguiente. Mi tía Bárbara lo tomó con desconfianza.

En la ceremonia –sencilla y rápida– estaba María Elena, Teodora, Bárbara, Pillita, mi hermana Mili y mis amigas Lucy y Tere Salinas. Leandro estaba feliz y cariñoso y yo tenía seis meses de embarazo. Nos quedamos esa noche en la casa de Ario y al día siguiente nos fuimos a Morelia. Mi madre no pudo viajar al matrimonio pero envió su recado: –Si no te casas por la iglesia, te vas a condenar.

Cuando partí del pueblo, comprendí por qué me iba. No quería ser otra vez carnada para el chisme y no quería que me vieran como la pobre víctima. No quería darles una razón más para que hablaran de mi fracaso, de que supieran que estaba embarazada, abandonada y fracasada. No les iba a dar ese gusto. Ya se habían burlado lo suficiente con la historia de Hercilio.

Cuando regresamos a la casa, Leandro seguía cariñoso. Estaba pendiente de mí, preocupado por mi alimentación, escondía sus pastillas y las botellas de alcohol. Yo lo miraba con desconfianza, me costaba creer en su nuevo comportamiento y estaba alerta por si algo malo ocurría.

Con el pasar de los días, su entusiasmo por atenderme fue decayendo hasta sentirse un hombre utilizado y coartado de su libertad. Extrañó a sus amigos, las fiestas y las mujeres. Mi cabeza estaba más estable, me alimentaba e intentaba llevar bien mi embarazo, faltaban sólo dos meses para recibir a mi hijo; Leandro estaba seguro de que sería un hombre. Mi barriga estaba tan grande, que caminar se me hacía todo un desafío, pasaba el día entero en el segundo piso descansando.

Un día, Leandro tocó la puerta del primer piso y no pude bajar a abrirle. Cuando entró por la cocina yo iba en la mitad de la escalera; me empezó a gritar que era una floja, que me pasaba todo el día en la cama y no era capaz de atenderlo. En medio de su furia me empujó. Rodé varios escalones intentando proteger mi barriga. No le pasó nada al bebé, pero me quebré el tobillo. Si antes había sido difícil caminar, después de esa caída fue imposible. Leandro llamó a su hermano Miguel para que lo ayudara a trasladarme al hospital. Por supuesto no le dijo que me había empujado y yo tampoco lo comenté a nadie. Para el resto fue un accidente. No podía ir de nuevo al pueblo llorando por ayuda si yo había decidido volver con él. Aunque mi abuela y mi tía me interrogaron un día: –Leandro te empujó, ¿cierto?.

En el hospital me hicieron múltiples exámenes. Milagrosamente todo estaba en su sitio, menos el hueso del pie, me pusieron yeso y me enviaron a la casa. Tuve que usar muletas hasta la noche que di a luz.

Un día de octubre –cuando faltaban pocas semanas para el nacimiento– Leandro me llevó a Ario. Estábamos en la merienda cuando escuché mucho ruido en la calle. Pillita y Leandro me ayudaron a salir. Era un grupo de hombres cargando una imagen religiosa y seguidos por una multitud. Era la Virgen del Rosario. –No sé qué milagros concedas tú pero veo que toda esta gente tiene fe en ti –pensé–. Quiero que me hagas un milagro.

Todo el pueblo, cada siete de octubre celebraba la fiesta de la Buenaventura de la Virgen María del Santísimo Rosario. Dicen que muchos siglos atrás una virgen se le apareció a un hombre llamado Domingo de Guzmán en una capilla en Francia. La virgen llevaba un Rosario entre sus manos y le enseñó a rezarlo. También le pidió que lo predicara entre los demás hombres, sobre todo aquellos que se preparaban para la guerra política o religiosa. Domingo le enseñó a rezar el rosario a las tropas del ejército cristiano y éstos triunfaron en la batalla de Muret. Desde entonces, la victoria de muchas batallas históricas fue atribuida a esta virgen. Yo, con mi propia batalla casi perdida, le pedí que cuidara a mi bebé: –Quiero que mi hija o hijo nazca bien y si es niña te prometo que la llamaré Rosario –le dije mientras pasaba frente a nosotros. El segundo milagro se lo pediría muchos años después.

Unos dos días después, las señales de que el parto estaba cerca llegaron casi a media noche. Leandro llamó una ambulancia y me bajaron en camilla. Ahí quedaron las muletas con las que habían andado por casi dos meses. Sentía tanto dolor que no me importaba el tobillo. La doctora le dijo a una enfermera –Cuidado con su pie –y yo le respondí –No me importa mi pie doctora, sáqueme a mi bebé.

Estaba ansiosa de saber si era niño o niña y verificar que mis suplicas a la Virgen del Rosario se habían cumplido. Leandro se fue del hospital, dijo que tenía algo que hacer y que volvería en la mañana.

Al día siguiente tuve un parto normal y mi hija nació sin problemas. Leandro llegó borracho, acompañado de su amigo Alejandro y con un ramo de flores. Me tocó la cara, besó a la niña y se fue. Su madre llegó con unos diminutos aretes de oro y con la idea de ponerle un nombre como Jessica, Christianne o Daisy. Cuando dije que quería llamarla Rosario me contestó que era nombre de vieja pero le expliqué mis razones y no hubo más discusión. Ella era un milagro y nadie iba a cambiar su destino.

Aunque hace pocos años mi hija decidió cambiar su nombre por Rosie, dijo que necesitaba algo más adecuado para vivir en los Estados Unidos, pero yo se lo prometí a la Virgen y lo cumplí: la llamamos Rosario, después Charito, como le decíamos de cariño. El segundo milagro que le pedí a la Virgen hace un par de años fue escribir mi historia en un libro.

Al segundo día, ya estaba en la casa. Seguía con el yeso. El bautizo de Charito lo hicimos en la casa de la abuela Teodora. Fue una colosal fiesta, con elegantes invitados, banda de mariachis y diferentes platos de comida; el bautizo más extravagante que he visto en mi vida. Primero, yo quería que Pillita fuera la madrina de Charito, pero me dijo que estaba demasiado viejita y que Bárbara sería una mejor opción. Después, yo quería nombrar a María Jesús, una amiga que muchas veces me ayudó a escapar de Leandro pero él dijo que era muy poca cosa. Mi tía Bárbara aceptó ser madrina pero cuando le pedimos que tomara a Charito no pudo, dijo que los bebés la ponían nerviosa y podía botarla. Leandro se comportó muy bien en el bautismo, probablemente porque su tío Miguel, a quien le respetaba mucho, estaba en la celebración. Escogimos que Miguel fuera el padrino de Charito.

Pillita le pagó a Consuelo, una de sus sirvientas más jóvenes, para que me ayudara toda la semana con Charito. Era una muchacha tímida pero con una voluntad de oro. Con su apoyo y cuando me sacaron el yeso pude cambiar mi vida, hacerla más normal y Leandro ayudó en eso. Su madre tenía contactos importantes en Morelia, así que me consiguió trabajo en la Subsecretaría de Educación. Charito ya tenía tres meses, entonces me sentía lista para trabajar a tiempo completo y dejar a mi hija con Consuelo durante todo el día. Las fiestas que la madre de Leandro ofrecía en su casa eran alabadas por tanta gente importante que no se sorprendió cuando después de la entrevista de trabajo le dije que comenzaría en tres días. Leandro no se opuso.

Tenía que llevar papeles entre las diferentes oficinas y administrar el libro donde los empleados firmaban su entrada y salida, previa explicación de por qué llegaban atrasados. Me enteré de los problemas que tenía un tipo con su esposa, que al hijo de otro lo habían cambiado de colegio y otras historias menos creíbles. Conocía a todas las personas del edificio, compartía con ellos, me sentía productiva y feliz de ganar mi propio dinero y utilizarlo en la casa.

Para aprovechar mi tiempo y aumentar las ganancias, comencé a vender ropa americana. Me contacté con Elia Mares, la dueña de la tienda en Ario de Rosales y le pedí mercadería para ofrecerla. Además de llevar la correspondencia a cada oficina, iba con mis sacos de ropa que las mujeres se peleaban. Todas empezaron a correr la voz y me volví un personaje dentro del edificio. También organicé *cundinas*, una especie de lotería donde todos en algún momento podían ganar. Se fueron sumando maestros, ingenieros, todos interesados en lo que yo les ofrecía. Invertía ese dinero en comprar más ropa o hacía empanadas de pollo y carne, casi no me alcanzaba el tiempo para hacer todo. En ese tiempo continuamos a pagar a la misma sirvienta, Consuelo, a vivir con nosotros para cuidar de Charito. Ella volvía a su casa dos fines de semana por mes, entonces su presencia constante en nuestra casa me ayudaba mucho.

La vida con Leandro estaba normal, seguía usando sus drogas y bebiendo pero lo hacía a escondidas en casa. Con el dinero que gané compré muebles de ratán, alfombré toda la casa, mejoré los cuartos, sobre todo el de Charito. El jardín se veía diferente, con más vida, lleno de colores.

Hasta que Leandro comenzó tímidamente a llevar amigos a jugar cartas, luego empezó a ofrecer fiestas hasta que terminó en citas con prostitutas. Sus amigos se paseaban por la casa hasta tarde sin dejarme dormir. No importaba qué día de la semana fuera, para ellos la vida era juego, alcohol y mujeres. Un cuñado de Leandro

—que acostumbra a ir a esos encuentros— un día llegó hasta mi cuarto y me empezó a tocar. —Me gustas Lilia —me dijo. Todo lo que había conseguido se estaba desmoronando con su actitud. Se acababa el sueño de la nueva vida y la felicidad de familia.

Trabajar se hizo difícil porque no conseguía dormir hasta que ellos se iban en la madrugaba, andaba apenas repartiendo el correo en el edificio. La ropa, las *cundinas,* las empanadas, todo se hizo menos interesante. No me sentía con la misma energía. La rutina de las fiestas se empezó a repetir dos veces por semana, luego tres, luego a diario llegaban grupos a jugar y tener sexo por los rincones de la casa.

Cuando yo estaba en casa en las noches, me quedaba en el segundo piso con Charito mientras Leandro hacía sus actividades en el primer piso. La heroína había llegado a nuestro hogar y Leandro vendía las jeringas. Todos los días, todo el día iban a comprarle. Seguía con sus cajitas misteriosas llenas de medicamentos y drogas que robaba del hospital. Durante el día, a media noche o de madrugaba sonaba la puerta.

Una noche, me aproximé a la escalera en el medio de la noche, pero cuando miré abajo hacia la sala de estar, vi que Leandro hacía sexo con una mujer en el sillón. Bajé a la sala y los confronté. La mujer, asustada, pegó sus cosas y salió corriendo de la casa. Leandro estaba furioso y empezó a empujar los muebles y quebrar los cristales en la sala. Después salió de la casa, gritando que iba por prostitutas.

Empezaron los problemas, los nervios, la desesperación hasta que lo enfrenté y todo se transformó en infierno. Él quebraba un vidrio y yo quebraba dos.

—¿Te crees la dueña de esta casa? Crees que porque compraste muebles puedes venir a decirme lo que puedo y no puedo hacer —me dijo una vez mientras saltaba encima de los sillones.

—Son nuestras cosas —le grité—. Y las compré con esfuerzo.

—¡No quiero que vuelvas a trabajar!, ya no me atiendes como antes. No estás en casa todo el día, Charito se queda con la sirvienta y tú, lo único que haces es trabajar. No me falta el dinero, así que te quiero aquí, ocupándote de mí.

Habíamos dado algunos pasos hacia adelante, pero aquel día dimos muchos pasos hacia atrás.

Luego viajó mi hermana Mili. Charito tenía dos meses. Antes también había recibido las visitas de Damián –que en ese tiempo estudiaba biología en una universidad en Morelia–, Esmeralda, la menor, y mi madre, que sentían temor por lo que Leandro pudiera hacerme a mí o la niña. No sabían la verdad sobre el accidente de la escalera, pero habían visto mi cara. Esmeralda que siempre fue muy valiente se había quedado una semana. Decía que si Leandro intentaba golpearme, ella saldría a buscar a la policía.

Mili se quedó por dos meses, le ayudaba a Consuelo y se encargaba de cuidar a Charito. Todavía recuerdo el olor de las tortillas que preparaba, su dedicación al cortar el cilantro y los tomates; era como una terapia. La preocupación y paciencia de Mili fueron la muestra más linda de su cariño. Tenía que soportar a Leandro y a sus amigos borrachos, que en más de alguna ocasión descaradamente le pidieron sexo oral. En una de esas noches, nos mandó a la calle.

–¡Vete! y llévate a esta retrasada mental –gritó mirando a Mili–. Te voy a enterrar este martillo en la cabeza.

–Algún día te vas a quedar sin esposa –le gritó Mili–: sin hija, sin nada.

Era la primera vez que la escuchaba gritar. Leandro bajó el martillo pero la siguió mirando con furia. Nos fuimos a la casa de María Jesús o Chuy como le decía de cariño. Chuy tenía un negocio de verduras cerca de la casa, vivía al costado de la tienda junto a su hijo y su hermana. Había ido tantas veces a comprar allí que habíamos hecho amistad. En realidad se había vuelto mi ángel de la guarda, me había escondido varias veces. Ella habría sido una madrina muy especial para Charito, pero cuando le comenté a Leandro mi deseo, él dijo: –¿Esa de la tienda?, ¿te estás volviendo loca?

Entonces, en aquella noche escapé una vez más a su tienda y le dije:

–Es sólo por esta noche Chuy, te prometo que no te molesto más –le dije avergonzada.

—Está bien Lilia, deja que se le pase el efecto de la droga y mañana vuelves más tranquila —dijo con voz suave y le entregó una pequeña mariposa de plástico a Charito—. Duerman aquí, no se preocupen por nada.

Esa noche Mili durmió en un colchón en el suelo. Mi hija y yo dormimos en el sillón. Charito cerró los ojos tres horas antes que yo. Cuando me dormí tuve un sueño de esos en que no calzan las formas ni los lugares. Soñé que era una mariposa, pero tenía mis piernas. Soñé que tenía alas, pero llevaba a Charito en mis brazos. Partíamos volando desde la casa de Leandro y llegábamos a un desierto lluvioso con una gran puerta y un letrero que decía "Tijuana". Al fondo, se veía una ciudad oscurecida por una nube casi negra. Intentaba volar pero las gotas no me dejaban, así que tomé a Charito de la mano y empezamos a caminar hacia la ciudad que a cada paso que dábamos parecía estar aún más lejos. Apenas entramos, un montón de mujeres corrieron hacia nosotras. Estaban desnudas, llenas de moretones en los brazos y las piernas. Intentaba taparle los ojos a Charito pero se me cayeron los dedos, luego los brazos, sin una gota de sangre. Con el agua las mujeres se resbalaron en el barro hasta arrodillarse y pedirme ayuda. Intentaba volar pero no podía, Charito lloraba y las mujeres se colgaban de mis piernas diciendo: —Sácanos de aquí.

Con sus ruegos y pegándose cada vez más cerca de mi cuerpo empezaron a alejar a Charito que se ahogaba entre la lluvia y su llanto. Una de las mujeres me tapó la cara con su mano y desperté. Había tenido muchos sueños durante esos años, pesadillas en las que moría, pero no esa sensación en la piel que lo hizo parecer real. Quedé helada.

Al día siguiente regresamos como si nada hubiera pasado. Mili decidió irse porque su presencia alteraba más a Leandro; fue lo mejor para ella y para todos. Leandro no volvió a echarme ni a golpearme hasta el día en que me puso una pistola en la cabeza.

Tijuana
El milagro de San José

Charito tenía casi dos años. A las seis de la mañana de un viernes de 1987 salimos de la casa. No dormí preparando nuestra huida. Como muchas veces, Leandro no estaba, seguramente se había quedado dormido en el piso de algún bar o en la casa de alguna muchacha. Me había reclamado que estaba harto de mí y que ya no le servía porque tenía muchas mujeres para elegir; la que más le gustaba era María, su anterior esposa y con quien todavía se acostaba. Sus palabras no me movieron ningún músculo, lo que sí me aterró fue escuchar: –Si mañana no te has largado de la casa, te mato –había dicho apuntando su pistola a mi cabeza–. Ya me tienes harto.

Lo vi tan decidido que pensé que debía salir lo antes posible de allí, sin dudar o iba a matarnos. Puso la cara como un demonio, lleno de venas a punto de explotar. Había escuchado sus amenazas pero esa noche fue diferente, en su rostro vi la muerte. Después que guardó su pistola, salió furioso de la casa. Consuelo –al sentir el llanto de Charito– subió al cuarto para saber si yo estaba viva. –Leandro está loco, va a matarnos, así que tengo que irme, quédate aquí, volveré en la madrugada –le dije a Consuelo.

Tomé a Charito y salí a la casa de Chuy, que como siempre, me recibió sin preguntar detalles. Consuelo se quedó ordenando la ropa. Le conté a Chuy que estaba decidida a dejarlo y que necesitaba un taxi para las seis de la mañana. No dormí en toda la noche pensando qué hacer y deseando que Leandro no estuviera en la casa a la hora de sacar las maletas. Chuy me acompañó y ayudó a organizar todo. También hablé por teléfono con mi madre. Cuando amaneció, el taxi estaba en la calle esperándome. Chuy me acompañó hasta la casa pero se quedó en el taxi.

Entramos lentamente a la sala y luego a la cocina donde le dije a Charito que me esperara. Al subir la escalera apareció Consuelo envuelta en una bata.

–Leandro no ha llegado señora –dijo nerviosa. Ya ordené su ropa ¿a dónde van a ir?

–Al norte, pero primero tengo que ir a Salamanca.

–Voy a vestirme entonces –dijo apurada.

–Tú no puedes ir conmigo –le reclamé.

–No me deje aquí, por favor –dijo con las manos listas para rezar–; si van al norte, yo quiero ir con ustedes.

–Es mejor que vuelvas a Ario –le advertí–. No sé dónde voy a vivir y no puedo prometerte nada.

De todos modos quiso subirse al taxi, dijo que lo hacía por Charito. Esos pocos minutos fueron de pánico; imaginé que Leandro me quitaba a la niña, mataba al taxista, luego a Consuelo y a mí. Casi no podía coordinar el movimiento de las manos de lo nerviosa que estaba. Nada de eso pasó.

Abracé a Chuy y le di mil gracias. Tomé menos maletas de las que Consuelo había arreglado. Dejé a propósito una bicicleta de Charito en la entrada de la casa para que él la viera y se acordara de su hija. Fue como una especie de castigo para que pensara en lo que había provocado.

Salí de esa casa pensando en que nos había perdido para siempre y que nunca volveríamos a ese lugar. Estaba decidida. Como en general en mi vida, las veces que he tenido la voluntad de abandonar algo para siempre, lo dejo y no hay vuelta a atrás.

El taxi nos llevó a la estación de buses, donde tomamos un bus a Salamanca, Guanajuato, donde estaba viviendo mi madre desde hacía algunos meses escapando de los *marihuanos* de Irapuato. Creí que esa era la mejor manera de calmarme y planificar el viaje al norte. Como mi madre se cambiaba con frecuencia de casa, no me explico cómo Leandro nos descubrió. No sé a quién habrá amenazado. De todas maneras Charito estaba en la casa de una vecina, porque mi madre había dicho: –Siento que en cualquier momento va a venir ese hombre.

Seguía imaginando escenas sangrientas; Leandro abría la puerta, mataba a mi madre, a mí y se llevaba a la niña. No pude dormir ni comer durante esos días. Ante cualquier ruido veía la cara demoníaca de ese hombre y aquella pistola en mi cabeza.

A la semana siguiente se cumplió el pronóstico de mi madre. Era de noche. Mi madre miró hacia fuera de la ventana y vio que el carro de Leandro se aproximaba a la casa. Leandro rompió el vidrio de una pequeña ventana e intentó entrar. Me escondí debajo de la cama y escuché la conversación. Mi madre, por la misma ventana lo enfrentó.

—Si no te vas, le hablo a la policía. Además, no estoy sola —mintió para protegernos—. Estoy con unos primos.

—¿Dónde está Lilia, y la gorda? —preguntó Leandro. Le decía la gorda a Charito porque estaba con unos kilos de más, Consuelo se había encargado de alimentarla bien.

—No sé nada de ellas y no quiero escándalos en mi casa —seguía repitiendo mi madre—. Ya te dije que no estoy sola.

—Yo sé que están aquí. Lo sé, no me las niegue —insistía golpeando la muralla.

Leandro se puso a gritar hasta que el vecino que ya estaba advertido por mi madre y había escuchado los vidrios quebrarse, la fue a ayudar. Días antes mi madre le había confesado al vecino que yo había escapado de un trastornado. Incluso, le describió a Leandro por si lo veía rondando la casa.

—Si no te largas, saco mi pistola y te mato le dijo el vecino con la mano en el bolsillo. Se marchó sin decir nada. El apoyo de mi madre en ese instante fue un impulso de valor, pocas veces me había defendido y escucharla me devolvió la seguridad y la energía para seguir con el plan. Al fin y al cabo ella era una sobreviviente. Quería cuidarnos pero ambas estábamos conscientes del peligro.

—Es mejor que te vayas cuanto antes, ese hombre está loco y tiene el veneno en sus ojos me dijo. Los días siguientes me cambié a la casa del vecino. Más que loco Leandro estaba enfermo; las drogas le habían maltratado el cerebro desde muy joven. Había crecido sin la compañía de su madre porque era una mujer dedicada a la sociedad y Teodora, su abuela, no supo de sus malos pasos hasta que la locura lo sorprendió.

Después de una semana encerrada en la casa del vecino, Lidia, otra de las muchachas que conocí en Morelia me ofreció la casa de su hermana en el norte. Lidia conocía perfectamente a Leandro, incluso me había dado auxilio una vez que él me quebró una botella en la cabeza, y frente a la niña. Nos habíamos hecho amigas porque los días martes, cerca de su casa, se instalaba un pequeño mercado donde nos juntábamos a comprar fruta y pescado.

Otro taxi de madrugada. Consuelo insistió en seguirnos y la acepté sin muchas certezas sobre el futuro pero con un destino fijo: Mexicali. Lidia había hablado con su hermana Rosa. Otra alternativa era irme a la casa de mi hermana Susana en Tijuana, pero Leandro podría saber encontrarme allá.

—Vete con mi hermana. En Mexicali vas a estar segura —me dijo. Significaba estar más cerca de los Estados Unidos, donde yo estaba decidida a cruzar.

Cada vez que tuve que arrancar me sentí como un delincuente, no sólo sufría yo sino que le quitaba a Charito la posibilidad de tener una infancia tranquila. No entendí la obsesión de Leandro, no lograba saber qué lo haría feliz, quizás era verme muerta.

Fue un viaje fatigoso. En el bus, las cuarenta personas teníamos que repartirnos el poco aire que entraba por la ventanilla del techo. Entre el olor a humedad y el calor sentía repentinas ganas de desmayarme, todo eso mezclado con la incertidumbre sobre el futuro: —¿Qué voy a hacer? —me repetí todo el viaje. Charito, arrebatada con el calor, durmió casi todo el camino y Consuelo también.

Después de treinta horas llegamos a Mexicali. Al llegar a la central de buses llamé a Rosa, que a los pocos minutos estaba frente a nosotros. Me ayudó con el bolso mientras yo cargaba a Charito y nos llevó a una casa cerca del centro de la ciudad donde rentaba un cuarto.

Los primeros dos días nos acomodamos como pudimos porque el espacio era muy pequeño. Al tercer día Rosa dijo:

—Aquí no cabemos las cuatro, pero conozco a alguien que nos puede rentar un apartamento.

Le pasé todo el dinero que tenía y nos cambiamos a un edificio a seis cuadras de donde estábamos. Consuelo se quedaba con Charito mientras yo salía a buscar trabajo, pero a las dos semanas me abandonó porque no podía pagarle, luego comprendí que su propósito era acercarse a la frontera, ella misma me lo gritó una noche: –Vine aquí para superarme, no para ayudarla a usted, mejor me busco otro trabajo.

La gatita sacó sus garras. Rosa entraba y salía sin horario fijo, así que tenía que dejar a Charito encerrada en el cuarto mientras recorría las calles buscando empleo.

Un día una señora vio llorar a Charito toda la tarde pegada a la ventana. Se ofreció a cuidarla y a cambio le regalé unas joyas que tenía guardadas para alguna ocasión de emergencia.

Después de mucho buscar, encontré un puesto como secretaria en un periódico, pero antes debía pasar la entrevista, en la que me recibió un hombre de unos cincuenta años, de pelo blanco, alto y voz grave. Me contó cuáles serían mis funciones y el dinero que podía llegar a recibir si hacía bien mi trabajo. Al final de la conversación me invitó a cenar, dijo que era para explicarme algunas cosas extras que me ayudarían a conseguir el empleo.

–¿No podemos hablar de esas cosas aquí en la entrevista? –le pregunté y comencé a sentir escalofríos.

–Es para que hablemos con más calma –dijo serio–. Necesito darte más información y algunos consejos.

–Está bien –le respondí y me levanté del asiento temblorosa–. Lo llamaré mañana para confirmarle.

Salí lo más rápido que pude de su oficina y jamás lo llamé.

Luego encontré una vacante en un hotel. Con el dinero que me daban por limpiar las habitaciones pude pagarle a la señora que cuidaba a la niña, aunque Charito seguía llorando en la ventana y se colgaba de mis piernas cada mañana.

Los días con Rosa se fueron oscureciendo; su carácter cambiaba según el clima, la hora o el viento; era imposible adivinar su humor. Tenía frascos de medicinas por todos lados y se encerraba en el baño a vomitar. Comía una papa, un tomate y una lechuga, a veces arroz; decía que ser delgada le ayudaba a mantener su trabajo y por ningún motivo quería volver a ser la mujer gorda que por fin había dejado en el pasado. Una tarde de buen humor me habló sobre su cambio; me mostró fotos antiguas de sus padres y hermanos, y la foto que escondía bajo llave: una muchacha gorda de pelo negro. El cambio era impresionante, se había transformado en una flaca rubia de ojos verdes.

Ella estaba convencida de que la mejor manera para que yo olvidara a Leandro era conociendo a otros hombres, así que hizo del apartamento, la casa de Cupido. Invitaba amigos, me los presentaba, les conversaba y después de una hora me dejaba sola con ellos. Era imposible para ella imaginar que los hombres me provocaban escalofríos y miedo. No supe a qué se dedicaba hasta que un día me dijo que podía ofrecerme trabajo.

–¿Y qué tengo que hacer? –le pregunté interesada porque el dinero del hotel no era suficiente.

–Tienes que salir con los hombres que yo te diga y acompañarlos a sus cenas, reuniones o donde ellos te lleven –dijo como si estuviera hablando de vender tortillas–. ¡Es fácil!

–Entonces eres…

–No –dijo arrugando la frente–. Si haces lo que te digo, tendrás a tu hija en el mejor colegio y le comprarás toda la ropa que quieras.

–¡Estás loca!, yo no puedo hacer eso.

Nunca dijo el nombre de su profesión, para mí ser acompañante o prostituta era lo mismo. Durante el día Rosa vendía muestras de medicamentos en farmacias y por las noches se iba con el que le tocara, sobre todo norteamericanos, quienes las preferían rubias. Algunas veces los llevaba a la casa, otras no llegaba hasta el día siguiente con olor a alcohol hasta en el pelo.

Lidia me había enviado con toda su generosidad y cariño donde Rosa, pero no tenía ni la más mínima idea en qué se había transformado su hermana. Rosa quería sacar provecho de todo. Uno de sus amigos era Tom, un estadounidense que nunca supe si en realidad era amigo o cliente, pero Rosa iba varios días en la semana, incluso le llevó regalos a mi hija y conversamos un par de veces. Rosa dijo que él me quería y que si yo no lo agarraba iba a dejárselo para ella.

–¿Estás bromeando? –le dije–. Lo que menos quiero es tener un hombre cerca.

Aunque estaba celosa de que Tom quisiera algo conmigo, insistió en juntarnos. Un fin de semana fuimos los cuatro a la playa San Felipe. Mientras Tom jugaba con Charito en la arena, Rosa me dejó con la boca abierta.

—¿Serías capaz de casarte con él para que fuera el padrastro de tu hija? —me dijo mirando la tierna escena.

—Ya te dije que no quiero saber nada de hombres. Quédate tú con él, a mi no me interesa.

—Es que yo no le intereso Lilia —dijo triste—. Te quiere a ti.

—¿Y qué quieres que haga? —le pregunté aburrida de la conversación.

—Si aceptas casarte con él podemos cruzar las tres a los Estados Unidos.

—Estás bien loca... —le dije compasivamente.

En una ocasión le propuso al hijo de la señora a la que le rentábamos el apartamento, que nos hiciera un descuento si yo me acostaba con él.

Rosa se dio cuenta que yo no le servía, por eso los días se hicieron más oscuros; dejaba su ropa sucia en el baño o tirada por el pasillo, ensuciaba el baño con sus vómitos y los dejaba ahí para que yo los limpiara. Casi no me hablaba y cuando lo hacía era para insultarme o pedirme dinero. Intentaba que Charito no conversara con ella y menos que viera la suciedad que dejaba.

A los dos meses me encontré en la calle con Amalia, una amiga de Estela, una tía de Leandro. La había visto en el bautizo de Charito y un par de veces que fui a visitar a la abuela Teodora. Me dijo que se había enterado de nuestra desaparición pero que sabía muy bien las razones. Le conté detalles de la historia y se ofreció para cuidar a Charito: —Es mejor que esté en manos conocidas —dijo. Ingenuamente, creía que Amalia nos protegería porque tenía tanta simpatía por mi situación cuando le conté de Rosa. Inocente, confié en ella y no pensaba que pudiera traicionarme.

Hasta Amalia me consiguió un trabajo en una venta de carros. El dueño de la empresa era don Tadeo, un viejito amable que me designó como su secretaria. No me pidió entrevistas privadas ni parecía interesado en mí, así que pensé que las cosas estaban mejorando. Amalia prometió no contarle a nadie que yo estaba en Mexicali. Rosa se volvió insoportable.

—¿Piensas irte a la casa de Amalia? —me dijo riéndose—. A esa casa que parece un chiquero ¿Piensas dejarme por ella?

—¿La conoces? —le pregunté sorprendida.

—Claro que la conozco, la vi un par de veces en Morelia. Ella no te va a ayudar, de eso estoy segura.

—Nunca he pensado en irme con ella, pero si el destino lo tiene preparado así, no hay modo Rosa, tendré que irme —le respondí y pedí a Dios que me distanciara de Rosa.

A los pocos días, Rosa dejó una carta encima de la mesa. Escribió que lo mejor para todos era que me fuera del apartamento porque yo no era una persona que mereciera vivir ahí. —*Vete con Amalia, prefiero aceptarlo antes que me lo digas tú* —terminó escribiendo.

Nos fuimos a la casa de Amalia, quien vivía con cinco hermanas, un cuñado, un sobrino y su padrastro. Mi tía Bárbara me había advertido: —No le digas a nadie que escapaste de Leandro. Tienes que decir que estás trabajando en Mexicali y que intentas cruzar a los Estados Unidos.

Pero yo no aprendí, fui donde el viento me llevó.

El padrastro de Amalia tenía una tienda en el mercado, de allí le llevaba juguetes a Charito. Jugaba y conversaba con ella como si fuera su propio abuelo. Le prestó mucha atención, tanta que a las pocas semanas Amalia se puso celosa porque su padrastro se preocupaba más por nosotras que por ellas. Cambió de actitud y en una conversación telefónica con la tía de Leandro, le dijo que yo estaba en Mexicali, el mismo padrastro me lo contó discretamente y me recomendó huir.

—Leandro se enteró y viene en camino a quitarte a la niña —dijo el señor. Al escapar de Morelia me había protegido por un amparo legal, había declarado que abandoné el hogar por amenazas de muerte, pero en realidad, temía a lo que Leandro pudiera conseguir fuera de lo judicial.

Al escuchar que iba a quitarme a la niña me puse como loca. Podía golpearme, matarme pero jamás iba a dejar que Charito creciera con ese demonio. Cuando supe la noticia corrí a la casa de don Tadeo –que vivía al lado de su negocio de carros– a pedirle auxilio. –Déjeme hablar con mi esposa para ver cómo le podemos ayudar –me dijo.

Al día siguiente, mientras yo estaba ordenando papeles en la empresa, se acercó don Tadeo y su esposa: –No hay problema, arreglen sus cosas y se vienen –dijo la señora.

Así como apareció gente mala, también encontré personas generosas. Le ayudaba a don Tadeo en el negocio y a la señora en la casa. A cambio, recibí una cama, comida y cariño. Estaba más cómoda pero seguía traumatizada y con escenas de pánico en mi mente; Leandro mataría a don Tadeo y a la esposa, luego a mí y se llevaría a Charito. Fue como una película de terror que a cada momento rodaba en mi cabeza.

Cada día, apenas despertaba me preguntaba: –*¿Ahora qué más sigue?*

Don Tadeo también vivía con Marcela y Daniel, sus dos hijos veinteañeros; la muchacha me ayudó varios días a cuidar a Charito, sobre todo cuando la niña no me dejaba trabajar.

Al tercer sábado, en un almuerzo de fin de semana llegaron dos policías preguntando por mí. Don Tadeo los hizo pasar. Uno de ellos me mostró un papel que no leí y dijo que Leandro estaba afuera esperando ver a su hija.

No sé cuántos minutos conversé con los policías. No dejé de temblar ni un segundo mientras les contaba toda la historia. Les mostré las copias de la denuncia y las marcas que me había dejado. Don Tadeo y su esposa se ofrecieron como testigos; sus hijos miraban inmóviles desde la mesa. El policía revisó sin prisa cada uno de los documentos, hasta que salió de su silencio diciendo: –Tiene que salir de aquí señora. Nosotros podemos decir que usted no estaba pero él no va a descansar, está decidido a quitarle a la niña y no le podemos asegurar que se va a alejar de esta casa.

Marcela se paró bruscamente de la mesa y propuso sacarme escondida en un carro. El policía apoyó la idea:

—Salga, nosotros nos encargaremos de que no sospeche. Guardé la mitad de la ropa en una maleta y algunos recuerdos. Todos se despidieron y nos desearon buena suerte. Habían querido tanto a Charito como si fuera parte de su propia familia. Don Tadeo me pasó dinero para el pasaje de bus a Guanajuato para que fuera a la casa de mi tía Milla.

Salimos al estacionamiento y Marcela abrió la puerta del portamaletas: —Métanse aquí, es sólo por unos minutos—me pidió. El cuerpo se me hizo un bloque de hielo cuando me acomodé en ese oscuro rincón, Charito preguntaba a qué estábamos jugando. Permanecí inmóvil hasta que Marcela abrió el portamaletas y pude ver que estábamos en plena carretera. Me dijo que se había detenido allí porque era mejor que ir a la central de buses y que seguro encontraría un bus que me dejara en Guanajuato. Así fue, luego de media hora Marcela estiró el brazo para detener un ruidoso bus, Charito le dio un beso y yo las mil gracias. Marcela le dijo al chofer: —Se la encargo porque va amenazada de muerte.

Al escuchar esas palabras sentí un balde de agua fría. Me imaginé frente a un espejo y me vi triste, desamparada y una vez más huyendo del demonio. Al sentarme y pensar en lo que estaba haciendo, me di cuenta que a pesar de todo lo que veía en esa imagen seguía en pie, lista para la siguiente batalla. Miré a Charito y volví a subir la cabeza, ella era mi único motivo.

Días antes —en una larga conversación por teléfono—, Pillita me había comentado sobre la posibilidad de esconder a Charito en un rancho; se trataba de unas tierras fértiles dentro de Guanajuato pero alejadas de todo urbanismo. Tal como me había sugerido Pillita íbamos por unos días a la casa de mi tía Milla para organizar la operación. Viajaba de vuelta al sur, otro largo viaje, mientras repasaba la historia una y otra vez intentando encontrar el momento exacto en que me había perdido, el día que permití que toda esa tragedia me estrangulara; ni siquiera un viaje alrededor del mundo me habría dado el tiempo ni la claridad de pensamiento para las respuestas justas, si es que las habían.

En el primer descanso casi todos se bajaron a comprar provisiones o al baño, nosotras nos quedamos ahí, arriba del bus mirando a la gente. Charito insistía que tenía hambre pero no tenía ni un peso. En el segundo descanso –y también en los que siguieron– el chofer me ofreció comida y dulces para la niña. Otro angelito en el camino. Mi tía Milla nos recibió un par de días. Se preocupó de que nadie supiera que estábamos en su casa y de las conversaciones entre Pillita y la familia del rancho. También hablé con Susana, mi hermana, para que me recibiera en Tijuana.

–¿Están seguras de que esa familia la va a cuidar bien? –le pregunté a Milla imaginando aterrada el día en que dejaría a mi niña.

–No te preocupes, Charito va a estar muy bien en ese lugar –dijo con seguridad–. La van a atender como si fuera una princesa. Allá va a poder jugar libre. Ya verás.

–¿Y si Leandro se entera? –volví a decir aterrada.

–No se va a enterar porque nadie le va a decir.

Me costó muchísimo decidirme si dejaría a Charito o no, pero decidí al final que ella estaría más segura lejos de mí. Si Leandro consiguiera encontrarme, al menos Charito estaría protegida de sufrir una infancia con él. Además, mientras alguien cuidaba de ella, yo estaría libre para trabajar lo máximo posible para guardar dinero para nuestra próxima mudanza, donde y cuando fuera.

Nos preparamos para otro viaje más. Partimos un viernes de madrugada. Otro viernes de huida. Aunque era dentro del mismo estado, el rancho quedaba en un territorio alejado donde no llegaban los buses. Horas y horas para pensar qué haría en Tijuana y cómo conseguiría vivir lejos de Charito. En ese entonces, la idea era dejar que pasaran unos meses para que Leandro desistiera de su búsqueda, conseguir un trabajo y luego cruzar a los Estados Unidos con Charito. Nunca pensé en abandonarla permanentemente.

Bus, taxi y luego una carreta. Al llegar olvidé toda la angustia del viaje, el paisaje me recordó el sentido de la existencia –por ponerle un nombre a ese sentimiento porque estaba lejos de saberlo–; el viento me peinó con aires de tranquilidad y el olor de la tierra me recordó el café del campo del abuelo. Quise dormir ahí para siempre. Se trataba de la hacienda de Fina, una prima de Pillita. Fina, que vivía con sus hijos Finita y Trino, era una mujer adorable; hablaba con delicadeza y se movía suavemente como las hojas con la brisa. Era un lugar bello, rodeado de árboles, animales y sembradíos, donde cosechaban papayas y fresas con las que preparaban mermeladas que luego vendían a comerciantes de la ciudad. También había una capilla donde el cura iba cada ocho días a ofrecer una misa.

Me convencí de que Leandro nunca iba a dar con su hija y que Charito disfrutaría de la vida más que en ninguna otra parte. Lo odié y con ese sentimiento me volví fría y llena de valor para defender como la hembra a sus crías. Deseaba tener a Charito conmigo; ella era mi consolación y motivación para seguir adelante. Sin embargo, me di cuenta de que tal vez sería egoísmo hacerla sufrir en los viajes largos, las condiciones inciertas en Tijuana, y a que vecinas o amigas no bien conocidas la cuidaran mientras yo saliera a trabajar.

Dejé a Charito con Fina y con todo el dolor que puede sentir una madre al dejar a su pequeña. Yo sabía que ella estaría más feliz en ese ambiente estable con parientes confiables. Aunque la situación no era la misma, recordé el día en que mi madre me dejó con los abuelos; se repetía la historia. Escondida de Charito salí del rancho en una carreta, un taxi y luego tomé un bus con rumbo a Tijuana.

Poco hablaba con mi abuela y con mi tía Bárbara, pero siempre estaban al tanto de todo; además de conseguir un hogar para Charito, se habían encargado de hablar con Paco en Tijuana, un hombre cuyo trabajo era cruzar personas a los Estados Unidos. Desde el primer día en Tijuana lo único que quería era conocer a ese tal Paco y cruzar a *gringolandia* para conseguir dinero; idealizaba ese país como una tierra distinta, incluso lo soñaba como un paraíso lleno de monedas de oro donde al entrar desaparecían todos los problemas. En los sueños todo es posible.

En Tijuana vivía mi hermana Susana junto a su esposo y Glafira, familiar lejano de Pillita. Los rumores del sur soplaban que Leandro seguía en la búsqueda; algunos le habían escuchado decir que estaba arrepentido y quería convencerme de regresar a Morelia; otros, comentaban que había enloquecido repitiendo la palabra: "venganza".

Susana le pidió a Glafira, la dueña de casa, que me recibiera un par de días. La señora respondió sin pelos en la lengua:

—No quiero problemas aquí —dijo dándonos la espalda.

—No se preocupe —le respondí convencida de lo que estaba diciendo—. Voy a estar tres días, nada más.

—Más vale, sino... —dijo Glafira levantando las cejas.

—Se lo prometo —le respondí avergonzada por estar suplicando.

—Está bien. Voy a preparar algo de comer —dijo Glafira.

A las dos horas, Glafira estaba conmovida por mi historia. La había escuchado mientras picaba la verdura para unas enchiladas. No supe si era la cebolla o el desconsuelo, pero tenía los ojos hinchados y el brazo mojado de tanto sonarse; la historia con Leandro le recordaba su propia juventud atormentada. Lloró lo que no había llorado en años y entre los sollozos me ofreció su apoyo. Ese día y el segundo fue amable y cariñosa.

Al otro día conocí a Panchita, esposa del hijo de Glafira, una mujer cálida y generosa. Ellos vivían a pocas cuadras. Estuvimos conversando casi toda la tarde y prometió ayudarme a conseguir un empleo.

Al tercer día Glafira me corrió de su casa, no porque se había cumplido el plazo sino porque le habían contado una nueva historia sobre mí. Tiempo después me enteré que Susana —aún no entiendo por qué— le había dicho que yo estaba escapando de la policía por haber matado a un hombre en el sur. El tal Paco no apareció, se había escapado con el dinero de Pillita y el de otras diez personas, así que me decidí a cruzar sin papeles y luego volver a buscar a Charito. Fui a la casa de Panchita a despedirme.

—¿Cómo que te vas? —dijo parada en la puerta y cargando en su cintura a su único hijo.

—Voy a cruzar sin papeles, Paco no llegó y Glafira me echó de la casa.

—Entonces quédate aquí —dijo abriendo aún más la puerta.

—¿De verdad? —le pregunté esperanzada en que no resultara como los últimos ofrecimientos.

—¡Claro!, si vivo nada más que con mi esposo y Gerardito —dijo besando al niño y retrocediendo para que yo entrara—. Quédate y mañana vamos a buscar un trabajo para que arregles tus papeles, no puedes pasar así no más, es peligroso. Tomé el ofrecimiento de Panchita y me tranquilicé. Como siempre, no paraba de hacer cosas en la casa: limpiaba los cuartos, le ayudaba en las compras y jugaba con Gerardito.

Una semana después empecé a trabajar como recepcionista en un hotel, no me pagaban mucho pero me alcanzaba para que Panchita comprara la comida, además le compré zapatos, ropa y juguetes a Gerardito como muestra de mi gratitud y nostalgia por Charito. Unos pocos pesos los escondía en una caja para el viaje al rancho de Guanajuato, donde estaba Charito.

Los rumores de que Leandro sabía dónde estaba Charito siguieron soplando, como también la mentira de que yo había abandonado a mi hija para siempre. Rodó la película en mi cabeza nuevamente; Leandro llegaba al rancho, le disparaba a toda la familia y arrancaba con Charito. No intenté llamar a la hacienda para preguntar si los rumores eran ciertos, más bien me dediqué a pensar cómo podía juntar suficiente dinero para el viaje.

Panchita me habló de su amiga Sandra, una mujer joven que servía mesas en un bar en pleno centro de Tijuana. Con lo que ganaba era capaz de mantener a sus dos hijos en una casa grande y cómoda.

—Puedes ir al hotel de día y al bar en la noche —dijo Panchita entusiasmada de poder ayudarme. Sonó como una excelente idea. Al primer fin de semana fuimos a buscar a Sandra, su casa lucía tal como la había descrito Panchita. Sin más palabras respondió que encantada me presentaría al dueño del bar, y si yo quería podía hacerlo esa misma noche. Improvisó un mapa en un arrugado papel y me dijo al despedirse: —Nos vemos en la noche, no olvides ponerte tacones.

Nos juntamos a las ocho en una esquina de "La Cohauila" en la zona norte de Tijuana. Había restaurantes de comida rápida, tiendas de ropa, farmacias y botillerías de nombres creativos, mezcla de inglés y español. Entraba y salía gente de los innumerables bares de letreros luminosos; la música se combinaba con el ruido de los carros y las conversaciones callejeras. Al doblar en la esquina, la luz de los letreros se perdió en un callejón azul por donde caminamos media cuadra en medio de mujeres de falda corta y travestis casi desnudos. Los carros se atochaban para ver el espectáculo, por las ventanas se asomaban brazos que inmortalizaban el momento con cámaras, mientras prostitutas y travestis volteaban hacia la muralla.

–Aquí es –dijo Sandra sonriéndole al guardia. El bar se llamaba "El Burro", era un lugar pequeño, de unas diez mesas y oscuro, no por la falta de luz. Al entrar, Sandra me dejó con el dueño y se perdió por el pasillo. –¡Buena suerte! –gritó. El señor me llevó atrás de la barra para explicarme cuáles mesas eran las que me correspondían.

–La cuatro, la seis y la ocho –repetí con disciplina. Me recalcó que el primer día siempre era muy difícil porque la competencia era fuerte, pero si mis servicios eran buenos pronto iba a tener clientes generosos. «Pero hoy sólo vine a…», le dije sin poder terminar la frase porque él siguió con las instrucciones. También me sugirió que al día siguiente atendiera con una falda más corta. En eso estaba cuando la mesa número cuatro fue la primera en ocuparse con dos tipos.

–Son todos tuyos –dijo el dueño, me dio vuelta hacia la mesa y me empujó suavemente. La mesa cuatro pidió tequila y tres vasos.

Cuando regresé con el pedido me jalaron del brazo para sentarme en la silla vacía. –Tengo que atender otras mesas –les dije. Me preguntaron si era nueva y llenaron mi vaso. A los treinta minutos de conversación sin sentido, ambos se pararon de la mesa; uno fue al baño y el otro me tomó la mano, se acercó a la barra y le dijo al dueño: –Me llevo a esta.

Esa noche, por media hora de servicio, me pagaron treinta dólares. La prostitución y sus aires me transformaron en una mujer aún más fría y temeraria. Al tercer día, no me había acostumbrado pero entendía cómo funcionaba el negocio. No comprendo cómo no morí allí. En realidad, agonicé varias veces pero seguí viviendo. Durante todo ese tiempo, pensaba constantemente en Charito. ¡Cuánto la extrañaba! Pensaba en cómo el dinero que ganaba eventualmente nos ayudaría a tener una vida decente y segura.

Estuve una semana en aquel bar, cuando me fui después de una noche en que un tipo de buen aspecto –chaqueta y corbata–, pidió un servicio en Rosarito, a veinte minutos de Tijuana, dijo que me pagaría más de cien dólares. El dueño autorizó mi salida y el hombre me llevó a un apartamento de un edificio a pocas cuadras de la playa. En un rincón había un tipo discutiendo con dos muchachas, que había contratado en otro lugar. Una de ellas le pegó una cachetada y se fue. Por el pasillo aparecieron dos jovencitos, ambos con un vaso en la mano. Me señalaron un sillón y me dieron una copa.

–¿Qué pasó con las muchachas? –pregunté sin darme cuenta que no era mi asunto.

–Nada –dijo uno de ellos–. Ahorita vienen, fueron a buscar a otras chicas.

–¡Salud! –dijo el otro y chocó su copa con la mía.

Sonó el timbre. Dos hombres de unos cuarenta años se sumaron a la fiesta. En cada minuto se me hizo más difícil distinguir las caras. Me había tomado sólo una copa y mi cabeza daba vueltas. Me levanté para ir al baño pero alguien me empujó al sillón...

Al abrir los ojos estaba en una cama sin poder moverme; los vi hacer turnos sobre mí. Conté diez hombres. Cuando se aburrieron de su proeza me subieron a un carro y me abandonaron en una oscura playa. Fueron unos muchachos de una *lunada* típicas fiestas mexicanas en la playa los que me llevaron a un hospital. Uno de los muchachos me contó que yo estaba sin ropa, morada, inconsciente y casi en el agua.

El sueño que había tenido en la casa de Chuy se había cumplido, pero yo era una de las mujeres golpeadas y desnudas que aparecía en él. En el hospital no me trataron como princesa pero me estabilizaron y me permitieron llamar a Panchita.

Al llegar a su casa, me pidió que no regresara al bar y que fuera a hablar con otra amiga que trabajaba de cajera en un restaurante. Yo estaba tan traumatizada que ya no sentía nada. Sin embargo, mi determinación de guardar para construir una vida para mí y mi querida Charito, me motivó a continuar a buscar trabajo.

La noche siguiente volví al bar, no para trabajar sino para hablar con Alberto –un señor que iba a entregar vasos plásticos–, le conté lo que me había sucedido y me sugirió otro bar. –Algo más decente –me dijo. Alberto se refería al "Razas Club", un bar de mayor prestigio.

El día que fui a ver el trabajo me recibió un señor delgado, encorvado, que fumaba mientras movía la escoba con toda tranquilidad para recoger los mil pedazos de un vaso quebrado. –*Por lo menos aquí usan vasos de vidrio*– pensé. Era Benjamín, el dueño del bar. En la entrada, había una caseta de seguridad y al caminar, en el fondo del pasillo, mesas redondas, muy pequeñas, pero con suficiente espacio para poner el alcohol de los clientes. Al lado izquierdo estaba la barra, y al lado de la barra estaba la pista de baile y un pequeño escenario para la banda. El bar lucía elegante con la luz tenue que iluminaba el terciopelo rojo de las murallas y los sillones.

–¿Cómo te llamas? –me preguntó al recoger los últimos pedazos de vidrio.

–Jessica –le inventé mientras le abría la bolsa de basura.

–¿Tienes experiencia? –preguntó apretando el cigarro con los dientes–, porque aquí a veces se juntan hasta treinta mujeres y todas con experiencia.

–Estuve trabajando en el bar de… en un bar en la otra cuadra –improvisé. Se sacó el cigarro de la boca y dijo:

–Anda a fichar a esos hombres –dijo apuntando a unos tipos del rincón–. Para que practiques.

Lo mejor de ese lugar era que podía trabajar a cualquier hora, de día o de noche. Al lado había un hotel con el que Benjamín tenía un convenio para llevar a los clientes. Las mujeres que no tenían salidas con hombres, ganaban fichando: por cada trago que se tomaban los clientes ellas recibían una ficha que luego canjeaban por dinero. Eso no era muy rentable porque los dueños te daban un porcentaje muy bajo por cada botella servida.

La primera semana fue normal, conocí a varias muchachas, algunas más amables que otras, y conseguí clientes. Había todo tipo de hombres: jóvenes y viejos, amables y déspotas, sobrios y borrachos. Antes de ir al hotel se conversaba sobre las características del servicio, algunos pedían bailes desnudos, orgías o deseos extraños. Yo prefería los servicios normales y ojalá que los clientes estuvieran borrachos para que el servicio fuera rápido y algunas veces, cuando se quedaban dormidos, simulado. También aparecían viejitos, esos eran los más exigentes porque pedían una muchacha diferente cada vez.

Uno de mis vestidos favoritos era de color negro, bien ajustado al cuerpo, lo usaba con medias negras y tacones. No lucía como prostituta sino como una señora elegante, incluso el "Pantera", el líder de la banda musical y a quien yo le tenía mucho aprecio, me dijo una noche que algunos clientes pensaban que yo era una infiltrada de la policía.

—Lárgate de este mundo, tú no eres para este ambiente —me dijo esa misma noche—. Tú no pareces prostituta.

—Estoy juntando un poco de dinero para un viaje —le respondí—. Me queda poco tiempo en esta ciudad.

—¿Quieres ir al norte? —me preguntó como si hubiera descubierto mi secreto.

—Si, pero antes tengo que ir por mi hija que está en Guanajuato —le dije misteriosa. La ausencia de Charito me dolía más que cualquier incomodidad de aquel trabajo difícil, pero continué a creer que no tardaría mucho hasta poder estar reunida con ella.

Sentí miedo y vergüenza de estar ahí en ese ambiente de trabajo, pero el dinero me había servido para dejar el sillón de Panchita. Ella sabía qué era mi trabajo pero no hizo comentarios ni se metió en el asunto.

Renté un cuarto en un callejón cerca del bar, donde además podía llorar a Charito sin dar explicaciones. También dejé el trabajo de recepcionista, significaba más esfuerzo que dinero. El callejón era un nido de traficantes y prostitutas que trabajaban día y noche; se emborrachaban y discutían por gramos de menos y horas de más.

A pesar del ambiente en el que estaba metida intentaba vivir tranquila. Al principio no tuve problemas con el alcohol, bebía para trabajar mejor y no sentirme culpable. No compraba ni una cerveza ni tampoco fumaba en la casa, todo eso era parte de mi trabajo. Me cuidaba de estar con los cinco sentidos atentos, por eso bebía sólo lo mínimo, por si algún hombre se volvía peligroso; me lo advirtieron las otras muchachas porque sabían que entre los clientes también había muchos narcotraficantes. Se reunían en el bar para divertirse, pero también para iniciar o cerrar un negocio.

Volví a estar cerca de la muerte cuando un hombre blanco, de treinta años, me llevó al hotel y me amenazó con una navaja. Apenas abrió la puerta de la habitación me empujó hacia la cama, fue en ese momento en que pude ver sus ojos drogados.

–¡No te muevas! –gritó apuntándome con su dedo índice izquierdo y con la mano derecha en el bolsillo. Sentí miedo, pero de todos modos pedí mi dinero por adelantado, como siempre lo hacía.

–¡Que dinero ni que chingada! –dijo sacando la mano derecha del bolsillo para mostrarme la navaja–. ¡Quédate en la cama!

Luego abrió la llave de la tina.

–Primero tienes que darme mi dinero –le dije valiente–, o me voy de aquí.

–¡Ya te voy a dar tu dinero! –gritó y se abalanzó a la cama–. Ahora cállate, si no te mato– me dijo y me puso la navaja en la cara.

Se sentó sobre mí y empezó a besarme y a golpearme. Alternaba lo uno con lo otro, además de romperme la ropa con sus manos furiosas.

–Ahora mete tu puto cuerpo en la tina –me gritó.

–Esa agua está casi hirviendo, no voy a…

–¡Vas a hacer lo que yo te diga! –gritó. Me agarró de un brazo y me echó al piso para dejarme en la puerta del baño.

Abrió mi cartera y sacó los seiscientos dólares que había juntado en la semana. Antes que me pateara, vi sus ojos rojos como demonio.

–*Aquí voy a morir* –pensé–. *Ayúdame Dios mío, no quiero dejar a mi hija sola.*

No sé con qué fuerza me paré, lo empujé y caímos al piso. Intenté abrir la puerta pero mis manos resbalaron en la manilla, insistí muchas veces mientras él se levantaba del piso. Recogió su navaja y cuando venía directamente hacía mí, pude abrir la puerta y arranqué desnuda hasta la recepción del hotel.

–¿Qué le pasa? –dijo el administrador tapándose los ojos con una mano.

–Háblele a la policía –le dije apoyada en el mesón–. ¡Me quiere matar!

A los pocos minutos llegaron dos patrullas, el hombre seguía encerrado en el cuarto. Yo esperé en un sillón envuelta en una bata rosada que el recepcionista me dio, hasta que vi al loco pasar esposado. Pensé que mi vida terminaría ahí, en ese cuarto, sin poder recuperar a Charito y sin encontrar lo que estaba buscando. Ya no sabía qué era lo que buscaba, pero le seguía llamando: "el sentido de mi vida". A veces también le decía "el sentido de mi tranquilidad" pero sin duda estaba buscando en territorio equivocado. Por más que quería dejar mi pasado atrás, volvía una y otra vez a cargar mi vida de situaciones aún más oscuras y dolorosas.

Muchos años antes Tijuana se había convertido en un lugar de enorme crecimiento en tecnología y salud, pero también había alcanzado su fama por la entretención nocturna, los bares y el comercio sexual; además de las drogas, la violencia y el tráfico de personas. Por ser una ciudad fronteriza su identidad era muy particular, y hasta el día de hoy, recibe a los norteamericanos hambrientos de diversión y sexo, como también a los miles de mexicanos y latinos que intentan cruzar legal o ilegalmente a territorio estadounidense. También conviven los repatriados de los Estados Unidos, muchos de ellos forzados a trabajar en lugares vinculados al narcotráfico y la prostitución.

La Cohauila, la misma calle donde trabajé todavía es una zona de armas, drogas, clubes de strippers, coyotes y prostitución callejera, la más difícil y precaria de todas porque los padrotes obligan a las prostitutas a cobrar precios bajos y acaban por tirarles todo el lucro. Por suerte, nunca tuve que trabajar en esas condiciones. De cierto modo mi trabajo fue más discreto, pero no libre de corrupción. Cada cierto tiempo, la policía municipal aparecía en el bar pidiendo la credencial de salud; terminaban con prostitutas arrestadas, con dinero en sus bolsillos, o enredado con alguna de ellas en la cama.

José Luis y sus oficiales quisieron detenernos una noche. En el camino, Irma, una de las señoras con más experiencia les hizo una oferta. Les ofreció cincuenta dólares por cada una y la que no tuviera el dinero podía pagar con una hora de diversión. Pagamos nuestra deuda y nos soltaron. En las visitas siguientes, los oficiales se ahorraron las negociaciones y directamente pidieron un servicio.

Luego del episodio del hotel –y después de haber pasado una semana acostada y deprimida llorando a mi hija– regresé al bar. Esa tarde, antes de entrar, salí a la calle y llamé a la hacienda para saber cómo estaba Charito. Hablé con Fina para decirle que estaba casi segura que dentro de un mes podría viajar a buscarla. No paró de contarme todo lo que hacía Charito y lo feliz que estaba junto a Finita y Trino, sus tíos padres. Así les puso Fina: –Ellos la adoran y la cuidan como si fuera su propia hermana –me dijo. Respiré profundo para que no escuchara mi llanto.

Al colgar el teléfono se me cayeron todas las monedas que tenía en la mano. Me agaché y vi las manos de un hombre que recogió las monedas con tanta rapidez que no alcancé a tomar ninguna.

–Gracias –le dije mientras me secaba las lágrimas.

–¿Vives cerca? –me preguntó con un acento que no reconocí.

–Más o menos –le respondí sin dejar de mirar el suelo.

Me tomó del brazo y me ayudó a levantarme.

–Estoy buscando algún bar… tú sabes… algo entretenido donde pasar un rato –dijo explicando con sus manos como si al decirlo no fuera suficiente–. ¿Conoces alguno?

–¿De qué país vienes? –le pregunté retrocediendo.

–De Australia pero soy Argentino –dijo con su tonito.

–Yo trabajo en ese bar –le mostré con el dedo–. Si quieres te llevo.

–¡Perfecto! –se apuró en decir.

Me invitó una copa de vino, conversamos y luego lo acompañé durante toda la noche en el hotel. Roberto tenía el pelo castaño y los ojos casi verdes; era un hombre amable y tan alegre que esa noche sentí descanso y complicidad. Me contó que su divorcio estaba en trámite – yo me acordé que Leandro había dicho lo mismo.

Roberto estaba en Tijuana averiguando sobre un tratamiento

médico. Su hijastra de trece años tenía cáncer y el trasplante que necesitaba estaba prohibido en Australia. Me aseguró –sin pedírselo– que la relación con su esposa era de amistad y que adoraba a la niña como si fuera su propia hija. Cuando preguntó sobre mi vida, no supe por dónde empezar, más bien resumí diciendo que mi esposo estaba loco y quería quitarme a Charito.

Las siguientes tres noches nos juntamos a la misma hora. Seguimos la misma rutina pero cada vez con más información sobre el otro; me contó que con la niña había sufrido un accidente cuando ella tenía cinco años y que su esposa lo culpaba de todas las consecuencias porque él iba manejando borracho. Yo le expliqué lo que había pasado con Leandro y mis tormentos de infancia. Durante esos días fue mi único cliente.

A la cuarta noche me dio la sorpresa.

–¡Ven!, ¡vamos! –dijo antes de sentarse en la misma mesa y a la misma ahora–. Te tengo una sorpresa.

–No me gustan las sorpresas –dije enojada y sin mirarlo.

–Te va a gustar, te lo prometo –dijo juntando sus manos–. Te juro que no es nada malo, tienes que confiar en mí.

Salimos del bar, tomamos un taxi y me tapó los ojos con una corbata. Varios minutos después, el taxi se paró. Cuando Roberto me quitó la corbata, vi que estábamos a la entrada del aeropuerto.

–¿Qué hacemos aquí? –le pregunté al bajar del taxi, asustada y a punto de correr–. La última vez que salí lejos del bar casi morí –le dije casi llorando.

–Ahorita vas a ver –dijo con alegría misteriosa–. Dame la mano.

–¡No me muevo de aquí! –le dije con los brazos cruzados–. O me dices qué hacemos en el aeropuerto o me voy.

–Viajaremos dentro de México, no te preocupes. Iremos por Charito.

Me mostró los boletos a Guadalajara y me dijo que desde allí iba a rentar un carro para llegar a Guanajuato. No podía creer lo que estaba haciendo. Hacía cuatro meses que no veía a Charito. Estaba feliz pero asustada porque sabía muy bien que los favores se pagaban, y muy caro.

Tomamos el vuelo y luego Roberto manejó por ocho horas hasta Guanajuato y tres hasta la hacienda de Fina. Lloré durante todo el viaje, animada porque extrañaba tanto a Charito, pero también ansiosa y con miedo de que algo hubiera pasado a Charito o de que ella no estuviera allá.

Llegamos a las seis de la mañana de un domingo. Fina abrió la puerta y estuvo sorprendida por nuestra visita inesperada. Me llevó al segundo piso para ver a Charito. Allí estaba mi pequeña, dormida en su cuarto de princesa, abrazada a un osito de peluche. Una onda de alivio y felicidad cayó en mí, pero al mismo tiempo me arrepentí de haberla dejada. Finita, la hija soltera de Fina, se había encargado de cuidar a Charito junto a su hermano Trino, también soltero. Los dos se habían convertido en sus tíos padres por casi seis meses, pero no estaban esa madrugada. Charito se había quedado con Fina porque el resto de la familia había ido a la ciudad a un matrimonio.

Mientras esperábamos que Charito despertara, Fina nos sirvió el desayuno. Nos puso un frasco de mermelada de fresa tan delicioso que le compré diez. Fina estaba simpática como siempre, pero no ocultó su desilusión al oír que Charito se iría con nosotros aquel día. Charito era muy querida por todos en la familia y nadie querría que ella se fuera. Fina dijo que sus hijos Finita y Trino, si estuvieran en la casa, se esforzarían mucho para no permitir que yo llevara a Charito.

—Vine por la niña —le dije a Fina que me miró con cara de espanto y con el pan a medio camino de su boca. Hubo silencio.

—Pero acá está bien —dijo poniendo el pan sobre el plato—. No es necesario que te la lleves. Nosotros la hemos cuidado muy bien y ella está feliz.

—Es que tengo miedo por Leandro, dicen que él sabe que ella está aquí.

—No es cierto mija, todos adoran a la niña, especialmente Finita y Trino. Nadie va a dejar que se la lleve.

—Entiéndame Fina, ella tiene que estar con su madre.

—¿Qué más puedo decirte?, es tu hija —dijo suspirando.

Cuando Charito se despertó, estaba sorprendida al verme y se comportaba extraño. En la prisa de preparar para el viaje a Tijuana, llevamos sólo un cambio de ropa y los zapatos blancos de Charito. Ella lloraba mientras salíamos. En el vuelo a Tijuana, Charito lamentaba tener que irse de la hacienda y mencionaba al ganso de la laguna. Habló de su tía Mamá Finita y a su tío Papá Trino; ambos llorarían desconsoladamente al saber que Charito se había ido. Habló de sus zapatos blancos, que le había dado la "Mamá Finita."

–Dejá de llorar –le dijo Roberto mientras le acariciaba la cara–, la gente va a pensar que te estamos pegando–. No podía creer que Charito estaba conmigo, no era el mejor momento, pero no podía pasar una noche más sin ella.

Roberto volvió a los tres días a Australia pero dijo que nos veríamos pronto. Volví a trabajar a medio tiempo y dejaba a Charito solita por la noche. Como no había quién pudiera cuidar de ella, se quedaba sola en el apartamento que preparé para remover lo peligroso para una niña. Sacando lo que pudiera criar un risco, y dejando la televisión y el refrigerador en su alcance, le dejé seguro el apartamento.

Poco tiempo después de irse me mandó tres veces flores al bar y en uno de sus llamados me preguntó si quería viajar con Charito a Australia y casarnos. –Es imposible –le dije–. ¿Cómo le pido el divorcio a Leandro sin que me mate?, así no puedo sacar a la niña del país–.

Los planes que tenía Roberto para nosotras sonaban bien, pero apenas lo conocía y la vida me había enseñado a no confiar en nadie. Eso me quedó aún más claro cuando una de las muchachas me dijo: –Olvídate Jessica, en Australia va a querer prostituirte, muchos lo hacen así. Vienen a buscar mujeres y allá se las entregan a sus jefes… no le creas…mándalo lejos.

En el siguiente llamado repetí todo lo que me dijo esa muchacha como si fueran mis propios pensamientos, pero eso no fue suficiente para que el hombre dejara de insistir. Después llamó una amiga de Roberto, según ella vivía en Australia, y con el mismo tonito argentino me dijo: –Roberto está triste, casi no come ni duerme pensando en vos... tenés que creerle, él es un buen hombre.

Pedí que no me pasaran sus llamados o que dijeran que me había ido de Tijuana. Roberto me dio alegría, cariño, motivación y por supuesto me regaló el viaje a Guanajuato. Él pagó el viaje para llegar hasta el rancho y me motivó a traer a Charito, algo que no me atrevía a hacer por las condiciones en las que yo vivía. Roberto fue un ángel caído del cielo, pero ¿quién sabía si el ángel se iba a convertir en demonio? Leandro había salvado mi vida y todo terminó mal después.

Con Charito de regreso, el cuarto tenía otro aire, me olvidé de los narcotraficantes, las prostitutas afuera de la casa y los escándalos que hacían los travestis de la esquina; yo podía entender ese mundo pero cómo se lo explicaba a una niña de tres años. Intentaba que Charito no viera nada de eso y apenas la sacaba del cuarto. No tenía la posibilidad de parar de trabajar, entonces volví al bar pero solamente de noche. Mientras tanto, continué a buscar a alguien para cuidar de Charito para que yo también pudiera trabajar de día.

La primera semana tuve que dejarla sola. No sabía los detalles de su estadía en el campo, pero algo aprendió que la hizo madurar como pocos niños pueden hacerlo a esa edad. Conversábamos de muchas cosas, ella no preguntaba por su padre, eso me ayudó a no mentirle sobre Leandro.

–¿A dónde vas? –me preguntó una noche.

–A trabajar hija –le respondí suspirando.

–¿Y en qué trabajas? –dijo agarrándome la falda.

–Soy como una enfermera –le conté después de sentarla en mis piernas–. Les hago masajes a las personas cuando se sienten cansadas, están tristes o tienen dolor –le expliqué.

–No quiero que des masajes –dijo al abrazarme–. No te vayas, no quiero estar sola.

El recuerdo de esas palabras y su cara de angelito me hacen llorar. Muchas veces la dejé encerrada y ella a pesar de su corta edad comprendía que era importante que yo trabajara. Nunca le faltó comida y me preocupaba de que todo estuviera ordenado y sin peligros; dejaba todo a baja altura, sin papeles, fuego ni enchufes a su alcance. Por las mañanas –mientras yo recuperaba el sueño– ella abría el pequeño refrigerador, tomaba el vaso de leche que yo le dejaba listo la noche anterior, encendía el televisor a un volumen bajo, porque conocía todos los botones y sus funciones, y se acostaba a mi lado sin hacer ruido.

Fue un alivio cuando Norma, una compañera colombiana me contó que dejaba a su hija con Gina, una mujer joven que vivía cerca y cuidaba a varios niños. Cada noche durante un mes le dejé a Charito pero ella cada día reclamaba por algo distinto; que Gina la había empujado, que la había rasguñado, que le había gritado.

–Prefiero quedarme sola –decía.

No hice caso de sus alegatos hasta que un día, cuando la estaba bañando, le encontré una marca púrpura en la espalda. Con toda la fuerza que una madre tiene para defender a sus hijos fui a la casa de Gina. Cuando la confronté sobre las marcas que tenía Charito, ella se sorprendió visiblemente pero trató de ocultar su asombro. Ella me dijo con toda tranquilidad: –No es la verdad. Ni toqué en estos niños. Son así; a veces se lastiman un poquito y mienten de que otras personas les hacen daño.

Vi que los otros tres chicos a quien Gina cuidaba también estaban rasguñados, y sabía que no podía dejar que Charito se quedara con Gina. La pobre mujer había sufrido muchas pérdidas, como una hija que se murió de cáncer. Me di cuenta de que su sufrimiento la había hecho amarga, perezosa e incluso destructiva. Y a pesar de sentir pena por ella, no arriscaría la seguridad de Charito.

Volví a dejar a Charito sola, aunque sólo un par de días porque no tenía energía para ir al bar. Sentí que estaba más desamparada que antes y que no lograba avanzar hacia ningún lado. Falté por dos semanas al bar y esos días los aproveché para salir con Charito y pensar por dónde seguir. Dimos vueltas por las calles y visitamos el circo en la Plaza Río. Esos momentos que fueron tan simples se convirtieron en los más bellos para Charito y para mí. Su sonrisa fue un nuevo impulso.

Al retomar el trabajo decidí sacar a Charito de ese callejón. Alicia, una compañera del bar, me acompañó a buscar un apartamento en el mismo sector donde ella vivía. Conseguimos un estudio pequeño pero con suficiente espacio para una cama, una cocinilla y unos pocos muebles. Alicia llenó la casa con todos los muebles que necesitábamos. El cambio de casa fue una infusión de energía. La ordené junto a Charito, hicimos un espacio para sus juegos y la llenamos de colores.

La renta era el doble, por eso tenía que trabajar la misma cantidad. Ahí conocimos a Jesús, el muchacho que arreglaba todo lo que allí se descomponía. La dueña lo había contratado hace un año y a cambio lo dejaba vivir en uno de los apartamentos. El primer día se presentó y nos ofreció su ayuda. Me contó que era de Guadalajara y que había llegado a Tijuana buscando rehabilitarse de un pasado drogadicto; se había transformado en un verdadero cristiano. Iba sagradamente a la iglesia y evangelizaba a todo el que podía. Muchas veces nos juntábamos a comer, a conversar y algunas veces cuidó a Charito, decía que era una niña muy inteligente. Era un hombre divertido, recuerdo lo que me dijo la primera vez que salimos a comprar: —Espérate india, no estás en tu pueblo, tienes que esperar la señal —me gritó mientras yo cruzaba con luz roja. Desde entonces, me llamó india. Su compañía fue valiosa.

Aunque no sabía hacia dónde iba, decidí continuar con la rutina. Charito otra vez se quedó sola, aunque Jesús estaba pendiente de ella. Iba al bar con menos ganas que antes y con más alcohol que el de costumbre para soportar a los hombres y sus delirios.

Una noche entró un muchacho japonés, se llamaba Suzuki, igual que los carros. La primera noche, después de hacerme varias reverencias, me contó que había llegado tres meses antes para asesorar a una compañía de electrónica y que pronto regresaría a Tokio, donde vivía con sus padres en el piso cuarenta de un edificio. Había aprendido español porque su abuelo había crecido en España y siempre quiso que sus hijos y nietos hablaran el idioma.

Fue varios días seguidos, apenas entraba preguntaba por mí. Nos sentábamos por horas a conversar pero siempre le entendía la mitad de lo que decía, hasta que un día me dijo: –Tengo que volver a Japón pero si vuelvo a Tijuana me gustaría casarme contigo, ¿te gustaría?.

Me reí como si fuera la mejor broma del mundo. Suzuki me miró y entendió que mi risa era un sí. Se fue contento. Eran promesas vagas de lunáticos que aterrizaban en el bar.

No me hice esperanzas con ese tipo ni con ninguno que soñaba con rescatar a una mujer perdida y convertirla en princesa, pero sí me di cuenta que podía rehacer mi vida en ese lugar o en cualquier otro. Las ofertas del argentino y del japonés, si es que se podían llamar así, despertaron en mí el anhelo de formar una familia. El paraíso norteamericano y las monedas de oro se hicieron parte de lo que siempre fueron: un sueño infantil. Me propuse conocer a un hombre bueno aunque moría de miedo por caer nuevamente en manos de algún enfermo, drogadicto, maltratador o quién sabía.

Con cada tipo que hablaba intentaba ver qué había detrás, cómo era su vida y que planes tenía para el futuro. Mientras me conversaban yo hacía mi evaluación y me preguntaba si estaba frente al hombre correcto, si me podía ofrecer tranquilidad, una familia y una vida distinta al infierno que estaba viviendo en el bar.

Pero cada noche era peor que la anterior. La ansiedad por no saber con quién me iba a encontrar, a qué hombre debía complacer y que cosas tendría que aguantar me llevaron a un estado de nerviosismo extremo. Empecé a temblar y a no dormir por días. Para enfrentar cada encuentro aumenté las dosis de alcohol, pero me empecé a sentir con menos vitalidad, más deprimida y más enferma. Llegaba a la casa sin poder atender a Charito, entonces empecé a pagar a una mujer muy simpática, Sofía, para que cuidara de Charito mientras yo trabajaba Yo llamaba a mi madre y le lloraba mi angustia: –Llévale velas a San José –me decía.

Un amigo del bar que traficaba prescripciones médicas, me llevó decenas de recetas con *valium*. Con aquellos papeles falsificados recorrí todas las farmacias de Tijuana comprando esa droga. Se volvieron un vicio para calmar la angustia, pero entre el alcohol y las drogas me fui enfermando. Quería dejar el bar pero era lo único seguro que tenía para mantener a Charito. Por eso pensé en la idea de ahorrar dinero para comprar un carrito y vender tacos en la calle. Los ahorros iban por buen camino hasta que la fiebre y el dolor de estómago los consumieron. Fui a tres o cuatro doctores y todos dijeron lo mismo: yo tenía una infección que con un tratamiento de antibióticos se arreglaría. Los médicos me inyectaron con medicamentos para el dolor para que les pagara y saliera de sus oficinas sin saber realmente qué era mi problema. A pesar de las medicinas, la fiebre no bajaba y el dolor de estómago me torcía de dolor a ratos, tanto que me sentía como si estuviera sofocada. En el bar y por algunas noches, los hombres durmieron plácidamente, y no por el cansancio, sino porque les ponía una pastilla para dormir en sus vasos. No tenía fuerzas.

De todos modos, los clientes comenzaron a cambiarme por otras. Angélica, una mujer gorda y de aspecto vulgar, empezó a decirles que yo era un hombre operado, que tenía sida y que me había visto en el baño vomitando sangre. Era una mujer que envidiaba a las que no teníamos *padrotes* que nos manejaran el dinero. Su padrote, amante y dueño, recaudaba el dinero de la noche y si no era suficiente la golpeaba delante de todos. Igual que Antonio, un tipo que usaba lentes de sol a toda hora. Tenía diez mujeres a cargo y aparte de quitarles el dinero las obligaba a vender cocaína.

Un día me avisaron que tenía un servicio en el hotel y que el hombre me estaba esperando en la habitación número veinte. Al entrar, vi a Antonio sentado en la cama sosteniendo dos copas con una sola mano. Me sentó junto a él y me dijo que me había visto muy nerviosa los últimos días. Me pasó una de las copas y sacó de su bolsillo un pequeño estuche. Le conté que estaba enferma y cansada, y él dijo:

—Tengo la cura para todos los males.

Abrió el estuche y sacó un sobre con cocaína.

Después de esa noche, caí en lo más profundo de ese mundo y no pude levantarme hasta que ocurrió el milagro de San José. Por mientras seguí consumiendo drogas, alcohol y tranquilizantes, pero la fiebre no me daba tregua, incluso un día me venció. Esa noche estaba en el bar, sentada en una mesa con dos tipos, cuando perdí el equilibrio y caí encima de los pies de Teresa, una de las mujeres más viejas. Teresa me llevó a la casa, me hizo un agua de no sé qué y me advirtió que descansara. Dormí toda la noche abrazada a Charito. Al otro día fuimos a una nueva clínica. Allí, en el departamento ginecológico, el técnico de radiografía no había recibido órdenes para hacer una radiografía en mi abdomen. Pero tuvo la sensación de que debería hacerla sin cobrarme. El médico vio las imágenes y dijo: –Lo que le produce esa fiebre es un tumor en su útero.

Hacía seis meses que yo sentía ese dolor y el tumor tenía el tamaño de una sandía pequeña, ¡incluso tenía sus propias venas! El médico me dijo que tendría que operar inmediatamente para remover el tumor, la mitad de mi útero, uno de mis ovarios y el tubo Falopio.

Charito preguntó: –¿Qué es un útero?

La idea del carrito de tacos se desvaneció.

Para juntar el dinero de la operación convencí a un par de muchachas del bar y empecé a ofrecerlas como masajistas. Les prometí que les conseguiría a los mejores clientes. Fue un buen negocio porque visitaba los bares más prestigiosos, entregaba tarjetas y luego hacía las conexiones por teléfono con tipos que pagaban sin problemas los montos que yo les pedía. El tumor me molestaba a diario pero la fiebre la calmaba con unas cápsulas rojas que me había dado el doctor. Siguiendo mis impulsos, instalé un teléfono en el apartamento y me convertí en una *madrota*, pero una *madrota* buena porque no les robaba el dinero a las muchachas. Ofrecía tres tipos de servicios, con diferentes precios: contrataba la habitación de algún hotel, hacía el contacto físico entre el cliente y la muchacha, y recibía el dinero. Después de pagar a las muchachas, no sobraba mucho dinero, pero lo que gané, tuve que usar para pagar la cirugía. Algunos clientes pedían que yo estuviera incluida pero les decía que no era masajista, que trabajaba como asesora para la compañía a la que pertenecían las muchachas. Hasta subí los precios y el negocio mejoró. Seguí trabajando en el bar pero sólo dos veces a la semana. Y fue en una de esas visitas en que el milagro de San José se cumplió.

Un poco antes, hablé con mi madre y le escuché sus consejos.

Ella decía que San José ayudaba a conseguir buenos maridos y que estaba segura que en cualquier momento, si yo lo pedía con fe, me iba a cumplir el deseo. Fui a la basílica de Guadalupe en la calle Revolución, compré diez velas y le recé toda la tarde a San José: –Dame un hombre bueno, que me ayude a salir de toda esta porquería le pedí.

Dos semanas después, el milagro pasó. Había sido un día extraño porque yo había dormido casi todo el día. Charito estaba viendo televisión cuando me desperté con el impulso de salir. La fiebre no me daba respiro pero de todos modos quise ir al bar, aunque sabía que los domingos pocos hombres se aparecían. Le dije a Charito que la iba a dejar sola por algunas horas pero se puso a llorar desconsoladamente: –Me quiero quedar con Jechu –dijo entre sollozos. Para cooperar con el pedido de Charito, fuimos al apartamento de Jesús.

–Es sólo por esta noche Jesús.

–¿Y a quién vas a asustar con esa cara? –me respondió con humor y saludó a Charito con un beso en la frente.

–Voy al bar –le dije sin que Charito lo notara.

–¿Estás segura? –dijo tocándome la frente–. Tienes unas ojerotas que dan miedo.

–Lo sé, pero tengo un presentimiento –le dije entregándole unos dólares–. Tengo que ir hoy.

–Está bien, en diez minutos voy a tu apartamento –respondió.

–Sí, mejor, porque esto parece un chiquero –le dije apuntando las cajas de herramientas y papeles que tenía en un rincón.

Intenté tapar las ojeras, me puse una falda azul de mezclilla que había comprado en Rosarito y una blusa con lentejuelas doradas. Nunca me había atrevido a ponerme esa ropa pero pensé que así podía compensar mi cara de enferma. Cuando llegué al bar no había ninguna mesa ocupada por clientes, pero la banda de siempre estaba tocando.

Me senté en una mesa del rincón; en las otras estaban Angélica y las demás muchachas esperando su turno. Sus padrotes entraban y salían desesperados por la falta de clientela. Pedí un vaso de agua y esperé. Al poco rato entró un señor alto, serio y de cuerpo fornido. Inspeccionó el lugar y eligió una mesa. Cuando lo vi se me puso la piel de gallina y comencé a sudar. Se sentó cerca del baño de mujeres a esperar que lo atendieran.

Marta, la mesera más vieja, se acercó a atenderlo. Angélica corrió a ficharlo. Su padrote la miró desde la otra esquina. La música seguía sonando y yo intentaba descifrar por qué había sentido escalofríos al verlo entrar. Estaba pendiente de la conversación, pero veía que sólo Angélica hablaba y el cliente no le respondía más que moviendo la cabeza. Yo que conocía los movimientos de esa muchacha podía imaginarme lo que tramaba. Le iba a fichar unos cuantos tragos, le ofrecería un servicio en el hotel, le vendería cocaína y luego le entregaría el dinero a su padrote.

Pasó casi media hora y el señor seguía ahí, sentado bebiendo su vaso. Fui al baño a bajarme la fiebre con agua. Al regresar a mi mesa observé que ya no estaba Angélica y que el hombre seguía donde mismo y no me miró hasta que Marta se acercó a decirme:

—Dice el señor que quiere invitarte a su mesa.

—¿Y Angélica? —le pregunté—. ¿No estaba con él?, no quiero tener problemas, así que dile que no puedo.

—No mija, Angélica se fue, se la llevó su padrote.

—De todos modos va a volver, no tengo ánimo ni tiempo para problemas —le dije mirando el suelo.

Me quedé ahí mismo esperando otro cliente. Marta volvió con un segundo recado:

—Mija, dice el señor que no es cliente de Angélica y que él quiere conversar contigo no con ella —dijo Marta con un vaso en la mano—. Te mandó esta bebida.

Antes de sentarme en su mesa fui nuevamente al baño. Al regresar, el cliente empezó a hablarme sin parar. Había crecido en Irán pero había llegado a los Estados Unidos a los veintiún años y en el último tiempo visitaba México por negocios. Él entendía español pero le costaba hablarlo, dominaba el inglés pero yo no podía entenderlo. Aún así, el tono de sus palabras demostraba que era un hombre respetuoso. En la primera conversación creamos un metalenguaje, movíamos las manos para decir cualquier cosa y ocupábamos monosílabos en español e inglés para complementar. Me habló de berenjenas y calabazas cultivadas en los Estados Unidos y México; me contó que tenía una hija que vivía en San Diego y que su primera esposa –con la que había estado más de veinte años–, se había ido con un antiguo novio. Preguntó un par de cosas sobre mí pero respondí sin mayores detalles. Seguimos moviendo las manos hasta que él dijo:

–"Yo estar en hotel del lado", "¿tú quiere venir?"

–¿No quieres ir con la otra? –le respondí mientras abría los brazos para señalar la gordura de Angélica–. Yo no quiero problemas –le insistí.

–"No quiere la otra" –dijo acompañado de gestos–. "Yo quiero a ti".

Pudimos entrar al hotel a pesar de que el administrador, agobiado por la mala fama del bar, había dado instrucciones de no dejar entrar a mujeres de falda corta. El recepcionista tomó el pedido: vodka, jugo de naranja, agua mineral y un margarita.

A la media hora llegó uno de los empleados del hotel a la habitación: –El administrador dice que no quiere prostitutas aquí, lo siento, tienen que abandonar el hotel.

Mi acompañante dijo frases que no entendí y las siguió diciendo hasta que tomamos un taxi. Avergonzada, lo seguí hasta otro hotel, mucho mejor que el anterior. En la recepción hizo el mismo pedido, nos fuimos a la habitación y estuvimos por horas conversando de su vida, la mía y la del resto del mundo. Sentí la confianza que nunca había sentido en un hombre.

Al otro día, pensé en despedirme como con cualquier cliente pero él me invitó a desayunar. Le respondí que no podía porque tenía que ir por mi hija. Para mi sorpresa quiso llevarme a la casa y conocer a Charito.

Al llegar, Charito se me colgó del cuello. Jesús se fue a su apartamento.

–¿Quién es este señor que viene contigo? –fue lo primero que dijo Charito.

–Él es un amigo –le respondí.

–¿Un amigo?... y dónde conociste a mi mamá –le preguntó Charito.

–No hagas tantas preguntas –me adelanté a responder–. Luego te explico. Ahora mi amigo va a entrar a desayunar a nuestra casa.

–Está bien –dijo como si fuera una autorización.

Esa mañana preparé pan tostado, jugo de naranja, granola y fruta fresca. Charito tomó su leche y se encargó de conversarle de sus juegos y de sus amigos reales e imaginarios. Nos pasamos casi toda la mañana en el desayuno. También le conté por qué habíamos llegado a Tijuana y cómo terminé trabajando en el bar; él escuchó atento cada detalle hasta que miró el reloj y dijo que tenía una reunión de negocios. Apuntó mi número de teléfono y prometió llamar luego. Lo despedí como a un amigo pero no pensé en verlo otra vez.

En la noche, sonó el teléfono. Era él. Preguntó por Charito, me contó lo que había hecho durante el día y se despidió diciendo:

–Mañana, yo llamarte.

Cada palabra que decía, la cumplía.

Al otro día, a la misma hora le contesté, nuevamente preguntó por Charito y se despidió diciendo: –No bar, no más bar, yo dinero, yo pagar.

Al día siguiente apareció en la casa, traía su maletín de negocios y unos regalos para la niña. Recordé los rezos a San José y me puse nerviosa al pensar que el milagro se estaba cumpliendo; el hombre que había pedido estaba frente a mi puerta, se llamaba Radesh y era veintiún años mayor que yo.

Ese día preparé pozole y estuvimos toda la tarde conversando detalles de mi historia; él estaba interesado como nadie lo había estado. Años más tarde me confesaría que aquel día, después de escucharme, contempló mi comportamiento, mi belleza, mi diligencia y personalidad, y mi persona y pensó: –*Esta mujer viene de otro mundo.*

Antes de marcharse me pasó dinero para que le comprara una cama a Charito. No sólo pude comprar una cama, también compré algunos muebles que hicieron del apartamento un bello lugar, parecía una casa de muñecas.

Radesh nos visitó durante todos los días por una semana, pero como la vida no es un cuento de hadas, me enteré que no estaba solo, tenía una novia de diecinueve años que vivía en Rosarito, en un apartamento que él le había rentado. Me preocupé pero luego pensé que todo cambiaría, que Radesh se daría cuenta de que yo era una mujer buena y que podía darle todo lo que él necesitaba. Así pasaron dos o tres semanas, fueron días tranquilos, lejos del humo, del alcohol y las drogas.

La muchacha de la que Radesh me había hablado se llamaba Pilar y era bailarina en un bar en La Paz en Baja California, donde Radesh tenía un campo. La existencia de aquella sombra más el dolor de mi tumor no me dejaban en paz pero mi corazón se estaba recuperando. Radesh se quedaba todos los días y la sombra de Pilar parecía eso, nada más que una sombra, sobre todo cuando Radesh llegó con la idea de cambiarnos de apartamento. Le dije que no era necesario, que me gustaba como estaba la casa y que me sentía cómoda. El respondió que iba a viajar más seguido a Tijuana y que nos merecíamos estar cómodos.

—Busca un lugar más grande —me ordenó. Le pregunté por la muchacha y me contó que era del pasado, que había comprado un carro para ella y su falso hermano —que en realidad era su padrote— y los había mandado a La Paz para que le administraran sus campos. Empecé a desconfiar, a sentir ese calor de furia cuando algo andaba mal. No dije nada.

Le pedí a Ricky, un viejito simpático que había conocido en el bar que me ayudara a buscar un apartamento más grande y cómodo en el sector de Las Palmas, donde él vivía; conocía Tijuana como su propia vida. También le conté a mi hermana Susana sobre el cambio de casa. Ricky nunca pidió mis servicios, más bien hicimos una amistad que duró por mucho tiempo. En realidad, Ricky visitaba el bar para matar el tiempo, no le interesaban las mujeres ni el alcohol; podía estar toda la noche conversando con quien le regalara su tiempo. Había nacido en los Estados Unidos pero había emigrado a México en busca de —algo diferente —decía. Tuvo cinco esposas norteamericanas. La primera había sido alcohólica y adoraba los casinos. Las cuatro que le siguieron le robaron dinero y se marcharon con otros hombres. Nunca voy a olvidar su apoyo, sobre todo el último tiempo en el bar, en el que se sentaba a hablar conmigo por horas.

Cuando nos mudamos cerca de su casa, la amistad se hizo aún más fuerte, tanto, que al lorito que teníamos de mascota le puse su nombre. Me parecía entretenido llamarlo así y a Ricky no le molestaba. Lo terrible ocurrió un día en que el lorito se enfermó y Susana se quedó con él mientras estábamos de viaje. Al regreso me dijo: –Ayer murió Ricky.

Casi me morí con la noticia y dije: –Voy a ir a su casa –Susana se rió y respondió: –Ricky el lorito, no tu amigo.

En cada urgencia contábamos con la ayuda de mi amigo Ricky.

Radesh decía que ese lugar era provisorio porque quería arreglar mis papeles para que viviéramos en los Estados Unidos; iba a conseguir mi divorcio y a hacer una carta para contratarme en su empresa. Nos visitaba un par de días todas las semanas en medio de sus viajes. Radesh sembraba en La Paz lo que no podía en California por el cambio de estación, como las calabazas, berenjenas y melones. Era un negocio exitoso pero requería de mucho tiempo, dinero y sacrificios.

El apartamento que encontramos estaba en el tercer piso, era amplio y cómodo. Charito estaba feliz con su nuevo dormitorio; comenzó a ir a una escuela para preescolares y a hacer una vida normal. Radesh compró un carro y me dijo que pronto nos casaríamos. –*Entonces era cierto el milagro* –fue lo primero que pensé. La rutina del bar la cambié por la dedicación completa a mi hija y la casa, también me ayudaba Paula, la misma señora que Ricky contrató para limpiar su apartamento.

Entonces empezaron a pasar cosas sospechosas. Una noche, cuando Radesh estaba viajando por negocios, llamé a su hotel y el recepcionista dijo que en sus registros no había nadie con ese nombre. Busque bien, estoy segura de que él está ahí –le insistí. Llamé más de tres veces, a distintas horas y todos los que me contestaron me respondieron lo mismo. No había nadie con ese nombre. Lo más extraño fue que Radesh habló conmigo al día siguiente. Le conté que lo había llamado y él seguía diciendo que estaba en aquel hotel. A las pocas horas llamó un recepcionista para pedirme disculpas.

–Fue un error señora, nuestros empleados se confundieron en los registros y el señor sí estaba en el hotel. Le pido disculpas por el error.

Radesh me había convencido de que Pilar no era parte de su vida pero un llamado cambió las cosas. Levanté el auricular al mismo tiempo que él, me quedé escuchando la conversación en la que el supuesto hermano de la muchacha le decía a Radesh que Pilar estaba en el hospital, grave, debido a una hemorragia. –Tú eres su pareja, tienes que ayudarla y mandarnos dinero –le dijo. No quise escuchar más y colgué el teléfono con discreción. No dije nada pero tenía ganas de dejarlo y correr con Charito al lugar del que habíamos salido.

–¿Cómo es posible? –le reclamé apenas se terminó la llamada– Tienes dos mujeres, vas a La Paz, te acuestas con ella y luego vienes aquí y te acuestas conmigo. Quiero saber cuál es tu relación conmigo ¿Qué piensas de mí?, ¿Qué quieres de mí?

–¿Crees que no me di cuenta de que estabas escuchando por la otra línea? –dijo enojado–. Si Pilar supiera que escuchas conversaciones ajenas... imagínate qué pensaría ella de ti.

–¿Qué va a pensar? –le respondí con tristeza–. Veo que te importa más lo que piensa ella.

–Eres una estúpida –respondió sin mirarme. No sabes nada y es mejor que te calles, si no...

–¡Si no qué...! –le grité–. Me vas a golpear acaso, estoy acostumbrada a hombres como tú.

–Ya te dije que voy a La Paz a trabajar, me quedo en un hotel y no me acuesto con ella –dijo sereno y cerrando el tema.

Después de la discusión sobre Pilar, dejé a Charito con una mujer viejita que vivía en nuestro corredor de apartamentos, desaparecí de la casa por un mes. Volví directo al bar, no a trabajar, sino a reencontrarme con la gente que conocía, a beber por horas y luego terminar durmiendo en la casa de alguna de las muchachas. Durante el próximo mes, cada una de esas "amigas" se turnó para recibirme y robarme el dinero. Como estaba borracha o drogada de cocaína durante la mayor parte del tiempo, no percibí que alguien me robó mi carta bancaria y debe haber visto el código cuando saqué dinero. Después supe que alguien había sacado todo el dinero que yo había ahorrado en la cuenta. No entendía por qué mi vida no podía ser normal, me preguntaba en qué había cambiado: –*¿Será este el milagro?*

Radesh habló con Susana y su esposo para que pusieran avisos en los periódicos. Me buscaron con la policía por todas las calles, menos en el bar. Después de estar ausente por un mes decidí regresar. Al entrar al apartamento Charito corrió a abrazarme. Él dijo llorando: –Creí que te habían matado.

Nunca comprobé que me engañaba con Pilar pero estaba segura que ella era una arribista. Incluso Ricky lo había acompañado un par de veces al campo de La Paz para conocer la región y había visto a esa mujer. Me contó que no era difícil darse cuenta que le estaba destruyendo el negocio.

Intenté decirle lo que estaba pasando y que pusiera ojo en su dinero, pero él creyó que todas mis advertencias eran por celos. Pasaron un par de meses y fue Ricky quien le advirtió. Entonces Radesh puso atención.

Me molestaba la presencia de esa mujer, así que se me ocurrió preguntarle a John, el esposo de mi hermana Susana, si le gustaría trabajar en el campo de Radesh en La Paz. John aceptó y Radesh también. Tuvimos una reunión y quedaron las funciones claras. John estaría encargado de pagar a los trabajadores y administrar la plantación, la irrigación y la cosecha. Después de la cosecha, él mandaría los productos a los Estados Unidos, por camión o por avión. También cuidaría de la aduana y aseguraría la entrega a Los Ángeles. John partió a La Paz sin darle aviso a Pilar. Cuando llegó se presentó como el nuevo encargado.

–Creo que estás confundido –le dijo la muchacha–. Aquí no

hay otro encargado más que yo. Yo soy responsable de este campo y además soy la amante de Radesh, no hay nadie más importante que yo –le insistió con las manos en la cintura.

–No me interesa quien seas tú –dijo John con la misma suave voz de siempre–. Él me mandó a trabajar aquí. Más tarde te va a llamar para explicarte.

–¿Quién te crees que eres? –le dijo Pilar arreglándose los pantalones.

La mujer se abalanzó sobre John y empezó a pegarle. Estaba tan descontrolada que mi pobre cuñado no podía retenerla. Nunca la conocí pero él me contó que era una mujer alta, musculosa y que por su ropa y movimientos parecía lesbiana. Radesh la había conocido en uno de los bares de La Paz a los que acostumbraba visitar. No podía reprocharle su pasado, así lo había conocido, pero quería que dejáramos esa vida atrás y construyéramos una nueva.

Con el tiempo se daría cuenta de la clase de mujer con la que había estado. Pilar le pedía dinero para contratar a cien trabajadores pero llevaba cincuenta y tampoco compraba los productos para fumigar los cultivos. Cuando John se hizo cargo, recuperó las ventas pero la situación era delicada, había deudas y desorden en los pagos a los trabajadores.

En medio de todo ese caos, Radesh decidió contratar a un abogado para iniciar los papeles del divorcio. El abogado fue hasta la casa de Leandro en Morelia pero no lo encontró. De hecho, hacía casi cinco años desde la última vez que habíamos conversado. Un vecino le dijo al abogado que el señor al que estaba buscando había vendido la casa y que todo el barrio estaba contento por eso. Le contó que Leandro tenía aburrido a los vecinos con sus fiestas y escándalos de madrugada. El abogado fue hasta la dirección de María Elena, su madre, y ahí lo encontró. Le explicó la situación y le pidió la firma. Leandro se negó. El abogado nos presentó otras maneras para conseguir el divorcio y fue así como le pedimos a Ricky y a Paula que hicieran de testigos de los maltratos y enfermedad de Leandro. No lo conocían pero sabían toda la historia.

Un día, me atreví a llamarlo –antes que el abogado regresara a Morelia. Ya no tenía miedo de Leandro. Me di cuenta de que él era cobarde y sólo provocaría a alguien que fuera más débil que él. Como tenía Radesh para protegerme, yo sabía que podía ser fuerte y que Leandro no trataría de perseguirme. Le pedí que firmara el divorcio, si no íbamos a tener que tomar otras medidas. Después que me preguntó con quién vivía, me exigió unas fotos recientes de Charito y la dirección para visitarla.

–No puedo dártela porque nos vamos a mover –le respondí. Insistió en la dirección porque dijo que iba a viajar a Tijuana con un tío a comprar motocicletas para vender en el sur. Me habló como si nada hubiera pasado. Finalmente, con los testigos más la denuncia que yo había hecho antes de escapar de Morelia, conseguimos el divorcio.

En la casa de Las Palmas comenzaron los encuentros con amigos y familiares; yo me lucía preparando platos típicos que Radesh celebraba. En una de esas visitas, apareció Pillita y mi tía Lancha. Fue emocionante verlas después de tantos años de huída. Aprovechamos de ir a la playa y conversar todo lo que no nos habíamos contado. A pesar de las dificultades quería mostrarle a todo el mundo lo bien que estaba y cómo había sobrevivido después de todo. Radesh se integró muy bien, compartía con nosotros y eso para mí fue un gran regalo.

Luego viajó mi madre con Ernestina, Damián y Esmeralda que ya era una adolescente. Mi hermana mayor Nataly seguía viviendo en Querétaro. Sobre mi padre no se sabía nada. En la segunda visita, Esmeralda decidió quedarse porque estaba de vacaciones en la secundaria. Tenía dieciséis años y estaba en ese típico periodo de adolescencia donde no te importa nada y donde sientes que todo el mundo pesa sobre tu espalda. Se veía triste, apenas comía y hablaba. Mientras todos disfrutábamos, ella se perdía pensando en no sé qué.

Cuando mi madre y mis hermanos regresaron a Salamanca y nos quedamos solas, pude preguntarle qué cosa la tenía afligida. Me contó que Ernestina era la hija preferida y que ella casi no hablaba con mi madre. No tenía ganas de continuar en la escuela ni pensar en el futuro.

–Nada vale la pena –me dijo. Esa tarde estábamos las dos en el apartamento. Radesh había cruzado a los Estados Unidos y Charito estaba jugando con la hija de una vecina; con la misma niña que compartía clases de piano. Esmeralda se desahogó contándome sus historias y los pocos recuerdos de nuestro padre, que no eran sus recuerdos sino los que Damián y Susana le habían contado. Saqué una botella de whisky, Esmeralda la miró fijamente. Fui a la cocina y cuando regresé Esmeralda pidió un vaso para ella.

–¿Estás loca?, no puedo dejar que tomes alcohol.

–Mi madre sí me permite beber, pero sólo un poco –me respondió.

–Vamos a llamarla entonces para preguntarle –le propuse.

–Ya, está bien, no me des nada –asumió cruzando los brazos y recostándose en el sillón.

Me había acostumbrado a beber en la casa, no me emborrachaba pero el alcohol me producía un estado de relajación que agradecía. Seguimos conversando por varios minutos, ella seguía diciendo que no le importaba nada, que ni siquiera se acordaba de su padre y que no tenía ganas de estar con nadie. Se veía perdida. Me tomé el tercer vaso y fui al baño. Cuando regresé, la botella tenía como dos vasos menos, y Esmeralda tenía un vaso. Cuando traté de tirarle el vaso, se quedó irritada. Desde ese momento no controlé ni la conversación ni los vasos de whisky.

Le conté de Pilar y la supuesta relación que tenía con Radesh y le confesé el miedo que sentía de volverme a equivocar. Fui por más hielo a la cocina, cuando de pronto sentí un grito. La ventana estaba abierta. Corrí para mirar y la vi tumbada en el piso. Bajé, la vi pálida y con sangre en la nariz. Se acercó un hombre a quien le pedí que la llevara al hospital, yo no podía, apenas soportaba lo que estaba pasando. Le pasé las llaves de mi carro y le supliqué que la llevara al mejor hospital. Con histeria volví al apartamento. Vi que Esmeralda había arrancado el mosquitero de la ventana en el tercer piso, donde habíamos conversado y tomado. Sentí mucho miedo, todos iban a pensar que yo la había empujado. Después de todo lo que había pasado con Leandro, mi familia me veía como una persona problemática. La única imagen que podía ver era la de mi hermana tumbada en el concreto. Llamé por teléfono a Ricky para pedirle ayuda. Él se fue al hospital y se encargó de avisarle a mi madre. Nunca me lo dijeron pero sentí el rechazo de todos y sus dudas de que yo la había empujado. Estuvo por tres semanas en el hospital, recuperándose de las lesiones en la espalda. Fue un milagro que saliera viva de esa caída de tres pisos. No quise aparecerme por el hospital, me sentía culpable, ella era mi responsabilidad en ese momento y yo había dejado que ella tomara alcohol. Incluso pensé que la policía en el hospital trataría de procesarme por dejarle acceso al whisky.

En los días después de la tragedia, Damián me dijo que no sintiera culpada; Esmeralda había luchado con algunos problemas y ya se había tratado de suicidarse dos veces. En la primera ocasión, él la había salvado cuando combinó alcohol con una sobredosis de tranquilizantes de receta. En la segunda ocasión, ella estaba con Ernestina y gritó, "¡Me voy a matar!" antes de clavar un cuchillo de la cocina en su estómago. No fue una herida profunda, y gracias a la reacción rápida de Ernestina, Esmeralda llegó rápidamente al hospital y se recuperó.

Más de diez años después, en una ocasión en que estaban todas mis hermanas reunidas, Esmeralda les contó la verdad. Les confesó que había estado bebiendo y que ella misma saltó por la ventana. Hasta enviaron una larga carta a mi tía Bárbara, quien por supuesto también me culpaba de lo sucedido.

Un año después del accidente, mi madre tuvo la idea de buscar a mi padre. Después de que Esmeralda trató de suicidarse por la tercera vez, y con las dificultades que yo había pasado, mi madre quería apoyo como madre y mujer; sentía que necesitaba saber si mi padre estaba vivo. Después de todo, él fue el único hombre con quien mi madre tuvo una relación y ella quería su compañía. De un de sus primos, ella escuchó la noticia de que mi padre estaba en Los Ángeles, así que le pedí ayuda a Radesh y comenzamos a trabajar con un detective privado. Lo primero que supimos fue que mi padre había vivido con la familia Madrigal justamente en Los Ángeles. El detective nos entregó la dirección y un número de teléfono.

Radesh escribió la carta que certificaba que yo era una empleada en su empresa y consiguió los papeles para que cruzara a California sin miedo a la deportación. Era septiembre del año 1992, seguíamos viviendo en el apartamento de la localidad de Las Palmas en Tijuana, pero ya estábamos evaluando algunas casas en un lugar llamado Escondido, un condado a media hora de San Diego. Radesh quería abandonar cuanto antes Tijuana, decía que en los Estados Unidos todo iba a ser mejor, que todo era más ordenado. Me contaba tantas cosas maravillosas que yo me imaginaba entrando arriba de una nube a una ciudad de algodones. Nunca había estado fuera de México y la idea de dejar el país me aterrorizaba.

El cinco de septiembre partimos bien temprano rumbo a Las Vegas a casarnos. Charito se quedó con Panchita. Al principio quería casarme por la iglesia, como siempre lo imaginé, pero no fue posible. No eran los tiempos de andar preparando bodas, Radesh estaba ocupado en sus negocios y en mi familia las cosas iban de mal en peor. Después de saber que no tendría la boda en la iglesia, no me importó tener fiesta ni invitados, quería hacerlo rápido antes que alguno de los dos se arrepintiera.

Salimos ese día desde Tijuana en un viaje por tierra de cinco horas eternas. Tomamos rumbo al norte y mientras miraba el paisaje cambiar del amarillo al verde, imaginaba que Radesh detenía el carro y me decía: —Me arrepentí.

Se revolvía mi estómago al pensar en ello, llevábamos algunas provisiones en la camioneta, así que decidí no parar ni a comer ni al baño. Les había contado a muchas personas que me iba a casar, y no estaba dispuesta a pasar esa vergüenza. La vida con Radesh había sido mucho mejor que todo lo que yo había pasado; así que yo tenía miedo de que ese sueño frágil pudiera quebrarse en cualquier momento. Más que nunca, ahora que estábamos tan cerca de nuestro matrimonio, algo que podría concretizar ese sueño, estaba ansiosa para la boda. Tenía que llegar en el paraíso; los Estados Unidos serían el cielo al que había esperado tanto tiempo.

El viaje fue directo, sin paradas ni conservaciones difíciles. Cuando llegamos quedé asombrada con tantas luces, colores y espectáculos. Todo, las autopistas y las calles eran enormes y organizados. Yo estaba estática e impresionada por las luces brillantes. Se acababa el verano pero la ciudad estaba de fiesta, todo el mundo en las calles, buscando el mejor casino, el mejor espectáculo y algunos como nosotros, buscando el lugar correcto para casarse. En Las Vegas hay de todo, capillas fuera y dentro de hoteles, desde muy sencillas hasta unas con grandes salones dignos de una página en un libro de cuentos. Limusinas, piscinas de colores y escaleras para sentirse como una princesa al encuentro con su príncipe. Si alguien quiere casarse sin dedicarle un año completo a la boda, ese es el lugar. Si tienes dinero, por cierto. Miles de parejas americanas y extranjeras llegan cada mes a buscar el vínculo sagrado; a veces eligen una boda temática o que el propio Elvis Presley sea quien los case.

Cuando llegamos al hotel y entramos a la habitación, no podía dejar de registrar cada detalle de la decoración. Como el típico gesto del turista, me asomé por la ventana para ver las luces de la ciudad. Dejamos nuestros bolsos y bajamos enseguida a preguntar por una capilla cercana. Pocos minutos nos demoramos en llegar a una construcción pequeña de color blanco, que tenía un letrero que decía *Chapman*. Nos gustó porque era pequeña, muy discreta y sencilla. El administrador nos dijo que podíamos volver en tres horas para celebrar nuestro matrimonio, antes debíamos comprar una licencia de cincuenta dólares en una oficina abierta todos los días del año, desde la mañana hasta medianoche. Nos fuimos a pasear por una cuadra de lujosas vitrinas. El vestuario no fue nada especial, algunos maniquíes me saludaban pero no quise hacerles caso. No valía la pena gastar tanto dinero para un par de minutos. Tampoco alcancé a cambiarme ropa, y así, tal cual íbamos en el viaje, nos casamos. En la ceremonia estaba el oficial y un testigo pagado; nos leyeron el discurso y en quince minutos nos convertimos en un matrimonio.

Después nos fuimos a uno de los tantos casinos, estuvimos jugando toda la noche hasta ganar cuatro mil dólares. Radesh siempre tuvo suerte en esos azares. Durante el fin de semana conocimos otros hoteles y lugares típicos de Las Vegas. Estaba contenta, iba hacia algún destino, estaba haciendo lo correcto, en el orden correcto. De vuelta, estaba libre de la ansiedad que había sentido en camino a Las Vegas, y el paisaje me pareció más hermoso. Cuando volvimos a Tijuana, ajustamos algunos datos con el detective y partimos a conocer a la familia Madrigal. Charito estaba ansiosa de conocer a su abuelo. En el viaje imaginé a mi padre como un hombre nuevo, tenía la esperanza de verlo contento y de que se alegrara al verme. Le diría cuánto lo extrañé y podríamos relacionarnos como una familia. No paraba de recordar su temperamento, su furia contra mi madre, las noches en que llegaba borracho, su desamor y locura. Pero intentaba que mi mente construyera una nueva historia, quizás podría lograr que Esmeralda también lo aceptara. Quería recuperarlo.

Cuando llegamos a la dirección que el investigador nos dio, el señor Madrigal y su esposa nos recibieron con amabilidad. Nos contaron que mi padre había estado un par de años con ellos pero que desde esos ya habían pasado unos cuantos años más. Dijeron que era un buen hombre, pero que el alcohol lo tenía destruido. Mientras estuvo viviendo con los Madrigal se metió en varios problemas. Lo seguía la policía, incluso había estado preso; era prófugo de la justicia y de los tipos a los que debía dinero. Nos contaron que su vida era jugar pool, visitar bares y traficar droga. Era el mismo, no había duda. Incluso nos dijeron que seguía llevando esa vida cerca de la calle Sunset Boulevard.

—En esa avenida hay un restaurante donde él va a comer —me dijo la señora Madrigal. Fuimos de inmediato, se trataba de un local de comida mexicana, pobre y feo. Entré a preguntar y la cocinera respondió que lo conocía.

—A veces viene durante una semana seguida, luego desaparece. Es así todo el tiempo —dijo la cocinera—. Pero el caballero frecuenta el bar que está allí —dijo apuntando hacia el otro lado de la calle.

—¿Y no sabe dónde vive? —le pregunté.

–No tengo idea pero si quiere pregunte en el bar, quizás ellos puedan decirle.

Fuimos al bar. Al entrar, me acordé del día en que con Damián seguimos a nuestro padre hasta el prostíbulo. Faltaban las mujeres, pero el olor era similar. El muchacho de la barra estaba limpiando vasos con un paño amarillento que más bien parecía el trapo del piso. Las mesas eran de plástico casi blanco y todavía quedaban restos de cigarros y botellas de la noche anterior. El muchacho nos contó que mi padre iba todas las noches, pero que últimamente no lo había visto.

–Me contaron que don Vicente está enfermo –dijo rascándose la cabeza–. Pero no estoy seguro si es verdad.

–¿No sabe dónde vive? –repetí de nuevo, tenía grabada esa pregunta en mi boca.

–No.

Nadie quería darnos pistas sobre su dirección, sin embargo le dimos una buena propina al muchacho. Al salir del bar me dijo:

–¡Oiga!...Omar conoce muy bien a don Vicente y él llega a las diez. Venga a esa hora a probar suerte. Decidimos esperar, Radesh conocía muy bien las calles de Los Ángeles, incluso tenía algunos clientes árabes cerca de la avenida Sunset Boulevard. Eran empresarios que le compraban productos de sus campos, algunos tenían tiendas, otros vendían a restaurantes. Durante la tarde, Radesh aprovechó de visitarlos, luego fuimos a comer y Charito jugó un rato en una plaza. Después esperamos dos horas dentro de la camioneta hasta las diez. De noche, el bar lucía aún más tenebroso. Mucho ruido de voces borrachas y vasos chocadores, la poca luz y el humo apenas dejaba ver las cabezas de los hombres. Charito me apretó la mano. Nos acercamos a la barra y preguntamos por Omar, que a los pocos minutos apareció. Era un señor moreno, de pelo crespo y desordenado. Le expliqué por qué estaba allí y salimos a la calle a conversar.

–Me urge hablar con mi padre.

–¿De verdad es su hija? –me dijo acercándose un poco–. Sí, se parece a las otras hijas que conozco –se respondió.

–¿Puedes llevarnos a su casa? –le pregunté impaciente.

–Si puedo pero está bien feo donde vive Vicente –dijo mirando a Charito–. Está bien enfermo y pasa todo el día encerrado en su cuarto.

–¿Y vive solo?, yo pensé que estaba con su otra familia –le confesé.

–Yo llegué hace poco de Guadalajara –respondió Omar–. Conocí a su papá aquí en el bar y vivo con él para ayudarle a pagar la renta. ¡Ay señora!, mejor vaya usted y hable con él, a mí me tiene asustado, con decirle que a veces vomita sangre.

Sin darme cuenta, imaginé el lugar, el olor y la humedad donde podría estar metido mi padre. Omar entró al bar y salió con su chaqueta en la mano. Nos subimos a la camioneta y a pocas cuadras paramos en un edificio de apartamentos horribles. Radesh, Charito y yo bajamos de la camioneta y seguimos a Omar. Al caminar, por el olor se adivinaba que los charcos tenían más que agua. Las puertas de algunos diminutos cuartos estaban abiertas. En uno de ellos, vi una mujer sentada en un viejo sillón mientras su brazo morado tocaba a un pequeño niño que jugaba en el piso; en otro cuarto, una mujer despeinada y sin vestido les bailaba borracha a un par de hombres gordos. No podía creer donde estaba, pero no sentía miedo, quizás fue mi paso fugaz por aquel mundo, donde varias veces estuve a punto de morir. Omar nos hizo un gesto con las manos como señal de que debía entrar él primero.

Se perdió en la oscuridad del pasillo, pero regresó de inmediato: –Dijo Vicente que pueden entrar –y se hizo a un lado. Mi padre estaba sentado en una cama mugrienta, con un recipiente al lado en el que a veces escupía. Nos miramos y quedamos inmóviles por un momento.

Como enfocando una imagen, juntó levemente las cejas y arrugó la frente. –Yo pensé que eras la que había saltado por la ventana –dijo casi agonizante.

–Esa fue Esmeralda, pero ella está bien. ¿Qué le pasa? –le pregunté a punto de llorar.

–El alcohol mijita… –dijo mirando a Charito–. ¿Quién es esta muchachita?

–Es Charito, tu nieta, tiene seis años –le dije mientras me secaba una lágrima.

Se levantó de la cama y fue hacia un mueble para colocar la música de Pedro Infante. En eso, tocaron la puerta y entró un hombre alto con el que habló casi en secreto en un rincón. Por mientras, fui al baño pero salí de inmediato porque las cucarachas estaban de fiesta.

–Ya estoy viejo mijita –dijo retomando la conversación cuando el hombre alto se despidió y cerró la puerta.

–No se preocupe. Voy a venir nuevamente a verlo pero prométame que se va a cuidar –le dije al tomarle la mano–. ¿Por qué no cambia de vida? Nunca es tarde –y me sequé otra lágrima. Él es Reza, mi esposo y puede ofrecerle trabajo. Tal vez Dios me trajo hasta aquí para ayudarlo.

–No hija, este es mi destino –me respondió–. Si quieres puedes regresar a verme pero yo no me muevo de aquí. Ya estoy cansado.

A pesar de todo me dio lástima verlo enfermo. Mientras me decía palabras sueltas e intentaba parecer más entero, yo me prometía que lo iba a cuidar, que no iba a dejar que viviera en esas condiciones. Cuando nos despedimos, le pasé algo de dinero. Charito me miró, luego miró a su abuelo y le dijo: –Abuelito, yo quiero darle estos dólares para que compre comida –y lo abrazó mientras le dio los cuatrocientos dólares que le había dado a ella para que le entregara a mi padre.

Sin ningún resultado en mi insistencia, nos regresamos a Tijuana. Durante el viaje, no podía creer en las condiciones en que estaba el mismo hombre que tantas veces había golpeado a mi madre y por el que tuve que crecer con mis abuelos. Lloré y le pedí a Radesh regresar otro día. No era mentira que podía darle trabajo, pero mi ofrecimiento era inútil para alguien que no conocía el significado de esa palabra. Lo había visto alcohólico, violento, pero nunca enfermo y sucio como en aquel cuarto. Recordé tantas cosas…, pero largamente una que nunca pude olvidar. Fue un día en que yo estaba de visita en la casa de mi madre; Damián estaba pequeño, sentado en una piedra a la entrada de la casa. Ese día mi padre llegó tambaleándose, como esquivando agujeros en la tierra, mientras bajaba su cierre. Mi padre se acercó a Damián y empezó a orinarlo. Cuando Damián lloró, mi padre dijo con su hálito borracho: –Lo siento mijo, pensé que eras un perro.

Un mes después, en la segunda visita, se había recuperado de su hígado. Omar lo había convencido de ir al médico y estaba siguiendo un tratamiento. El apartamento parecía un lugar abandonado pero mi padre andaba bien vestido y sobrio, incluso fuimos a comer. Radesh le conversó sobre sus negocios, Charito lo entretenía con sus historias.

–¿Puedo conocer a tus hijas? –le pregunté en medio del almuerzo.

–Sí puedes pero yo no puedo entrar –dijo con naturalidad y siguió comiendo.

Estaba peleado hace mucho tiempo con María, la madre de sus otras hijas: Ana, Valeria, Victoria y Constanza. Después me enteré que había golpeado a María y que no podía poner ni un pie en la casa, así que me esperó en la camioneta junto a Charito y Reza.

El lugar donde vivía María era igual de pobre que el edificio donde pasaba sus días mi padre; contenedores llenos de basura y pandillas en las esquinas. Cuando conocí a María, me recibió sin problemas, como a un familiar en una visita de costumbre. Me contó de sus hijas y de su historia que en muchas lágrimas era igual a la de mi madre. María se veía como una mujer tres veces más acabada que mi padre. Era de baja estatura, pelo liso, largo y lleno de canas. Su cara, pálida como el invierno, mostraba una cicatriz que atravesaba sus labios. Sentí que esa mujer quería furiosamente compartir su historia con alguien, y qué mejor oído que el mío, que conocía bien el carácter de mi padre. Con claros signos de cansancio, se levantó y caminó por el pasillo hasta que se paró en la punta de sus pies para descolgar una foto.

–Esta es la época en que conocí a tu padre –me dijo con una leve sonrisa. La mujer de la foto poco se parecía a ella; sin canas, con brillo en los ojos y con sus pequeños gemelos.

Salí de esa casa con más recuerdos que los propios. Había incorporado su historia a la mía, y había guardado sus penas junto a las de mi madre. Con el corazón destrozado regresé al carro, no sabía si golpear a mi padre o abrazarlo por ser tan desgraciado. Nunca supo respetar a las mujeres ni agradecer el esfuerzo que tanto mi madre como María habían hecho por él. Ambas se habían enamorado del hombre incorrecto. Ambas lo llorarían después de su brutal muerte.

Estados Unidos
El cierre de varios capítulos

Habían pasado dos meses desde el matrimonio y unos cuantos en que había encontrado a mi padre. Con todas esas imágenes y conversaciones llegó el día del cambio de casa. En Tijuana, el paso a los Estados Unidos se llama San Isidro, desde allí se abrieron las puertas a un futuro mejor, pero lejos de mi tierra, lejos de lo que yo conocía. Tijuana es uno de los pasos fronterizos más transitados en el mundo, es una ciudad que ha crecido rápidamente debido a las migraciones de mexicanos, guatemaltecos, ecuatorianos y de varios países más cuyos inmigrantes desean lo mismo: surgir. Muchos de los que no logran cruzar, terminan viviendo en Tijuana, dedicados a trabajos menores y algunas veces indignos; algunos triunfan, otros mueren. También es el paso obligado de miles de mexicanos y estadounidenses que transitan a diario entre un país y el otro por negocios.

Es difícil describir ese sentimiento al cruzar la frontera. Además del miedo por tratarse de un país desconocido, sentí terror a que el pasado me persiguiera. Todos los inmigrantes llevamos una historia a cuestas; relatos de violencia, pobreza, abandono o simplemente las ganas de encontrar un futuro mejor. Mi relato consistía en cruzar la frontera con el anhelo de alejarme de los malos recuerdos, escapar aún más lejos de Leandro y cuidar la familia que el santo patrono me había dado. Aunque me sentía más protegida al lado de Reza, el fantasma de Leandro me visitaba por las noches y a veces parecía real. Cruzar a los Estados Unidos fue como un hito, de esos que hacemos para delimitar un principio o un final.

Ese día nos despedimos de Susana, John, Panchita y Ricky e iniciamos el corto viaje a Escondido que duraría menos de una hora. El camión con nuestras cosas, había partido en la madrugada. En la frontera con los Estados Unidos, me sentí la protagonista de una película. Repasaba mi historia. Y más que el abandono, las mentiras, la vida con Leandro o los golpes de los hombres del bar, cuestionaba mi incapacidad de sentirme en calma. Algo perdí de niña y creo que fue la confianza y seguridad que tantas veces mi tía Bárbara se encargó de quitarme. Crecí dudando si había algo de razón en sus insultos: "estúpida y fea". El poder de esas palabras quedó guardado con candado en mi cabeza y hace muy pocos años comprobé a qué se debía toda esa porquería que tenía en su mente.

Mi tía Bárbara adoraba a Hitler y practicaba cada creencia de ese hombre con sus cercanos. Ella había llegado con esas ideas después de uno de los viajes al DF, donde ayudaba a mi tío Fermín y Mary en el negocio de la farmacia. Allá había conocido a un hombre judío que estaba en contra de su propio pueblo y justificaba cada uno de los actos de Hitler. Nunca asocié con tanta profundidad la importancia que tenían esas fotos que ella guardaba en la bodega de los tiliches. Ahí estaban los cuadros de ese señor con bigote, colgando con honores que mi tía Bárbara le daba cada vez que abría esa bodega. Mi tía coleccionaba muchos libros sobre su vida y se encargaba de lavarme el cerebro con ideas y discursos racistas. Incluso me enviaba a la secundaria con la misión de hablar de la obra de Hitler. Como nunca tuve el valor para que decirle: –No –tenía que llevarme los libros en el bolso para compartirlos con la maestra pero nunca se los mostré, tampoco los leí y menos me interesaba preguntarle quién era ese personaje.

Mi tía era una mujer extraña. Acostumbraba a estar sola, decía que todos eran unos miserables buenos para nada, sin embargo le quitaba el sueño todo lo que el resto de la gente dijera sobre ella o cualquier integrante de la familia. Ella quería un hombre perfecto y aunque tuvo algunos pretendientes nunca llegó a tener una relación seria; quería al mejor, al más limpio. Cualquier detalle que tuviera el hombre, lo desechaba. Uno de sus novios fue despachado porque en la primera cena hizo sonar la sopa. Era un señor con una gran fortuna, lo vi en una foto que él le había enviado desde el lujoso baño de su casa para convencer a mi tía de la buena vida que le esperaba. Pero se quedó sola con sus gatos, besándolos en la nariz porque decía que la tenían muy fría. Los trataba como niños; los pcinaba, a medio día les daba carne de filete en recipiente de porcelana y luego los acostaba en su cama. Yo tenía que ir a los mandados y limpiar las cacas.

Pero un día, no aguanté más y maté uno de los gatos. Fue una mañana de verano, mucho tiempo después de la noche de los buñuelos, ya había cumplido catorce años. Hacía mucho calor y me mandó a comprar filete para su gato amarillo. Me demoré como una hora pero ese no fue el problema.

Cuando abrió el paquete en la cocina, vio que había pedacitos de grasa que el carnicero dejó en la carne.

–¡Mira esta carne estúpida! Colocaba los pedazos de carne en el piso mientras hablaba y su voz aumentaba. ¡te dije que no quería grasa!¡A mi gato no le gusta la grasa! Mientras se quejaba, de repente estaba gritando.

Sacó unos pedazos de carne del piso y los botó en mi cara, metiendo algunos en mi boca. Salió de la cocina pisando fuerte y saqué la carne cruda e inmunda de mi boca y la tiré en la basura. Un minuto después, Bárbara volvió a la cocina y preguntó con rabia,

– ¿Por qué tiraste esa carne de tu boca y la tiraste en la basura?!!? ¡Vas a volver al carnicero y vas a comprar otro filete con tu propio dinero! ¡Vete!

Fui al carnicero llorando el camino todo. Cuando volví a casa con el filete satisfactorio, Bárbara le dio la carne al gato y me hizo limpiar la casa. Bárbara me forzó a limpiar hasta bien después de medianoche.

Dos semanas después, el gato causaría problemas de nuevo. Cuando comprábamos leche fresco en aquel entonces, teníamos que hervirla cuatro veces para eliminar la bacteria antes de poder tomarla. Aquella mañana, después de hervir la leche, la dejé enfriar mientras yo limpiaba otras cosas. Cuando volví a la cocina, vi que el gato lamía de la olla de leche! El gato sucio que mataba los ratos con su boca estaba lamiendo de la olla de leche blanca y pura! Agarré a la escoba para asustar el gato para que bajara del fogón. Con rabia, recordé el episodio del filete y de las inúmeras veces que el gato había malogrado nuestra leche. Batí unas veces al gato y sentí más ira, entonces continué. De repente, el gato estaba muerto.

El gato amarillo era su favorito, decía que daba suerte con el dinero. Lo dejé al cuerpo en la frente de la casa desierta donde Buki había vivido y creo que los buitres le picaron los huesos, porque nadie halló su cuerpo. En la tarde, empezó a buscarlo por todas las habitaciones y tuvo la esperanza de que se hubiera escapado, incluso ofreció recompensa por la captura. No dormí esa noche soñando que la había matado a ella y no al gato. Yo estuve bien agitada por lo que hice, pero conseguí aliviar una parte de la furia que sentía por Bárbara.

Recordando al gato y otros episodios de mi vida, cruzamos la frontera. Mostré mis papeles, el oficial los timbró y continuamos nuestro rumbo. Fui afortunada de entrar al país con todos los papeles en regla y no correr la misma suerte de un montón de mujeres que lo intentan con papeles falsos y son violadas en la ruta y aparecen muertas en el desierto.

Pasamos por San Isidro, Chula Vista, National City y San Diego, todos los lugares que pertenecieron a territorio mexicano antes del Tratado de Hidalgo, cuando México cedió varios estados a los Estados Unidos a cambio de una millonaria compensación. Preferimos Escondido porque Radesh tenía un rancho en Valley Center, a treinta minutos de la casa, donde sembraba calabaza mexicana y diferentes tipos de hierba que usan los árabes, persianos y judíos para condimentar sus comidas.

Con nosotros, también se vino Paula quien nos ayudó sólo por tres días; tenía hijos y nietos en Tijuana a los que no podía abandonar.

La nueva casa que alujábamos tenía tres habitaciones grandes, dos baños, una sala enorme con chimenea, mucho jardín y una fuente de agua que lo último que tenía era agua. Con Paula la limpiamos y pusimos algunos peces de colores. En el jardín también había un jacuzzi que creo usé una vez porque siempre estaba lleno de ramas, semillas y corteza arrancadas por el viento. Era noviembre del año 1992 y aunque California no tiene un clima frío, algunas veces el invierno no pide permiso.

Al tercer día, tal y como lo había dicho, Paula hizo su bolso. Estábamos comentando los arreglos y la decoración cuando apareció Radesh para ir a dejarla a Tijuana.

—¿Te gusta esta casa? —me preguntó Reza.

—Es… —alcancé a decir.

—Si te gusta, podemos comprarla —se atrevió a decir—. Charito va a estar feliz con este tremendo patio.

—Esperemos un tiempo para ver si nos gusta a todos —le respondí.

Paula se fue. Radesh continuó con los viajes a La Paz y yo me dediqué a la casa.

Las primeras semanas estuvieron llenas de actividades y frustraciones por los cambios culturales. Tuve que acostumbrarme a ir al supermercado, a encontrar los ingredientes correctos y y a usar las máquinas que hacían todo por mí. Para qué decir del idioma; lo poco que había aprendido en la escuela no se parecía en nada a lo que me hablaban en las tiendas. Comprar; ese fue mi pasatiempo, quería tener la casa impecable, por eso pasaba todo el día en ello como una terapia para pensar qué sería de mi vida. Me convencí que hablar inglés era una buena tarea para luego encontrar un trabajo pero a pesar de todos los estímulos, me sentía extraña, sola y atemorizada por los ruidos y el fantasma de Leandro. No dejaba de recordar los episodios en el bar y la supuesta amante de Radesh seguía en mi cabeza.

Comencé a sentirme como en una burbuja. Escondido es un lugar que le hace honor a su nombre y la calle donde estaba la casa, aún más escondida, ni siquiera tráfico tenía. Más adelante me daría cuenta que el condado de Escondido era uno de los lugares donde vivían muchos mexicanos, gran parte de ellos, inmigrantes. Por años, los residentes habían propuesto regulaciones para reducir sus derechos. Había de todo, gente trabajadora y humilde en busca de una oportunidad, pero también había personas con malas costumbres, sin ánimo de avanzar.

En ese lugar especialmente, el racismo era muy alto, no fui víctima porque poco o nada salía de la casa, pero vi situaciones incómodas que afectaron a otras personas. Además, bastaba mirar cómo se comportaban los gringos frente a un mexicano, o más simple, podías ver en el periódico las denuncias de libertad y de seguridad contra los inmigrantes que exigían algunos ciudadanos norteamericanos.

Un día, mientras hacía cola para pagar en el supermercado, la mujer que pagaba en ese momento no comprendió una pregunta sencilla que la cajera le había hecho. La cajera se hizo impaciente, y repetía la pregunta en inglés con el tono de voz severo. La cliente sintió tanta vergüenza que decidió abandonar su compra y salió del supermercado sin pagar. La cajera volvió a su colega y le dijo alto en inglés, "No sé por qué esas personas son permitidas a vivir aquí cuando ni el inglés hablan." En una ocasión comenzaron a juntar firmas para expulsar a los inmigrantes ilegales. A menudo tenía que ir al supermercado, a las tiendas de ropa y no me sentía bien. Al principio me sentí observada y temerosa de todo. No estaba preparada pero tenía la confianza en que todo iba a estar mejor y que en algún momento me iba a acostumbrar.

Me sentaba en la cama, abría la ventana y me pasaba horas mirando el jardín. Ya tenía una rutina, aunque de todos modos me asustaba cuando Radesh no estaba. En la casa del vecino, unos tipos habían saltado el muro y se habían llevado unas cuantas cosas de valor. Eso me puso más nerviosa. En esas noches de temor, abrazaba a Charito para no sentirme sola. El primer invierno la lluvia fue muy violenta y los ruidos en el patio aumentaban con la presencia de pequeños armadillos buscando semillas.

Una noche llovió tanto que el estacionamiento se inundó y cuando el agua bajó quedaron los cadáveres de culebras y otros bichos extraños en el piso. La dueña de la casa se llamaba Patricia, una señora norteamericana que siempre andaba con una botellita de alcohol en su cartera. Vivía cerca y frecuentaba nuestra casa cuando se le ocurría. Cuando ella quería llegaba con unas tijeras a cortar rosas y a inspeccionar cómo estaba el jardín. Después de esa gran lluvia le conté que habíamos perdido cosas importantes. La lluvia que cayó en el garaje en el primer piso destruyó los libros de biología de Reza, unas cajas con documentos legales importantes, y zapatos caros. Patricia quedó callada y dijo: —son cosas que pasan.

En octubre del mismo año fui por tercera vez donde mi padre. Estaba borracho y con un ojo hinchado; se había agarrado a golpes con unos tipos en el bar. Quería llevármelo a la casa pero mi madre había dicho en una de sus visitas a Tijuana: —Por ningún motivo.

—Eras tú la interesada en encontrarlo —le recordé ese día mientras tomábamos el té.

—Sí, pero yo te pedí que averiguaras, no que fueras a darle dinero o a rescatarlo —me respondió.

—Entonces... ¿Para qué querías saber si estaba vivo? —le dije con ironía.

—Porque sus hermanas decían que yo lo había arruinado y quería demostrarles que él seguía igual de borracho.

—Pero madre... —le dije poniendo mi mano sobre su brazo—. Yo quiero ayudarlo.

—Aléjate —me advirtió subiendo la voz—. Si quieres lo ayudas pero no lo lleves a tu casa.

—Mi padre ya está viejo, ¿qué daño puede hacer?

—Vicente nunca va a cambiar —dijo mi madre con tristeza como si estuviera recordando algún episodio de su vida.

—¿Quieres que maten a Radesh o secuestren a la niña? —me amenazó—. ¿Eso es lo que quieres?

—No digas esas cosas. —dije mientras me tomaba la cara con las manos.

—Entonces aléjate porque él es muy peligroso.

De todas maneras, mi padre tampoco quiso abandonar su chiquero.

María y a veces su hija Ana, llamaban al rancho de La Paz. Debido a que el comienzo de mi casamiento había sido turbulento y a que yo había sido perturbada al ver la situación difícil de mi padre, yo no quería visitas que pudieran distraerme de mis metas como madre, esposa, y nueva inmigrante. Por eso, Radesh y yo habíamos decidido no darles a María y Ana tantas señales de nuestro paradero pero sí nos habíamos ofrecido a ayudarlas. Se habían comunicado un par de veces para que pagáramos la renta del apartamento donde vivía mi padre. María igual que mi madre, se preocupó de él hasta el final. Pero en la madrugada del 7 de noviembre de 1992, el llamado de Ana tuvo un motivo distinto. Radesh estaba de viaje. Yo estaba con los fantasmas, los ruidos y abrazada a Charito. Como a las dos de la mañana sentí que alguien se acostó en mi cama. Fue tan real que todavía puedo sentir esa sensación en mis piernas. Después, me dormí. Al otro día, Radesh llegó con la noticia. Ana le había informado sobre la muerte de mi padre. Me sentó en el sillón y me tomó las manos. Antes que empezara a hablar, me acurruqué en sus piernas y le conté lo que había sentido.

–Que bueno que llegaste –le dije–. Tenía mucho miedo.

–¿Por qué? –me preguntó mientras me acariciaba el pelo.

–No lo sé, pero anoche alguien más estaba aquí y se sentó en la cama –le dije llorando–. Me estoy volviendo loca en esta casa…

–No es eso, lo que pasa es que…

Reza me contó la noticia y los detalles. Yo sabía que en cualquier momento le llegaría la hora a mi padre; ya me había confesado que no quería vivir, estaba harto de la vida y de cargar con su conciencia. Su muerte fue un ajuste de cuentas, como muchos en el bar. Un traficante del norte de México había ido a cobrarle mil dólares que le había entregado meses antes en droga. Se pusieron a discutir en una mesa hasta que ambos se pararon demostrándose quién era el que gritaba más fuerte. –¡Págame!, o te mato –dijo el narco.

–Mátame cabrón, no te tengo miedo –respondió mi padre y se fue a sentar en la barra. El narco desapareció pero a los pocos minutos dio la orden de apagar las luces. Sacó su pistola y le soltó diez tiros. Mi padre se desangró y fue arrastrado hacia la acera, mientras otros limpiaban el lugar. Con esa tragedia se cumplieron las palabras de mi madre:

–*Un día vas a morir como un perro, en la calle.*

Viajamos con Radesh y Charito para encargarnos del funeral. Nadie de mi familia fue al entierro, pero María y varios de sus parientes estuvieron presentes, como también muchos de los parientes de mi padre, incluso la familia Madrigal. Entre las cosas que María me entregó, estaba su reloj, aún con rastros de sangre. Mi madre se negó a recibirlo y fue Damián quien finalmente se quedó con él.

En la funeraria había muchas personas junto al cajón, la mayoría eran borrachos y prostitutas, incluso una jovencita con un niño de

dos años. La jovencita tenía casi veinte años y el niño era hijo de mi padre. En medio de la tristeza, un hombre sacó una botella de vino, repartió vasos a todos y dijo: –Vengaremos tu muerte Vicente...
!Salud! Charito se asustó con el grito de guerra y se pegó a mi vestido. Luego se acercó con tímidez al cajón y estiró su mano para tocar a su abuelo. Mi padre no se veía viejo, sino que hinchado, pero conservaba su cara de hombre guapo. Ver a Charito al lado de mi padre me recordó de cómo él se parecía cuando era joven y me hizo verme como niña por unos momentos. Imaginé qué diferente habría sido mi vida se yo hubiera establecido una relación con mi padre cuando tenía la edad de Charito. Esa posibilidad se ha perdido para siempre.

Salimos de la funeraria con rumbo a la misa y velatorio en una capilla de la iglesia de la Virgen de Guadalupe en Los Ángeles; nos siguieron en otros carros los borrachitos y las mujeres. Fue un camino largo en el que pensaba en los últimos momentos que conversé con él y agradecí a Dios haberlo encontrado. En la iglesia y después de subir una escalera larga, pusieron su cajón junto a unas bancas, casi en la entrada de la iglesia. Ahí estaba esperando María con sus gemelos adolescentes, más tres de las cuatro hijas de mi padre. Uno de los gemelos se veía triste y tenía lágrimas en su cara. El otro, no demostraba ningún sentimiento. Estaba parado, inmóvil como una estatua.

Dos semanas después de la misa, trasladaron el cuerpo de mi padre hasta Ario de Rosales para enterrarlo junto a Trina y Vicente, mis abuelos paternos. Le mandé dinero a mi tía Estela para que le hicieran un funeral en el pueblo. Algunos Arienses sintieron compasión, otros lamentaron haberle prestado dinero y otros simplemente dijeron: –Se lo merecía.

Mis hermanas no quisieron acompañar a mi madre, así que Damián tuvo que viajar con ella. Fue él quien nos contó que mi madre lloró todo el funeral sin dejar de mirar al hombre que tantas veces la había golpeado. También nos contó el escándalo que se armó cuando mi tía Estela le gritó a mi madre:

–¡Tú siempre hiciste sufrir a mi hermano! –le dijo desde el otro lado del cajón–. Nunca le diste la atención que él necesitaba.

–No es minuto para estar gritando –le respondió mi madre serena con el pañuelo en los ojos–. Deja que tu hermano se vaya tranquilo.

–Pídele perdón, en vez de estar llorando –siguió gritando mi tía que casi la agarró del pelo–. Fue tu culpa que se convirtiera en un borracho.

–Tú sabes que Vicente nos hizo sufrir mucho, a mí y a mis hijos –le dijo con los ojos empapados–: ¿Cómo no te das cuenta? Encontrar a mi padre y al poco tiempo despedirlo fue un golpe muy duro. Me sentí ahogada, deprimida y sin que nadie pudiera comprender lo que me estaba pasando. A pesar de los maltratos contra mi madre, las borracheras y los insultos, quería rescatarlo, pero llegué demasiado tarde para evitar su muerte.

El primer año en los Estados Unidos no fue lo que había imaginado. Seguía recibiendo golpes, aunque no físicos pero igual de dolorosos. Radesh llevó a mi madre hasta Los Ángeles para que conociera a María. Mi madre siempre había sido curiosa, y quería comparar a su vida a la de María. Ellas hallarían que sus vidas fueron muy, muy parecidas, a mi sorpresa.

Yo le había adelantado que Ana era la hija mayor, que Valeria tenía un carácter especial casi mata a un maestro de escuela, que Victoria era muy callada y que Constanza, la más pequeña había muerto de una enfermedad al estómago. También le había comentado que vivían de las estampillas para comida que María conseguía en una oficina de gobierno. Su apartamento era un cuarto pequeño en el tercer piso de un edificio al Este de Los Ángeles. Solo tenían una pequeña cocinilla que funcionaba con petróleo y lavaban los platos en el baño. Una vida pobre y llena de sufrimiento.

Cuando nos dejó en la casa de María, Radesh preguntó a qué hora podía regresar.

María respondió entusiasmada: –En la noche… como a las diez, está bien.

Se acomodaron en la mesa y conversaron de todo un poco, incluso cómo habían conocido a mi padre. María le contó que lo había visto dando vueltas por los apartamentos en un carro de color rojo en el que también mi padre dormía. En uno de los días que María salió por comida, mi padre le ofreció ayuda para subir las bolsas. Y así empezaron a conversar.

–¿Qué anda haciendo acá? –le preguntó María.

–Mi esposa murió –dijo con desamparo–, y tuve que venir a buscar trabajo por acá.

–¿Y tiene hijos? –le preguntó María preocupada.

–Sí, pero se quedaron con la familia de mi esposa –respondió con cara de hombre indefenso.

Como mi padre era muy atractivo, María cayó en su juego de conquista, sobre todo porque su esposo había muerto un año antes en manos de la mafia en México y se había quedado sola con sus gemelos. A los pocos días aceptó a mi padre en su casa y a las semanas, se dio cuenta que había sido un error.

María también le contó a mi madre sobre el año en que Vicente regresó por un par de meses a México. Ese día, desapareció sin más, dejándole cien dólares encima de la mesa. Después se enteró que mi padre había escapado de la policía y que se había ido con su esposa. Mi madre recordó perfectamente ese día que apareció mi padre en Salamanca a convencerla que vendiera la casa y le diera una parte del dinero. A María, al lado de los cien dólares le había dejado un papel mentiroso: –Me voy con un amigo a San Francisco.

Durante su ausencia María se enteró de la verdad sobre su viaje y su esposa. A su regresó lo enfrentó:

–¡No eras viudo! –le gritó–, ¿Por qué me mentiste?

–Para mí esa mujer está muerta –le contestó mi padre–. ¡Era una mierda!

Luego golpeó brutalmente a María. Y casi la habría matado si los vecinos no hubieran llamado a la policía. Estuvo siete meses en la cárcel por su violencia y no pudo acercarse más a la casa de María ni a sus hijas.

Ver que el sufrimiento de mi madre tanto como el de María había sido causado por mi padre, fue algo bueno para mi madre. Muchos de los parientes de mi madre creían que mi madre hubiera sido el problema del matrimonio; al contrario, mi padre fue la persona problemática en las relaciones con las dos mujeres.

Cuando le ofrecí a mi padre sacarlo de ese mundo y él me respondió: –Este es mi destino –pensé que era una actitud cobarde, pero después de su muerte me quedé pensando en esa frase. Me imaginé en un viaje hacia al pasado y miré, como en una película, por qué pasaron todas esas cosas en mi vida. Empecé a pensar en por qué yo había soportado todo lo que me pasó. No quise esa vida para mí, ni para mi familia pero de pronto me vi involucrada en insospechadas situaciones...y pasó el tiempo. Fue como una balanza cargada hacia un solo lado con tristeza y violencia. Si yo hubiese hecho una vida con mi primer hombre y él me hubiera respetado, quizás habría cambiado mi destino. Si no hubiera conocido a Leandro o no le hubiera permitido que me humillara, quizás habría cambiado mi destino. Si mi madre no me hubiera dejado con los abuelos ¿habría cambiado mi destino? Fue una sucesión de episodios, uno peor que el otro, que no me dieron respiro. Damián, en su intento por convertirse en sacerdote, una vez dijo: –Esto es una cadena y tenemos que romperla–. La pregunta que nunca respondí fue –*¿cómo romperla?*

Así se cerró un capítulo muy breve; el reencuentro con mi padre por un par de meses. Creí que iba a superar pronto su muerte, pero cada vez me sentía más sola y perdida en las emociones que sentía. Sin tener claridad de cómo llamarlas, continuaba mi vida como si todo siguiera igual, pero junto a otros fantasmas.

La casa en Escondido estaba bien y me gustaba pero no veía crecimiento en mí y me sentía prisionera. Era capaz de cambiar todo para que alguien me dijera qué era lo que estaba sintiendo. Me iba al gimnasio para sentirme más fuerte pero ni las máquinas ni las clases de bailes entretenidos me ayudaron. Caí en una tristeza silenciosa. Radesh me pidió que buscara una persona que me ayudara a limpiar la casa. Como Charito ya tenía siete años, entró a una escuela y durante las horas que ella estaba en la escuela tomé clases de inglés.

Contraté a una señora de Tijuana que viajaba los lunes y se iba los viernes, al igual que Paula tenía familiares al otro lado. Tener más hijos no estaba en mis planes. No tomaba pastillas anticonceptivas ni utilizaba ningún método para cuidarme porque con el tumor había perdido el ovario y otras cosas más del lado izquierdo. Las posibilidades de quedar embaraza eran remotas, ya me lo había advertido el doctor antes de operarme. Me gustaba la idea de tener más hijos, pensaba que quizás eso era lo que me hacía falta. También pensaba en Charito y darle un hermano con quien jugar, y a quien proteger, pero no me hice ilusiones. Aunque siempre había soñado con una familia, todos reunidos en la mesa, acepté que no podía tener hijos y no le pedí a ningún santo y me resigné.

Pero el destino preparó otra sorpresa.

En marzo de 1993 me empecé a sentir extraña, con mareos y nauseas. Asocié todo a mi ánimo de tristeza. Pero los malestares se hicieron tan permanentes que Radesh me llevó a una clínica, obligada, porque no me gustaban los doctores, menos el último que me había vaciado medio lado del útero. Sentí miedo de que el doctor dijera algo que yo no quería escuchar, pero la noticia cayó como un relámpago en el agua.

—Estás embarazada y se oyen dos corazones —dijo feliz el doctor.

Al oírlo, me acordé de los gemelos que vivían en Ario y de la gitana que había leído mi mano y que presintió que yo tendría gemelos. Sentí tristeza, felicidad y miedo; una confusión de sentimientos. Me ilusionaba tener más hijos y sentía feliz que yo estaba con salud y libre de sustancias ilícitas pero tenía terror de que nacieran con algún defecto por las drogas o el alcohol que había usado previamente. También me preocupaba por la posibilidad de ser una madre incapaz de darles protección. Otra vez el temor circular, me había pasado con Charito y volvía a suceder siete años después.

Radesh lo tomó como un acontecimiento normal. Llamó a la familia para contarles de los gemelos, sobre todo a su hermana menor, que ya había pasado por un embarazo múltiple.

Al día siguiente, la dueña de nuestra casa, Patricia apareció en el patio. Cuando le conté que esperaba gemelos se puso tan contenta que fue a buscar a su carro una botella para brindar. No me gustaban sus visitas porque siempre llegaba con olor a vino. Se instalaba en la casa por horas, conversaba del mundo y luego se dormía borracha en el sillón. Ese día hizo lo mismo. Los meses siguientes estaba más entusiasmada que yo, me visitaba todos los días y hasta les llevó ropa y peluches a los niños antes que nacieran.

El jardinero nos contó que Patricia estaba enferma y traumada porque nunca pudo tener hijos. Insistiendo con su deseo de ser madre, había adoptado, más bien comprado una niña a unos padres italianos.

A medida que pasaban las semanas, la ansiedad del embarazo crecía, intenté relajarme pero estaba atrapada en un montón de tormentos. Radesh me invitaba a comer, íbamos al zoológico pero volvía a sentarme frente a la ventana del cuarto por horas, inmóvil, con los ojos fijos en los árboles, quería moverme pero no podía. Me atrapaba la nostalgia, el paso del tiempo y la amargura de no sentirme contenta.

Una de las vecinas –que vivía casi al frente de nuestra casa– era de Ecuador, había emigrado hace muchos años de su país, tenía tres hijas que jugaban con Charito. Ella era una buena persona, se ofreció a llevar a Charito a la escuela y a menudo me invitaba a su casa, pero no me sentía con ánimo para la vida social; yo tenía un mundo que no sabía compartir. Sólo una vez la invité a la casa y me contó la historia de esfuerzo de su padre; que eran pobres hasta que su padre comenzó a trabajar en el campo, que luego compró tierras y los transformó en grandes siembras con las que pudo sacar adelante a su familia. Me decía que todo empezaba así, lento y con esfuerzo, pero que con el tiempo todo iba mejorando.

Mi problema no era de dinero, Radesh todavía tenía algunos problemas con los pagos de los trabajadores, pero estaba saliendo de la crisis que le había heredado Pilar. Éramos afortunados por habernos liberado de la presencia de esa mujer venenosa; sin embargo, continuábamos a lidiar con los problemas que ella había creado. Mi problema era mayor que los negocios, era algo así como reconocer que habían pasado los años y que nada de lo que me había sucedido yo lo había elegido. Estaba en un lugar seguro, pero con una cultura totalmente diferente a la mía y buscando algo que ni siquiera sabía cómo llamarlo.

Llevar dos niños dentro de mí no fue fácil. Estaba delgada y apenas soportaba el peso en mis pies. Al quinto mes los pies se me hincharon como globos, así que el único pasatiempo era estar en la cama. No sabía que mi enfermedad tenía un nombre; yo sólo me encerraba en mi cuarto por horas, sin pensar.

Para despejar mi cabeza, Radesh consiguió una maestra de inglés. Marlyn iba dos veces a la semana y con mucha paciencia me enseñaba a hablar y escribir en inglés. Era una mujer con movimientos delicados, con voz suave, de ojos grandes y azules. Se vestía muy elegante. Todavía guardo las fotos que un día nos tomamos en el patio de la casa. Nos hicimos amigas y era la única visita que me gustaba recibir. Con ella y su esposo compartimos varias cenas, hacía las clases de inglés pero también me daba fuerza para enfrentar el mundo desde mi profunda tristeza y desde una cultura distinta. Hicimos una gran amistad, tanto que cuando me fui al hospital a dar a luz, ella cuidó a Charito.

Mathew y Kent nacieron el 21 de diciembre de 1993. A todos nos cambió la vida y más a Charito que teniendo sólo ocho años se convirtió, sin quererlo, en mi ayudante; tuvo que dejar de lado las muñecas para reemplazarlas por bolsos y pomos con leche. Fue una excelente hermana, se preocupaba de ellos y no reclamaba cuando teníamos que hacer viajes largos en donde su ayuda era fundamental.

Marlyn no pudo continuar con las clases, tenía un problema en su pierna y la iban a operar, debía hacer reposo por cinco meses y además viajaría al otro lado de los Estados Unidos a recuperarse junto a su familia. Lamenté su viaje y extrañé su sonrisa angelical. Con su partida me dediqué por completo a cuidar a mis hijos y atender a Reza.

Cuando los niños cumplieron tres años, recibí la visita nostálgica de mi amiga Teresa. Se había casado, después de ocho años de noviazgo con Oscar, hijo de Gonzalo Escobar, quien había sido presidente de Ario en los años ochenta. Esa visita fue mágica, conversé con Tere de todo lo que había sucedido en mi vida, casi todo. Fue un encuentro cargado de melancolía al recordar nuestras historias. Tere también había participado de la increíble anécdota de la ouija y había estado conmigo en el funeral del abuelo Rafael. Recordamos nuestra adolescencia y cómo nuestras vidas en un momento se separaron y tomaron rumbos diferentes. Estuvimos horas en el jardín disfrutando de platos mexicanos y persianos. Me alegré muchísimo, excepto por el comentario de Oscar, que me dejó un sabor amargo.

–¿Qué haces viviendo en un rancho tan feo, tan abandonado? –dijo haciendo una revisión por cada rincón del patio.

–No es feo –le dije nerviosa porque Radesh hubiera escuchado–. Lo que pasa es que es distinto a México. Aquí todo es más solo…, no hay gente caminando por las calles, pero es tranquilo.

–Lilia –dijo acercándose a mi cara–; no hay nada cerca, nada a muchos metros a la redonda. Yo no te veo tan contenta.

–No seas aguafiestas –le dijo Tere–. Este lugar es distinto, nada más.

–Estoy contenta –le respondí a Oscar–. Lo que pasa es que estoy cansada… tu sabes… tres hijos.

Algo tenían de cierto sus palabras y no me atreví a aceptarlo. Los árboles, la tierra, la casa, todo tenía sabor amargo. La naturaleza y tranquilidad del lugar se había empapado con mi tristeza. Fue la única visita de Tere y Oscar.

A Teresa la encontré un par de años después pero en una foto. Fue en las páginas de un libro sobre Ario de Rosales, tenía unos cinco años; aparecía vestida de blanco, mirando fijamente con sus grandes ojos negros. En sus manos cargaba un enorme ramo de flores en ofrecimiento a la Virgen María.

Decidí continuar con las clases de inglés, pero en un *college*, donde miles de inmigrantes lo estudian gratis. Fue un lugar donde encontré un pedazo de México y el mundo. Iba todos los días tres horas cada mañana. Experimenté la diversidad como nunca antes, no sólo por los acentos sino también por los olores, las vestimentas y las costumbres, pero todos con el mismo propósito: aprender el idioma. Al principio se me hizo cuesta arriba, pero después de dos semanas, me dediqué por completo a repasar las clases, revisar los libros y repetir las pronunciaciones.

La maestra Watson me hizo su preferida porque siempre llegaba con las tareas hechas, los verbos aprendidos y seguía sus instrucciones. Cuando pude expresar algunas ideas en inglés se prendió una luz frente a mí. Por un momento entendí que tenía todo para triunfar, que bastaba con ponerme de pie y no dejarme vencer por la angustia y la tristeza.

Y una mañana me levanté con esa convicción y vi las cosas de manera diferente. Con ese impulso conocí a Eam Chung en mi clase de inglés. Era una mujer anciana de Cambodia, que me contó sobre la guerra de Vietnam y cómo sobrevivió en aquellos días junto a su familia comiendo sólo raíces. Le gustaba coser, por eso un día hizo un pijama para cada uno de mis hijos.

Otra de las amigas fue Sagad Ammar, una muchacha de Jordania. Ella llevaba a sus hijos para que jugaran con los míos mientras nosotras hacíamos los ejercicios de inglés. Le gustaba consentir a Charito con chocolates. Era más joven que yo, pero logramos una complicidad envidiable. Con ella y Lucía, una ecuatoriana que tenía dos hijos, íbamos de compras y cocinábamos. Nos sentábamos a conversar hasta que el cansancio nos vencía. Lucía siempre caía derrotada antes que nosotras; ella era enfermera y hacía turnos de noche en un hospital cercano. Fue una época en que tuve muchas actividades para entretenerme, pero sobre todo aprender cosas que jamás habría tenido la oportunidad de aprender sino hubiese cruzado a los Estados Unidos.

Un par de meses antes había llegado la señora Luz de Tijuana para ayudarme con la casa y los niños. Luz era muy tímida pero muy dedicada a su trabajo. En Tijuana preparaba comida en un pequeño restaurante, así que la habilidad y rapidez con que lo hacía era envidiable. Era capaz de jugar con los niños, preparar el almuerzo y limpiar la cocina al mismo tiempo, aunque no era para lo que yo la había contratado. Yo la quería sólo para mis hijos, siempre se lo dije.

Un día, después de las clases de inglés, me encontré con una sorpresa. Luz estaba sentada en una silla con cara de espanto, las manos le tiritaban. Se paró y antes que me dijera cualquier palabra, pensé inmediatamente en Leandro, pero era imposible que me hubiera encontrado. La tomé de los brazos y le pedí que hablara.

–Tómelo con calma –me dijo–: Fue un accidente.

–Hable Luz...¿qué pasó?

–Es que Mathew estaba jugando en el piso –y se dio vuelta a mostrarme dónde–: yo lo estaba mirando desde el sillón –siguió diciendo nerviosa–, de pronto... perdió el equilibrio y se golpeó en la puerta.

No dije nada. Corrí a buscar a Mathew y Luz me siguió hasta el dormitorio. Le miré la cara a mi pequeño y vi que tenía un corte en la frente.

–No se preocupe –le dije tomándole las manos para que se calmara–. Esas cosas pasan, ya verá que en un par de semanas no le quedará ni un rastro del golpe.

–Discúlpeme señora –me pidió con las manos juntas y los dedos entrelazados–. No fue mi culpa, el niño estaba...

–Está bien... –la interrumpí–. Ya le dije que te creo y entendí lo que pasó.

–Voy a renunciar señora –dijo afligida–. Es mucha responsabilidad cuidar niños...

No le creí, pero al día siguiente vi que ella había hecho su maleta. Me di cuenta de que ella probablemente no estaba prestándoles la atención suficiente a los niños y yo sabía que lo que le distraía era cocinar y limpiar. Lo que realmente quería era que sólo se cuidara de los niños.

–No se vaya Luz –le dije casi suplicándole–, Yo no la culpo, lo único que le pido es que tenga mayor cuidado.

–No señora –dijo sin mirarme–, me tengo que ir...–y salió de la casa como huyendo de la policía.

Creo que su marido le aconsejó irse antes de que yo hiciera algo judicial. Se debe haber asustado porque ese tipo de casos en los

Estados Unidos, son graves, y castigados; muchos años después yo lo comprobaría. El deber de Luz era cuidarlos, no hacer las cosas de la casa, se lo dije hasta el cansancio, pero ella insistía en ordenar, lavar los platos, y seguramente por hacer todo, descuidó a los niños. Por su ausencia, tuve que dejar las clases de inglés y volver a la burbuja.

John, mi cuñado –después de las mentiras y robos de Pilar– mejoró los cultivos, la cosecha y el negocio completo. Para aumentar las ganancias, Radesh se asoció con Mike, un señor árabe dedicado toda su vida a la agricultura. Mike tenía unos sesenta años, era todo un caballero. En su camioneta iba y volvía de La Paz intentando regularizar la situación con los trabajadores. Poco duró en ese cargo porque un día se detuvo a ayudar a un joven en la carretera. El muchacho dijo que necesitaba transporte hasta la entrada de La Paz. Se subió en la parte de atrás de la camioneta, donde Mike llevaba cajones con algunas berenjenas. En el asiento del copiloto llevaba un portafolio con el dinero del salario de los trabajadores. Mike lo miraba a ratos por el retrovisor. El muchacho iba tranquilo hasta que se dio vuelta, empuñó la mano y rompió el vidrio. Sacó un cuchillo y empezó a darle puñaladas en la espalda. Mike siguió manejando, acelerando y luchando por maniobrar la camioneta, no sé cuánto tiempo habrá pasado pero el muchacho consiguió herir a Mike hasta que éste perdió el control de la camioneta. El joven se asustó y saltó de la camioneta, pero Mike, se desangró en el asiento y se estrelló contra un árbol.

Al día siguiente la noticia apareció en los diarios de la zona, con fotografías de la camioneta y detalles sobre el relato del muchacho, quien fue detenido a las pocas horas. Todas esas escenas me traumatizaron por mucho tiempo, me asustaba pensar que le pudiera tocar a Reza. En mis sueños, veía muertes y más muertes.

Estaba tan difícil el trabajo en los campos que Peter, amigo de Radesh –que además había sido su vecino de infancia en el pueblo Machade en Irán– le aconsejó no sembrar en ese lugar, ni desgastarse tanto haciéndose cargo de todo lo relacionado con la empresa. Peter compraba frutas y verduras en México y las vendía dentro de los Estados Unidos. Le aconsejó a Radesh que se dedicara a distribuir a diferentes ciudades porque no había que preocuparse por la cosecha, por los trabajadores ni por el clima. Pero Radesh siempre ha querido hacer todo a su manera, así que ignoró la conversación.

Antes del accidente de Mike, también se había asociado al negocio el hermano de Mike pero apenas ocurrió la tragedia se retiró. Radesh siguió sembrando en Valley Center y en La Paz, y además agregó a su capital unos cultivos en un terreno en San José del Cabo, cercano a Cabo San Lucas, ubicado también en Baja California. Los viajes se repetían todas las semanas y algunas veces los hacíamos todos juntos para no quedarme sola con los niños en la burbuja de Escondido.

En uno de esos viajes nos fuimos por toda la costa hasta San José del Cabo. Era un recorrido hermoso. Recuerdo una ocasión en que paramos en Santa Rosalía, una pequeña ciudad que mira al Golfo de California, que en mitad del siglo XIX tuvo su época de gloria con los yacimientos de cobre. Se dice que Porfirio Díaz –el presidente en ese entonces–, les dijo a las empresas francesas que sacaran todo el mineral si querían, pero a cambio, les pidió que construyeran un pueblo, y de los mejores. Los franceses llenaron de casas, iglesias, escuelas, servicios y llevaron todo el desarrollo asociado a un yacimiento minero. Explotaron por décadas la tierra hasta que el mineral se acabó. Cuando se fueron las empresas, el pueblo se convirtió en una tierra fantasma con hijos mitad europeos, mitad americanos. Cuando pasamos por aquel pueblo, me sentí en un lugar diferente, no era los Estados Unidos ni México y las casas todavía conservaban el estilo europeo, la más famosa era el Hotel Francés, donde pasamos a almorzar. No recuerdo qué comí pero sí recuerdo que cuando me paré al baño y regresé a la mesa, los niños no tenían sus zapatos; no estaban en el suelo, tampoco en el carro. Fue un misterio. El paso por ese pueblo fue inolvidable.

En ese mismo viaje nos quedamos por un par de semanas en La Paz. Radesh había hecho la reserva de una casa de madera rústica dentro de un condominio. Era enorme, tenía tres baños, tres dormitorios y una enorme piscina. Lo primero que hice fue comprar cuchillos, ollas y todo para la casa. Lo segundo fue limpiarla, sobre todo el baño y la cocina, hacer la comida, atender a mis hijos y los invitados. Principalmente eran amigos de Radesh que disfrutaban de mis platos mexicanos que yo sabía cocinar de memoria y de los platos persianos que Radesh me estaba enseñando a preparar.

Entre las visitas, recibimos a un matrimonio muy especial. Ella era mexicana: dueña de casa, él italiano: dueño de varias siembras que luego comercializaba en California. Eran vecinos, así que compartimos muchas veces con ellos. El italiano era de esos tipos machistas, no dejaba que su esposa manejara dinero ni que comprara comida. Se lo prohibía, no por pobreza, claro que no, él era dueño del condominio, era el control que tenía sobre ella y sobre todas las cosas del matrimonio. Ella me lo contó en una de las fiestas que organizaron para los niños. Nunca olvidaré la salsa de fresas que ella misma preparó. Se quejaba diciendo que era lo único que podía aportar.

—Mi esposo quiere que aproveche las cosas que tenemos en la casa —decía. Otra tarde, para celebrar a una de las mujeres embarazadas fuimos a comprar regalos. Ella compró un cascabel, pero al llegar a la caja de pago juntó todas las monedas que tenía en un estuche viejo y se dio cuenta que sólo tenía ocho pesos. Me miró con vergüenza y me pidió los dos que le faltaban. Nos hicimos tan amigas que el último día yo estaba haciendo las maletas y entró a despedirse. Se paró frente a mí y con toda naturalidad me pidió: —¿Me puedes dejar la tabla para cortar carne y los cuchillos?

No pude entender cómo era posible que el esposo no le diera dinero para comprar esas cosas. En ese mismo momento recordé que en la fiesta de los niños le había encargado a otra muchacha, la ropa de su hija. Nos intercambiamos los números de teléfono, la dirección, nos escribimos un par de veces pero la relación se esfumó, de a poco en cada carta.

Después que Luz se marchó asustada porque el niño se había golpeado, mi madre buscó una muchacha en Salamanca. La conocía porque a menudo le cortaba el pelo. Juana había perdido a su madre y estaba interesada en trabajar en los Estados Unidos. Le mandé dinero para que volara hasta Tijuana y le pedí a Ricky que me ayudara con los papeles. Él me puso en contacto con un señor que le entregó un pasaporte falso y después de maquillarla como la mujer de la foto, logró que cruzara. Radesh la esperó en San Isidro y la llevó a la casa.

Juana vestía como si fuera a una fiesta de graduación, no la imaginaba caminando con sus tacones o de rodillas cuidando a los niños. Apenas la vi le ofrecí darse un baño, mientras iba a comprarle algunas cosas. Le compré sandalias cómodas, una bata y algo de ropa. Estaba contenta y yo también. Iba a poder retomar mis clases de inglés y el gimnasio.

Al mes, todo marchaba normal, la muchacha no era excelente, pero me conformaba con que cuidara bien a los niños.

Pero una tarde, después del gimnasio, entré a la casa y nadie respondió mi saludo. Charito estaba viendo televisión en su cuarto. No había ningún plato sucio y eso era extraño porque Juana los amontonaba durante todo el día. La esperé nerviosa desde las siete. A las diez de la noche entró con los niños, cada uno sin playera. Ella olía a cerveza. Se había ido a la casa de una amiga que también cuidaba niños y habían organizado una fiesta en el patio. Mathew y Kent corrieron a abrazarme, se veían contentos pero tenían la cara sucia y marcas de ramas en la espalda. La miré enojada. Tomé a los niños, los bañé, le di sopa que dejaron intacta porque seguramente habían comido porquerías toda la tarde y los acosté. No dije nada.

Al otro día, me levanté como si nada hubiera pasado y le pedí a la muchacha que me acompañara al doctor. Le conversé todo el viaje, hasta le puse de fondo la música de los Tigres del Norte para que no se olvidara de su querida vecina, que frecuentemente los escuchaba a todo volumen cuando los dueños de casa no estaban. Yo había visto y escuchado a la muchacha cuando escuchaba esa música porque vivía al otro lado de la calle y salía en el balcón cuando tocaba la música.

Después de un tiempo, llegamos a la frontera.

—¿Por qué estamos cruzando la frontera? —preguntó al terminar de cantar.

—Es una sorpresa…ya vas a ver –le dije sonriendo.

—¿Pero cómo voy a entrar después? –preguntó y bajó el volumen de la radio.

—No vas a tener que volver a entrar –le dije seria–. Te llevo a la central de buses para que regreses a tu casa.

—¿Por qué hace esto? –me dijo casi saltando del asiento–. Tengo dinero guardado en su casa.

—No te preocupes, te enviaré el dinero con mi madre –dije al entrar a la central de buses–. Tú venías a buscar fiesta, no a trabajar. Ya no quiero verte.

Me arrepiento de haber actuado así, pero sentí que debía proteger a mis hijos. Habría hecho cualquier cosa por ellos y por mi carácter no la iba a enfrentar, así que devolverla a su tierra fue la mejor manera que encontré para defenderme y, aún más importante, para defender a mi familia. Después de devolver a la muchacha irresponsable a México, sentí orgullosa y justificada porque estaba protegiendo mi familia. Después de todas la veces en mi vida en que dejé que me pasaran injusticias, yo finalmente me había opuesto a alguien que no quería lo mejor para mi familia.

Un mes después de correr a esa muchacha llegó mi hermana Mili. ¿Qué mejor que pagarle a alguien de la familia para que cuide a los hijos?. Ella había aceptado porque estaba pasando por un momento difícil en su vida. Tenía algo así como una crisis vocacional porque quería ser monja, pero después me enteraría de su verdadero problema. El viejito con el que se había casado se quedó en Salamanca, en la casa que habían logrado comprar. Para traerla, le pagamos a un hombre norteamericano que conocía a unos *polleros* en Tijuana y que podían cruzarla a los Estados Unidos por un paso fronterizo sin seguridad policial. Fue un momento angustiante cuando supe que Mili no había llegado en la fecha que me habían prometido. Era algo arriesgado pero ella estaba decidida a enfrentarlo. Tres días me dijo el hombre que se iba a demorar en llegar. Al cumplirse el plazo, lo llamé por teléfono para preguntar qué sucedía. Me contó que el paso fronterizo que iban a utilizar estaba protegido por los policías y que tuvieron que recorrer casi el doble de kilómetros para buscar otro lugar donde cruzar. Al tercer día de la llamada, insistí. Me repitió la historia del control policial y me aseguró: —La muchacha ya está en la frontera… llegará sin falta mañana en la tarde.

Fue cierto, al día siguiente el hombre llamó para decirme que Mili había llegado, que estaba hambrienta y que en unos minutos más la dejaría en mi casa. Cuando la vi, sin mucho esfuerzo pude imaginar por dónde había caminado. Estaba llena de barro seco, con el pelo tan desordenado que parecía peluca de payaso. Era imposible ver de qué color era su ropa.

—Metete a la ducha por favor y deja tu ropa en esta bolsa.

—¿La vas a botar? —preguntó la buena samaritana que todo ahorraba y cuidaba con amor.

—Sí, no te preocupes, te compré algo de ropa —le dije mostrándole unas bolsas—. Quédate un buen rato debajo del agua para que te saques el pantano que traes encima.

Nos sentamos a comer y me contó que había tenido que esconderse muchas horas debajo de un árbol, luego pasar por un enorme charco de barro, pelear con los mosquitos y caminar kilómetros entre malezas. Charito no entendía de qué estábamos hablando pero tampoco hizo preguntas.

Mili era una niña bonita. Su pelo lucía como los rizos de una princesa y su piel era perfecta, casi de muñeca. Mi tía Bárbara nunca la quiso, le decía: —Retrasada mental con oreja mocha.

Cuando nació, el doctor que atendió el parto no tenía oreja, por eso decían que ella había nacido igual. Tonterías de pueblo. Siempre tuvo motivos para sufrir, por mi tía Bárbara, mi padre o cualquier otra persona que no entendía su sensibilidad. Todavía siento los escalofríos al recordar uno de sus primeros sufrimientos. Ella tenía cinco años ese día que estábamos jugando en la plaza de Ario de Rosales. Mili quiso traspasar la reja que protegía el monumento al héroe Víctor Rosales, una reja pequeña pero que en sus puntas estaba el peligro. Mili tomó impulso pero no alcanzó a cruzar enterrándose uno de los puntudos fierros en su entrepierna. Corrí a buscar a mi madre que estaba de visita en la casa de Pillita y la llevaron al doctor.

Por desgracia, nunca tuvo una vida normal. Enfrentó la responsabilidad de cuidar a mis hermanos cuando mi madre vivía en su mundo de lágrimas. Mientras mi madre se encerraba en su cuarto esperando el día en que mi padre la quisiera, Mili calmaba el llanto de Esmeralda e Ernestina, las más chicas, y las peleas de Damián y Susana, los mayores. En medio del caos de una casa sin padre ni madre, Mili salía a conseguir leche con los vecinos. Mi madre rezaba. Eran los tiempos en que mi abuelo ya no quería ayudar a mi madre, estaba cansado de pedirle que abandonara a Vicente. El dinero nunca fue un problema para los abuelos, y tampoco habría sido para mi madre si no hubiera seguido empeñada en recuperar a mi padre. Por eso y muchas razones más, Mili creció temerosa.

De todas las hermanas fue la más callada y discreta. Podía pasar horas mirando el infinito, la verdad, nunca sabías en qué estaba pensando. Al igual que yo, vivió lejos del amor y cuando tuvo oportunidad de encontrarlo, también se equivocó. En Salamanca, estudió trabajo social para ayudar a los pobres, su corazón siempre fue tan grande como su paciencia. En el mismo lugar, se acercó a la iglesia y comenzó a ayudar a los sacerdotes en la preparación de las misas y a colaborar en las obras sociales.

Antes que salí de Tijuana, Mili había ido a ayudarme allí por unos meses. Durante ese tiempo, se enamoró del primer muchacho que entró a la casa. Era el joven que limpiaba las alfombras, muy humilde y al parecer la quería mucho. En ocasiones salían, no a comer o a bailar, sino que daban vueltas y vueltas por la ciudad y el muchacho siempre le regalaba a Mili una bolsa de pistachos. Con eso ella se sentía feliz pero la relación se terminó un día sin previo aviso y no supimos los detalles. Luego regresó a Salamanca y conoció a un viejo con que mi madre la presionó que se casara porque era rico. Pero después de la boda todos supimos que era adicto a las drogas y el alcohol y que la puso a trabajar en un restaurante de la ciudad; Mili tenía que preparar y distribuir una salsa para tacos por todos los restaurantes de la zona. Además de sostener al restaurante de su marido, Mili también tenía que trabajar como esclava para cuidar a su marido, su casa y su suegra viejita. Mili se aburrió y no quiso ayudarlo más. Desapareció por un tiempo y luego volvió a la casa de mi madre, quien le ofreció ayudarme un tiempo en Escondido para alejarse del viejo y descansar. Mili era buena en la cocina y sus habilidades de madre eran incuestionables. Me quedé tranquila porque mis hijos estaban en buenas manos. Le pagué para cuidar de mis hijos, pero la pobrecita tenía que mandar todo lo que ganó para su esposo en México. Reza no la quería mucho, buscaba cualquier error para justificar su desconfianza. Él también decía que Mili no era normal y que escondía algo bajo esa mirada de obediencia. Le pedí a una de las amigas del *college* que la sacara de la casa, la sacudiera un poco y le presentara a un muchacho. En tres ocasiones, Mili aceptó, el único problema fue que las tres veces Radesh llegó antes que ella y dejó la puerta con doble llave. No me di cuenta el preciso día en que Radesh había comenzado a dormir en el sillón, no porque estuviéramos enojados sino que él prefería quedarse viendo televisión hasta tarde y así no despertarme. Las tres veces que Mili salió, tuvo que tocar la puerta cuando volvió a la casa a las cuatro y media de la mañana. La tercera vez, Radesh le dijo: —¡En vez de salir de noche, tú deberías ir a preocuparte de tu esposo!

Su intención no fue de ofenderla, sino de decir algo que la motivara a quedarse en casa y así evitar los peligros a los cuales las mujeres son vulnerables cuando salen de noche desprotegidas.

Es verdad que Mili tenía algunos comportamientos extraños, pero dada la historia que yo conocía, nunca quise presionarla ni culparla de su carácter. Tomaba pastillas durante todo el día, pero nunca le pregunté para qué. Estaba a veces inestable, tímida y compulsiva; después sabríamos que Mili tenía esquizofrenia no-crónica Radesh insistía en que no confiara demasiado y tenía razón, no porque fuera una mala persona, sino porque estaba enferma. Un día, después que llegué de las clases de inglés, lo comprobé.

—Me voy —dijo Mili desesperada tomándose la cabeza y agarrando a sus cabellos descontroladamente.

—¿Qué tienes? —le dije al tomar su cara con las dos manos como examinándola.

—¿Están ahí? —dijo señalando la cocina—. Ahí los vi.

—Tranquilízate —le dije agarrando sus manos para que no se

apretara tan fuerte la cabeza–. ¿Quién está ahí? –le pregunté y comencé a asustarme.

Me miró un par de segundos.

–Me tengo que ir –se puso a llorar–, siento que voy a matar a los niños si me quedo aquí...tengo que ir por ayuda –y corrió al dormitorio.

Sus palabras cayeron como un hielo en mi espalda. La seguí hasta el dormitorio y me contó que veía demonios, ángeles y sillas que volaban.

–¡Tengo que buscar ayuda! –me gritó, y sacó un bolso en donde puso su ropa–. Tienes que ir a dejarme a la casa de Susana.

Asustada, preparé a los niños y partimos a Tijuana. Allá, Mili se encerró en un cuarto y durmió por horas. Susana me contó que la había visto así antes y que era mejor que Mili volviera con nuestra madre a Salamanca.

Después de un tiempo nos enteramos que el motivo de sus alucinaciones no eran los demonios que la visitaban para castigar sus pecados –como decía ella–, sino que eran efectos de una esquizofrenia escondida desde la infancia. Volvió a Salamanca pero después de un par de meses, desapareció. Dejó una nota que mi madre me leyó por teléfono.

–*No se preocupen, voy a estar bien. Me voy a una vida mejor con Dios.*

En ese mismo llamado le conté a mi madre que me iba a hacer una cirugía plástica para allanar a mi barriga porque había quedado muy mal después de tener a los niños.

–Me gustaría cuidarlos –me dijo contenta. Radesh estuvo de acuerdo.

Mi madre viajó hasta Tijuana sin tener visa, yo no quería hacer de nuevo contacto con los polleros ni comprar papeles falsos para cruzarla; había sido una experiencia traumática. Me esperó un día en la casa de Susana hasta que Radesh llegó de su viaje. La subimos al carro y le dije que no se preocupara, que Radesh hablaría con el oficial. Cuando llegamos a la caseta de control en la frontera, Radesh le explicó unas cuantas cosas al oficial.

–Pasen a revisión –le escuché decir.

Avanzamos, se bajaron Radesh y mi madre, yo me quedé arriba del carro con los niños. Los atendió un norteamericano muy alto y delgado, le inventaron que yo estaba enferma y que mi madre cuidaría a los niños; el oficial escuchaba mientras revisaba con lentitud los documentos. Seguí esperando en el carro y veía como el señor movía una y otra vez los papeles y miraba a mi madre. –¿Are you Elia? –le dijo. El oficial se asomó al carro, miró a los niños y a mí. Yo estaba muy nerviosa y triste, me imaginaba regresando a mi madre a Tijuana sin poder llevármela a casa. El oficial dobló los papeles y la dejó pasar. Fue un milagro.

A la semana siguiente, volvimos con Radesh a Tijuana. Para mi sorpresa el doctor a cargo de la cirugía plástica había nacido en Ario de Rosales. Con sus historias y anécdotas de niño se me pasaron los nervios. Fue una operación que duró siete horas. Cuando desperté estaba en una cama, al lado de una gringa que se había operado la cara, la pobre estaba toda morada. Al día siguiente Radesh y yo nos quedamos en un hotel porque al otro día debíamos regresar a control. Todo estaba en orden, dijo el doctor.

Mi madre me esperaba ansiosa por ver la nueva figura. Al llegar a la casa, me fui al dormitorio y me puse una bata, caminé al pasillo donde estaba ella y me abrí la bata:

–¡Sorpresa! –le grité. Ella corrió hasta la cocina. No se asustó por el grito sino por los moretones que me habían dejado. Se tapó la boca con las dos manos y dijo algo que me quedó dando vueltas en la cabeza.

–¿Cómo aguantas tanto dolor? –me preguntó.

Estuvo un mes con nosotros, hasta que mis hermanas empezaron a reclamarla desde Salamanca. Pero el motivo principal fue que empezó a tener problemas de respiración, estábamos conversando, comiendo o haciendo cualquier cosa y empezaba con los ahogos. Los últimos días me pidió tranquilizantes. Apenas regresó a Salamanca, llamó para contarme que Mili había enviado una carta desde un convento.

–*...He cambiado mucho y estoy tranquila. Encontré lo que quería en la vida y me hace feliz....*

Me explicó que Mili estaba trabajando con unos sacerdotes y

que ellos la habían ayudado a manejar su esquizofrenia y la habían convencido de empezar un tratamiento. Me alegré por ella, que tantas veces había arriesgado su vida por otros, incluso por mí cuando en aquellos días en que la vida junto a Leandro se volvió peligrosa, y ahora ella merecía enfocarse en sí misma. Mi madre también me confesó que sus días en Escondido no le habían gustado. Que se había sentido feliz de compartir con sus nietos pero que el lugar la hizo sentir incómoda.

En diciembre de 1997 por fin nos cambiamos a otro lugar. Elegí Chula Vista, una ciudad cerca de San Diego, California, porque Radesh viajaba dos veces por semana a La Paz y en cada viaje tenía que ir a dejarlo a Tijuana. Los campos de Valley Center ya no le interesaban tanto, así que estuvo de acuerdo con alejarnos de Escondido y movernos más al sur. Como ya no tenía quien cuidara a los niños y tampoco confiaba en nadie, prefería viajar con ellos hasta Tijuana donde Radesh tomaba el avión a La Paz. En cada regreso estábamos ahí mismo esperándolo. John estaba haciendo un buen trabajo, así que el negocio iba repuntando después del desastre que había dejado Pilar.

Había muchas razones para cambiarnos de casa, me resultaba estresante manejar en las carreteras a las que aún no me acostumbraba; pistas amplias donde los flujos de carros entraban y salían por todos lados.

Chula Vista estaba a casi media hora de Tijuana, por lo que el viaje para ir a dejar a Radesh sería mucho más corto. Además, la casa de Escondido era tan grande que nunca terminaba de limpiarla, pero la razón principal es que sentía que si salía de esa casa, podía conseguir un cambio en mí, salir de la burbuja y de mi depresión. Nos cambiamos a un apartamento en un tercer piso. El camión tuvo que hacer dos viajes para llevar todos los muebles y nos faltó espacio para instalarlos. Susana viajó a la semana siguiente para llevarse algunos muebles a su casa.

Mathew y Kent habían cumplido cinco años; Charito, doce. Los tres entraron a una nueva escuela y empezaron a hacer amigos.

Yo, continué con las clases de inglés en otro *college*. Todo iba bien, incluso Radesh se atrevió a pedirme que buscara un local para instalar un restaurante de comida mexicana. Dije: –Ahora sí voy a estar tranquila. La idea del restaurante era un viejo proyecto de niña. El abuelo había arruinado mi negocio pero no pudo con la habilidad y amor que yo tenía para la cocina. Después que destruyó *La Fogata* ayudé a Aurora a preparar algunos platos. Como pasaba horas en la cocina podía mirar qué especias le echaba a la cacerola y cómo cortaba los ingredientes. De tanto ver comida, menos ganas me daban de comérmela. En algunas ocasiones en que Pillita se iba a Guanajuato a hacerse sus exámenes y mi tía Bárbara andaba en el DF, tenía que servirle comida al abuelo cuando llegaba de madrugada. Pillita me pedía que no lo dejara solo. Le servía al abuelo la comida que dejaba preparada Aurora pero yo me sentía toda una cocinera. Las pocas muestras de cariño del abuelo, lo hacía a través de un: –gracias –con eso me sentía afortunada.

A los diez años tuve que preparar el primer desayuno para quince personas. Fue una mañana en que no había nadie más en la casa. El abuelo me despertó para decirme que en una hora más llegarían unos compradores de café. Me vestí rápido y bajé toda alborotada a la cocina. Revisé los muebles y me puse a cocinar. Quebré tres huevos, boté un frasco de leche y quemé un pan, pero el desayuno estaba listo e impecable cuando los señores entraron en la casa. Les serví café y los atendí durante las dos horas que hablaron de negocios. Se comieron todo lo que le puse en la mesa. El abuelo me dijo que para la próxima reunión quería el mismo desayuno.

La idea de instalar un restaurante estuvo a punto de hacerse realidad, pero fue desviada por la deshonestidad de Arturo, el dueño de la tierra en que Radesh cultivaba. Arturo no sólo robó dinero, también destruyó el negocio. Después que John dejó de encargarse del rancho, por razones que ya no recuerdo, mi hermano Damián tomó su lugar y se instaló a vivir allí. Pero después de un tiempo tuvo que volver a Guanajuato a dedicarse a su carrera de biólogo. Fue ahí cuando apareció Arturo. Radesh le comentó que se había quedado sin encargado y el tipo le dijo: –Yo sé manejar estas tierras, no te preocupes, yo me encargo.

A pesar de que Radesh no sabía mucho sobre él –sólo que era el dueño de esas tierras–, confió en sus palabras; el hombre conocía la siembra y sabía perfectamente cómo funcionaba el negocio. Radesh no necesitó saber más, pero sí debió enterarse a tiempo que era alcohólico y que la vida de Arturo desfilaba entre las botellas y las mujeres, en el mismo rancho o en alguna cantina. Arturo robó dinero de la compra de pesticidas y de los pagos de los trabajadores. En los primeros meses todo parecía normal, pero después Radesh empezó a sospechar porque los trabajadores estaban descontentos con los pagos. Le pidió a un amigo que vigilara a Arturo, por eso se enteró que el tipo hacía tremendas fiestas en la casa y pagaba prostitutas y bailarinas para animar el espectáculo.

El negocio empezó a decaer y se agudizó cuando todo el mercado de los Estados Unidos sufrió los efectos del atentado contra las Torres Gemelas. El viaje que antes habíamos hecho disfrutando de la naturaleza, de las playas vírgenes, se transformó en dolor de cabeza y discusiones constantes. El último viaje fue el más desagradable de todos; junto con el descaro de Arturo, el precio de las berenjenas, que siempre habían sido un buen negocio, empezó a bajar. Radesh estaba desesperado, el campo estaba lleno de frutos pero sin trabajadores que las cosecharan. Ese día se quedó a pensar en una solución. Yo regresé con los niños a Chula Vista. Fue un viaje triste, me sentía atada sin poder ayudar a mi esposo. Poco entendía de números pero sentía que cualquier trabajo iba a servir para apoyarlo con los gastos de la casa. Los problemas con los pagos pendientes a los trabajadores y proveedores siguieron creciendo. De un momento a otro, el dinero invertido en el campo de La Paz se había perdido.

Para salvar el campo, unos familiares de Radesh pusieron dinero. Hicieron una sociedad que permitió recuperar parte de lo perdido y volver a sembrar. Radesh se encargó de manejar la siembra y componer todo lo que había estropeado Arturo pero a los pocos meses, la sociedad empezó a tener problemas. No recuerdo cómo sucedieron las cosas, pero algo quebró la relación comercial y Radesh volvió a quedarse solo. Peter continuaba insistiendo con el negocio de comprar y distribuir productos dentro de California, pero Radesh seguía diciendo que él iba a levantar su empresa, como fuera, igual que su padre. Unos meses más tarde, Peter conocería a mi hermana Ernestina y tendríamos una relación más familiar que financiera.

Ernestina se había casado unos años antes con un hombre que a simple vista parecía bueno. Después resultó ser un enfermo que la maltrataba, incluso estando embarazada. Por eso mi madre la había llevado a Salamanca para que su hijo Rafaelito naciera tranquilo, pero igual que Leandro, el enfermo seguía persiguiéndola.

Le conversé a Radesh sobre la situación que estaba viviendo Ernestina y le pedí que pensara en un novio; alguien tenía que tratarla mejor. Radesh se quedó en silencio, pero cuando me habló de Peter, no lo pensé dos veces; sonaba como un buen candidato. Su único vicio había sido el opio, muy común en los países árabes. Pero Peter se hizo adicto al opio en los Estados Unidos. Su adicción lo hizo adeudarse y provocó que su esposa lo abandonara y se llevara a las dos hijas. También tuvo problemas con uno de sus primeros negocios. En ese entonces, fue un tío de Peter el que lo ayudó a salir de la crisis, pero a cambio le hizo prometerle que dejaría el opio y recuperaría a su familia. La esposa nunca más volvió pero él retomó sus negocios en Los Ángeles.

No siguió fumando opio pero se deprimió y cayó en el alcohol. Empezó a frecuentar bares y prostíbulos en Tijuana hasta que se enamoró de Araceli, una bailarina que tenía siete hijas. La llevó a su apartamento y la convirtió en princesa. Le regalaba a diario flores y la complacía en todo, hasta pagó por los papeles de sus hijas para que cruzaran a los Estados Unidos. A ellas, quizás compensando lo que no había hecho por sus propias hijas, les rentó una casa. Hizo feliz a Araceli hasta que supo que en sus viajes a Los Ángeles, ella se acostaba con su amante.

El mismo día que Peter le confesó la historia, Radesh le contó que había decidido entrar en el negocio de la compra y venta de mercadería. Peter lo invitó a trabajar con él, pero Radesh le contestó que intentaría sólo primero, que no podía arriesgarse a perderlo todo porque tenía una familia que mantener.

—Esta es mi esposa —le dijo, y le mostró una foto de su billetera—. Y estos de aquí son nuestros hijos —le mostró en otra foto.

—¿Es mexicana? —le preguntó.

—Sí —respondió Radesh y cerró la billetera.

—¡Que hermosa mujer tienes! —exageró Peter—. ¿Tiene hermanas?

—Claro… —respondió Radesh al recordar la conversación que habíamos tenido unos días antes—. Tiene una hermana que puede interesarte, se llama Ernestina.

Quedó tan motivado con la propuesta que dijo sin pensar:

—Dile que me presente a su hermana y yo me encargo de todos ustedes. Te prometo que te ayudo en los negocios.

—Le diré a Lili que le pregunte, pero no te aseguro nada —le respondió a Peter.

Radesh había puesto toda su atención en los campos de La Paz descuidando la siembra de Valley Center. Radesh abandonó el campo de Valley Center y terminó el contrato con la dueña de los terrenos. Compró un camión y empezó el negocio de distribuir frutas, verduras y hierbas por el sur de California. Llegaba tarde, dormía en el sillón y partía temprano. A veces no llegaba en dos o tres días.

Un día discutimos porque le pregunté por el recibo de un casino que había en el bolsillo de su pantalón. Me respondió que tenía la esperanza de recuperar lo perdido por eso iba a veces al casino a probar suerte. De estar muy arriba, bajamos hasta el piso y me puse nerviosa al no poder ayudar. El inglés lo manejaba mejor como para encontrar un trabajo pero no me atrevía a enfrentar el mundo y Radesh no quería que me alejara de la casa.

Llamé muchas veces a Ernestina para que aceptara conocer al amigo de Reza. Mi madre también estaba de acuerdo en darle una oportunidad. Nadie conocía a Peter pero todos querían ayudar a levantar el ánimo de mi hermana, que se negaba a conocerlo diciendo: —Bastante he sufrido con mi esposo como para querer enredarme con otro hombre.

No sé cómo la convencieron pero una mañana Ernestina me llamó para darme la noticia. Peter estaba feliz de tener una oportunidad y, apenas pudo, tomó un avión a Salamanca en Guanajuato. En la sala del aeropuerto lo esperó Ernestina junto a Damián y Esmeralda, que actuaron de guardaespaldas. Ernestina no tuvo problemas en reconocerlo, a la hora prevista apareció un hombre con un cartel grande que decía: —Soy Peter.

Los cuatro se fueron a recorrer la ciudad y terminaron en un refinado restaurante. Esmeralda lo miraba con desconfianza, pero no era algo inusual, era la menor pero la más rebelde. Decía que nadie le lavaba el cerebro y que ella jamás iba a permitir que algún hombre la maltratara. Bastante malos ejemplos tenía.

El próximo encuentro de Ernestina y Peter fue en Tijuana. Ernestina, Esmeralda y mi madre volaron desde Salamanca y Peter desde Los Ángeles. Reza, los niños y yo también nos sumamos al evento, igual que Susana y su esposo. Nos juntamos en un restaurante muy popular en Tijuana llamado Los Arcos, era bonito pero me molestaba mirar un estanque con víboras que había en la entrada. Todos los que estaban ahí se veían alegres tomando sus margaritas y con el cigarro en la otra mano. Yo no hacía ninguna de las dos cosas. A pesar de que fue una comida entretenida porque estábamos en familia, no pude disfrutarla. Me molestaba la música, las ruidosas conversaciones y las risas. De repente, tenía una urgencia de estar en mi casa. Sobre las víboras en agua, tiempo después fui con una amiga colombiana a ese restaurante; en esa ocasión le pregunté a un garzón por las culebras del estanque. Me dijo que a diario, mexicanos y gringos compraban botellas con esa agua para tomarla como afrodisiaco.

Peter quiso de inmediato a Ernestina, quería complacerla en todo. Una vez fuimos quince personas a Rosarito. Peter se encargó de hacer las reservas en un hotel y de llevarnos regalos a todos, estaba dichoso. Cada encuentro tenía que hacerse en Tijuana porque Ernestina no tenía los papeles para cruzar a los Estados Unidos. Peter estaba desesperado para que ella pudiera conocer su casa y hacer una vida juntos. Como muchas veces, abrí mi boca para dar una idea de la después me arrepentiría. Sin pensarlo dije: —En *La Cohauila* hay muchos *polleros* que pueden cruzarla ilegalmente–. Peter abrió los ojos como si hubiera solucionado todos los pesares de su vida. Como yo había trabajado en ese sector, sabía que muchos *polleros* se reunían en ciertas esquinas y bares. No tenía ningún contacto pero podía llevarlo al lugar para preguntar.

Peter no dudó ni un segundo y esa misma tarde fuimos a *La Cohauila*. Después de preguntar en bares y hablar con distintos *polleros* hizo el trato con uno que se veía más decente. El tipo le dijo que todo el proceso, incluido los papeles, le costaría tres mil dólares.

–Trato hecho –dijo Peter.

El *pollero* le preguntó algunas cosas a Ernestina y luego dijo:

–Mañana a las siete en punto y le entregó un papel con una dirección.

Regresé a Chula Vista con la incertidumbre de lo que pasaría al otro día. Peter, como siempre, se quedo con Ernestina en un hotel. En la madrugada la llevó a la dirección que decía el papel. Salió el mismo tipo a recibirla y le pidió a Peter que cruzara la frontera y esperara a su prometida en San Isidro. Ernestina nos contó que había otras mujeres en esa casa esperando lo mismo. Le entregaron unos papeles y le dieron indicaciones de la operación. No era nada complicado, no había que nadar, saltar muros ni recorrer el desierto; tenía que cruzar caminando y con los papeles falsos en la mano. En el mismo lugar, una señora con enormes anteojos le arreglo el pelo y le puso maquillaje imitando a la muchacha que aparecía en una tarjeta.

Ernestina salió de *La Cohauila* nerviosa y tomó un taxi hasta la frontera. Al cruzar, el oficial miró la tarjeta, miró a Ernestina y luego la tarjeta. No la dejaron entrar y la metieron en una oficina para tomarle una declaración policial. Cuando supimos la noticia, todos nos sentíamos culpables: Ernestina estaba detenida. Peter se quedó en nuestro apartamento, fumó como cinco paquetes de cigarro y lloró toda la noche. Al segundo día de arresto, la devolvieron a Tijuana, libre pero con el castigo de no poder entrar a los Estados Unidos en los próximos noventa años.

–Si intenta cruzar de nuevo y la agarramos, pagará con cárcel –le tradujo un oficial. Peter, que todavía no obtenía la ciudadanía estadounidense, decidió esperar un tiempo y llevar a cabo un plan más complicado pero efectivo. No volví a abrir mi boca para ninguna de esas ideas, ya tenía suficientes problemas en mi propia casa.

Radesh siguió con su trabajo en el camión. El campo de La Paz era un misterio; habíamos tenido tantas discusiones que no quise volver a preguntarle qué había pasado. Radesh siguió con lo mismo: llegaba tarde, dormía en el sillón y partía temprano. Yo continué con las clases de inglés, intentando hacer una vida normal, ocupándome de Mathew y Kent y de los problemas que había empezado a tener con Charito. Los efectos de su adolescencia se hicieron cada vez más pesados; no le gustaba ir al colegio, compartir con la familia y menos encargarse de sus hermanos. Sus amistades se volvieron lo más importante y era capaz de hacer cualquier sacrificio por mantenerlas. Me preocupaba el tipo de personas que la esperaban afuera del apartamento. Una noche, no sentamos Radesh y yo a preguntarle quiénes eran sus amigos.

–Son personas buenas –nos respondió.

Radesh era el más inquieto con los comportamientos de Charito, insistía en que algo nos ocultaba. Decía que Charito llegaba con los ojos colorados de tanto fumar marihuana y además culpaba a una muchacha que Charito había llevado algunas veces a la casa.

Me quedaba callada frente a sus comentarios. Me negaba a la idea de que mi propia hija estuviera siguiendo los mismos pasos que Leandro. La muchacha a la que se refería Radesh era una joven bonita y simpática. En más de una ocasión hablamos y parecía muy normal.

El problema explotó cuando Charito cumplió quince años. Me llamaron de la escuela para avisarme que ella estaba grave en el hospital pero fuera de peligro. El director me pidió que antes de ir al hospital, pasara a la escuela para conversar sobre el incidente. Cuando entré a la oficina todavía quedaban montículos de arena en el piso. Charito había vomitado en la sala, en el patio y en la propia oficina del director. El señor calmadamente me explicó que se trataba de una situación seria. Según las primeras averiguaciones, Charito había robado una botella de alcohol en un supermercado y se la había tomado junto a un compañero en uno de los baños de hombres. Al volver a la clase, se sintió mal y cayó al suelo. Mientras llegaba la ambulancia, intentaron reanimarla pero no había caso, tenía signos vitales pero no respiró con normalidad hasta que los paramédicos la conectaron al tubo de oxígeno. Le pedí disculpas al director y me fui al hospital.

Cuando entré en la sala, la vi pálida, conectada a unas mangueras que la hacían ver aún más grave. Lloré. No sé si porque la veía indefensa en esa cama o por lo que me había contado el director. Me sentí culpable, ni siquiera pensé en su castigo sino en el mío por permitir que eso ocurriera.

–*¿Dónde estaba yo?, ¿Cuándo pasó todo eso?* –me pregunté. Me sequé las lágrimas para escuchar al policía que se acercó con discreción.

–¿Es usted la madre de la niña? –me preguntó mientras escribía en su libreta.

–Ella es una niña buena –le dije.

–Quizás –dijo el oficial–. Igual que mis hijas. Pero casi se muere. El amigo que la acompañó al baño dijo que su hija se había tomado casi toda la botella.

Sentí vergüenza. No pude hacer nada más que bajar la cabeza y escuchar al policía. Ese episodio me puso más nerviosa pero sería el comienzo de un largo camino hacia el barranco.

Hacía un tiempo que Radesh le confrontaba a Charito sobre lo tanto que faltaba en el trabajo, de cómo desaparecía de la casa por dos días cada vez, y de cómo llegaba en casa con los ojos rojos y arrastraba las palabras cuando hablaba. No estaba ni sorprendido con el episodio de la escuela.

Al día siguiente, Charito salió del hospital por la noche. Yo estaba con tanto miedo de que Charito no hubiera recuperado que no pude pasar por el hospital para pegarla. Mi hermana Susana y su marido John vinieron de Tijuana para recogerla. Al día siguiente, hablé con Charito para averiguar quién le había dado el alcohol. Mintió que un visitante llegó a la escuela y compartió el alcohol con ella en el baño. De alguna manera, su historia no coincidía con los dados.

Una policía morena apareció en casa para cuestionar a Charito sobre el accidente. Después de pasar dos horas sola con Charito, la policía consiguió extraer la historia. Resultó que Charito había robado la botella de una tienda cerca de la escuela, y la compartió con un colega de la escuela en el baño. Radesh habló con Charito, no para acusarla ni reprenderla, sino para aconsejarle a no arriscar su vida con esos actos peligrosos. Charito tendría que cambiar su comportamiento para poder crecer.

Peter insistió en cruzar a Ernestina y lo consiguió. La subió a una avioneta y se la llevó junto al pequeño Rafaelito a su apartamento en Los Ángeles, el mismo espacio que él había compartido con Araceli y Octavia, la señora que limpiaba la casa y se encargaba de la comida.

Se casaron en una ceremonia civil en Las Vegas y luego por la iglesia en Salamanca. Al igual que la bailarina, Peter atendió a Ernestina como una princesa; le llevaba flores todos los días, la invitaba a comer a diferentes lugares, le decía palabras dulces y la llenaba de regalos. Octavia le dijo un día: –El caballero la trata a usted igual que Araceli...como una verdadera reina.

Ernestina no supo qué decirle. Me identifiqué con su vida porque al igual que yo parecía una marioneta que todos querían mover. Se pasaba el día adentro de apartamento mirando a Rafaelito pero sin ponerle atención. A veces tenía que recibir a las hijas de Peter que no paraban de hablar de la bailarina. Octavia la molestaba todo el día con sus comentarios: –El caballero siempre le compraba estos chocolates a Araceli–, –Estas flores eran las preferidas de Araceli–, –Estos perfumes son los mismos que....

Muchas veces le sugerí que echara a esa señora, pero Ernestina decía que no podía porque Peter la quería como a su madre. Además, al final de cada venenosa frase, Octavia le pedía: –Pero no le diga nada al caballero....

Ernestina se deprimió en la oscuridad de su cuarto, se llenó de dudas y sin darse cuenta del efecto de las palabras de Octavia, dejó de querer a Peter, sobre todo cuando la señora le dijo: —Araceli nunca va a dejar de ser la preferida del caballero.

Ernestina decidió irse a la casa de Susana, pero antes pasó por mi apartamento por una semana. Entre las dos llorábamos las penas de sentirnos extrañas y perdidas. Ernestina no sabía hacia dónde iba y yo tampoco. Teníamos un esposo, una familia, todo lo que habíamos deseado pero no nos sentíamos felices. En la casa de Susana, tampoco encontró consuelo. Peter llegó hasta allá para convencerla que volvieran al apartamento. Ernestina le contó que estaba embarazada pero le pidió que no la presionara; que si él quería podían seguir encontrándose en Tijuana pero que ella no quería volver a los Estados Unidos.

—Quiero regresar a la casa de mi madre, al menos por un tiempo —le dijo. Pero Ernestina no regresó a Salamanca hasta poco antes de que naciera su hija. Fue un día en que discutió con Susana, tomó el carro y manejó por más de un día hasta la casa de mi madre. Al llegar dejó a Rafaelito con Esmeralda y se acostó a descansar. A media noche empezó con los dolores de parto y tuvieron que llevarla de urgencia al hospital. A la pequeña de siete meses tuvieron que ponerla en una incubadora en la que sobrevivió sólo un mes.

Susana se sintió culpable y el resto de la familia le hizo sentir lo mismo. Hablé con ella pero no logré levantarle el ánimo porque yo estaba peor. No entendía por qué sucedían tantas cosas malas. Por qué no era capaz de salir de ese estado de tristeza permanente y ayudar a los demás. Si en algo me parecía a Susana era la sensibilidad con que enfrentábamos los problemas. Cualquier dificultad se nos convertía en un gigante de dos cabezas. A Pillita le pasaba lo mismo, pero la diferencia fue que ella los enfrentaba en silencio, sin molestar a nadie. Se encerraba en su cuarto y lloraba. Si la puerta estaba con llave nadie podía molestarla. Varias veces me acerqué y escuché su llanto de niña a través de la madera. Después de horas salía con el pelo bien arreglado, con su cara lavada y envuelta en crema con olor a vainilla. La única vez que se dejó vencer y no alcanzó ni siquiera a cerrar la puerta con llave fue cuando murió el tío Rodrigo. Después del funeral, nadie la movió de su cuarto hasta que salió una mañana vestida de negro, con el pelo suelto y sin ningún olor.

Una madrugada del año 2001, Radesh se levantó del sillón y partió en su camión rumbo al norte. Le preparé el desayuno y le guardé unas frutas para el viaje. Como parte de la rutina de todos los días, levanté a Mathew y Kent para llevarlos a la escuela. Charito, obligada, también se iba a clases. Después de dejar a los niños pasé al *college*, estaba mejorando el inglés y me sentía más segura para conseguir un trabajo. Al terminar las clases, pasé al gimnasio y luego recogí a los niños. Al entrar al apartamento recibí el llamado de Reza. Estaba en un hospital porque había sentido un fuerte dolor en su brazo que no tomó en serio hasta que la cabeza le empezó a temblar.

—No te preocupes Lili —dijo para calmarme—. Estoy bien.

—Siempre dices lo mismo —le dije a punto de llorar—. Cómo vas a estar bien si estás de urgencia en un hospital.

—Pensé que era algo menor pero dicen que me van a dejar hospitalizado —me dijo como si estuviera ahí por una torcedura de tobillo.

—¿Qué necesitas? —le dije mientras tomaba mi cartera para volver a salir y le hacía gestos con la mano a Mathew y Kent para que salieran del apartamento.

—Nada, no te preocupes.

—Voy para allá —dije bajando las escaleras—. Diles a los doctores que tu esposa va en camino.

Esa fue la primera de una serie de complicaciones médicas que cambiarían nuestras vidas y que en varias oportunidades tendrían a Radesh al borde de la muerte. Me sentía como los malabaristas chinos con sus platos; tratando que ninguno se cayera. Charito seguía con sus amistades misteriosas, el dinero era cada vez más escaso y los niños no entendían qué pasaba. Dije: —Mi cabeza va a explotar —y durante mucho tiempo tuve que decir la misma frase.

Estuvo un mes en el hospital y durante todos los días hice lo mismo: me levantaba temprano, dejaba a los niños en la escuela, iba a clases de inglés, y después al gimnasio, era lo único que me ayudaba a sentirme mejor, luego a buscar a los niños y partíamos todos al hospital. Charito no quiso ir ningún día. Nadie nos ayudó, excepto un amigo pakistaní que organizó una colecta para ayudarnos con los gastos del hospital. Las pocas personas que conocíamos se alejaron. Las deudas seguían esperando, el pago de los impuestos de La Paz aumentaron en cincuenta veces. Nos hicimos pobres y tuvimos que buscar ayuda en el gobierno. Con más vergüenza que la que sentía cuando mi tía Bárbara me decía fea delante de mis primas, tuve que ir a una oficina del servicio social. No sabía qué terreno estaba pisando, qué iba a hacer o cómo iba a explicar la situación en inglés. En mi turno, caminé hasta la ventanilla, miré a la señora y me quedé muda. Llamaron a un intérprete para que me entregara una larga lista de papeles que tenía que juntar. Por suerte en California muchos de los formularios tienen traducción al español. A la semana siguiente regresé con una carpeta llena de recibos, certificados y relatos de pobreza. Muchas veces sentí ganas de irme y dejar todo abandonado. Después de muchos papeles y entrevistas nos asignaron dinero y estampillas para comida por un mes. En la próxima entrevista, la trabajadora social me quedó mirando y se rió.

—¿Falta algún papel? —le dije revisando de nuevo lo que le había entregado en la carpeta.

Ella volvió a ingresar unos números en el computador.

—¿Qué papel me falta? —le pregunté segura de que ella se reía por yo haber olvidado alguno.

—Espéreme un minuto —dijo seriamente. Se levantó de la silla, tomó unas carpetas y se perdió detrás de una puerta.

Volvió, se sentó y suspiró.

—¿Cómo es posible que necesite dinero si le hicieron un depósito de seis mil dólares? —dijo mostrándome un recibo.

—Ese depósito es de una colecta que hizo un amigo para costear el hospital donde estuvo mi marido durante un mes.

—¿Tiene algún comprobante del pago del hospital? —me dijo con una sonrisa burlona. En ese momento, mi humillación, rabia y nervios se me acumularon. Cuando llegué a la oficina, no deseaba desafiar a nadie, ni pedir ayuda. Pero cuando me di cuenta de que la mujer quería burlarse de mí en vez de ayudarme a conseguir los beneficios para mi familia, decidí que ya no podía ser sumisa. Necesitaba ser fuerte para proteger y proveer por mi familia.

Dejé mi vergüenza en la silla y le respondí:

—Voy a conseguir un abogado y nos veremos en la corte. Usted no tiene ningún derecho a tratarme así.

—Nos vemos en la corte —dijo ella y cerró la carpeta—. Que pase el siguiente.

Conseguí un abogado practicante y la justicia falló a nuestro favor. Nos pagaron los cuatro meses que nos debían en dinero y estampillas. Comencé a buscar trabajo, por lo menos había alcanzado a estudiar administración en turismo, aunque estaba segura que no iba a servirme para nada. No quería un gran trabajo sino cualquier cosa que me ayudara a mantener los gastos de la casa.

Di tantas vueltas por el barrio hasta que un día, sin ninguna esperanza, lo encontré. Fue la última tienda en la que pensé conseguir un empleo; era de esas casas comerciales enormes que venden ropa, muebles, juguetes, camas, menaje, etc... Esa mañana entré sin ánimo a preguntarle a una cajera cómo podía postular a un empleo. —Vaya al computador del rincón —me dijo apuntando con su dedo—. Y deja sus datos.

Me senté y empecé a leer cada una de las cien preguntas. En eso estaba cuando pasó detrás de mí una mujer alta, de pelo rubio y labios rojos.

—¿A qué departamento está aplicando? —me preguntó sonriente. Por el color del labial era difícil no mirar su boca.

—A cualquiera, aunque sea al departamento que barre los pisos —le respondí.

Ella se rió de mi broma.

—Cuando termines con el computador, baja esa escalera —me señaló detrás de unas cajas—: y pregunta por Cristina.

Terminé la pregunta número cien y bajé la escalera. La encontré en una pequeña oficina pero de grandes ventanas. Me ofreció agua, buscó un lápiz debajo de un montón de hojas y escribió mi nombre en un papel azul. Me hizo un par de preguntas que ya había respondido en el computador y dijo: —Estás contratada, ven la próxima semana a firmar tu contrato.

Me puse pálida, no sé si porque había conseguido trabajo donde menos quería o porque sentía vértigo de hacer un cambio en mi rutina.

A las dos semanas, estaba instalada como cajera por cuatro horas diarias, de lunes a viernes. El entrenamiento fue tan breve que apenas me aprendí los botones de la máquina. Perdí la cuenta de la cantidad de veces que me equivoqué. Si el aumento de horas dependía de mi desempeño, entonces le debía yo a los gerentes. Me resultó un lío manejar el dinero y las tarjetas, casi no miraba el monitor para no ver los errores. Aun así, me esforcé y estuve en ese puesto hasta que dos meses después Cristina me llamó a su oficina:

–Te vamos a cambiar al departamento de asistencia de mercadería.

–¿Por qué?... yo sé que me ha resultado difícil ser cajera pero me estoy acostumbrando.

–El gerente me dio instrucciones de cambiarte –dijo Cristina–, pero no te preocupes, será algo bueno para ti.

Me aumentaron el número de horas así que también logré subir los ingresos. El dinero del gobierno se acabó pero nos mantuvieron una parte de las estampillas de comida.

Radesh salió del hospital con un serio problema al corazón y también le detectaron diabetes. Nos enteramos de que algunas tiendas de comida donaban sus productos cuando las fechas estaban casi en el límite de su vencimiento. Cuando terminó su recuperación, me acompañó al supermercado y conseguimos que nos entregaran comida un par de veces.

También conocimos a un señor que le ofreció vender llaveros en la calle. Para mi sorpresa, se entusiasmó con la idea porque era un trabajo independiente, no tenía que darle explicaciones a nadie y manejaba sus propios horarios.

–No vas a ganar nada con eso, mejor cuídate y quédate en la casa –le dije, pero luego comprendí que se sentía inútil y quería ayudar.

Durante esos días la rutina era llevar a los niños a la escuela, ir a trabajar, ordenar la casa y recoger a Radesh en el paradero de autobuses luego de su travesía por los distintos barrios. Recorría tienda por tienda, algunos le cerraban la puerta, otros le ayudaban.

Porfiado como siempre, siguió en su empeño de caminar a pesar de sus enfermedades.

–Te van a cortar el pie si no vas a revisarte –le advertí, pero no se detuvo hasta que nuevamente cayó al hospital. Uno de sus dedos del pie se había infectado y tuvieron que amputarlo. Estaba frustrado por todos los problemas pero no pretendía darse por vencido. Se mostró fuerte y con coraje frente a las provocaciones de la vida.

El cambio de cajera a asistente de mercadería fue agotador, pero mucho mejor, aunque tuve que dejar las clases de inglés. También me cambié el nombre por uno más simple, corto y directo sin perder una parte del anterior, por eso quise llamarme oficialmente Liliana. El aumento del número de horas fue un regalo que las otras muchachas miraron con envidia. Algunas tenían años trabajando y jamás habían conseguido ni la mitad de las horas que me habían asignado. Sentía afortunada pero también sabía que mis privilegios eran consecuencia de mi propio mérito. Mi mostré más responsable, con más disponibilidad y más confiable que mis colegas. También tenía carisma.

En ese puesto pasé varios meses, corriendo de un lado a otro recogiendo ropa, llevándola donde correspondía y reponiendo mercadería. A veces no alcanzaba a almorzar y era la última en salir, pero estaba contenta de que al final del día podía comprar comida y lo que fuera necesario para la casa.

Elena, una amiga de Rusia que había conocido en el *college*, se fue conmigo a trabajar y eso hizo todo más ameno; conversábamos a la hora del almuerzo y salíamos de la tienda a respirar. Ella trabajaba para entretenerse por eso en vez de recoger la ropa del suelo se iba a los camarines a dormir. Me acompañó por un breve tiempo porque luego salió del trabajo y se dedicó a estudiar para conseguir un diploma en ecotomografía, pero seguimos siendo amigas durante mucho tiempo.

Cuando Elena se fue, pedí cambio de sección porque al final del día terminaba con los pies hinchados, con dolor de cabeza y con alergia por el algodón de las toallas. Vender zapatos, ese era mi desafío, pero las muchachas me asustaban diciendo que ese lugar era imposible para mí, y que además no iba a recibir dinero porque las que vendían zapatos no tenían sueldo, sólo ganaban comisión. Era cierto. De todas maneras pedí el traslado y me lo dieron. A la semana siguiente, nuevamente estuve en entrenamiento por tres días. Tampoco aprendí de los nuevos botones de la computadora pero tenía un don incomparable en las ventas.

–Cuídate de Samanta –me dijo Jerry, un muchacho gay con el que me gustaba conversar. Era sencillo, amable y honesto. Decía que Samanta robaba las comisiones de los otros vendedores.

–Al primer descuido del vendedor...ella pone su código en la máquina –decía.

Me acordé del abuelo y puse en práctica todos sus trucos para atender a los clientes. Me aseguré de sugerir un producto que les interesaría a los clientes y raramente dejaba que un cliente se fuera sin comprar algo. Puse todo mi empeño y entusiasmo y tuve tal aceptación que a las pocas semanas tenía comisiones para repartir con Jerry, pero luego él se enfermó de hemorroides y terminó en el hospital. Cuando Jerry se fue, Samanta logró quitarme por tres días mi comisión pero la denuncié.

Una tarde, al llegar del trabajo, encontré a Charito afuera del apartamento junto a un grupo de jóvenes que no tenían muy buena apariencia. Más que sus ropas lo que llamó mi atención fue su actitud. Estaban apoyados en la muralla y cuando me vieron se quedaron callados.

Suponíamos que estaba trabajando en un café, pero luego nos enteramos que la habían echado porque no se presentaba a la hora y a veces simplemente no llegaba por andar deambulando con sus amigos en la calle. Nuestras sospechas se confirmaron cuando Mathew y Kent, jugando en el dormitorio que compartían con Charito, encontraron una bolsa con marihuana. Me costó tomar la decisión pero pensé que en algún momento todo podría ser peor. Ese mismo día la enfrenté y le pedí a Radesh que no se involucrara.

–¿A dónde andabas? –le dije furiosa apenas llegó en casa aquella tarde.

–Trabajando –me contestó y pude ver sus ojos rojos.

—¡Mentira! –le dije al tomarla del brazo–. Ya sé que te echaron por andar con tus amigotes.

—¿Por qué no me dejan tranquila? –gritó y corrió el brazo para que la soltara.

—Porque estás haciendo con tu vida lo que quieres –le dije triste–. No estudias, no trabajas, no haces nada por ti. ¿Qué ejemplo les estás dando a tus hermanos? –le dije con mi cerebro a punto de estallar. Los gigantes me estaban venciendo.

—Seguro este caballero te está metiendo ideas en la cabeza –dijo señalando a Reza.

Se fue al baño. Radesh no dijo ni una sola palabra.

Me puse a llorar al darme cuenta que todo lo que había hecho por ella no tenía ningún sentido. Ni la huída de Leandro, ni el trabajo en el bar, nada había sido suficiente para mejorar su mundo. No había sido capaz de cambiarle el destino a mi hija y eso me dolía. Yo estaba decepcionada y enojada sobre lo de Charito. Pero sentía que si yo ya había hecho todo para darle una buena vida y no había sido suficiente, entonces nada bastaría para hacer que ella se comportara como debía. Mi casa estaba pegando un ambiente desagradable a causa de la presencia de drogas, lo que no me gustaba. Tuve que hacer lo que tuve que hacer; necesitaba tirar la influencia mala de mi casa. Le puse toda la ropa en una bolsa de basura y le dije: –Ándate con tus amigas, bien lejos de aquí.

Fue al dormitorio a buscar un par de cosas, agarró la bolsa con rabia y antes de salir insultó a Reza. Charito no encontró nada mejor que junto a otra amiga–que también habían echado de su casa– meterse en otro problema.

Mathew y Kent conocían a Humberto, el encargado de "servicio a la comunidad" del condominio; lo veían pasar todos los días en su carrito de golf y siempre conversaban. Él mismo les mostró el apartamento donde estaba viviendo Charito, no porque junto a su amiga hubiesen rentado uno, sino porque habían forzado la puerta para instalarse allí todas las noches. Humberto le había prometido a Charito no decirle a nadie, menos a la administradora, pero quiso contarle a Mathew y Kent porque ellos estaban preocupados por su hermana. Entre los tres hicieron un compromiso de silencio para protegerla; pensaron que ella estaría mejor ahí que en cualquier otro lugar.

Durante dos semanas, ella y su amiga, montaron un dormitorio en el apartamento desocupado pero las descubrió uno de los administradores. Nos enteramos cuando llegó un policía a la casa. Imaginé que era un asunto sobre Charito. El policía nos interrogó por media hora y terminó diciendo:

–Los entiendo, yo también tengo una niña en plena adolescencia… y no es fácil.

No supimos de Charito por varios días.

Humberto, el hombre del carrito de golf, había viajado a los cuatro años con su madre y todos sus hermanos en un tren desde Guadalajara a Tijuana. En Tijuana vivía junto a una tía y los cuatro hijos de la tía en un estrecho cuarto de un edificio plagado de drogadictos. Años después, cuando su hermana Blanca se casó con un chicano que la llevó a los Estados Unidos, Humberto cruzó ilegalmente a vivir con ellos. Humberto vivió cerca de un año con Blanca porque después de quedar cesante se convirtió en una carga. Pero el mayor problema fueron las fiestas a las que invitaba a su cuñado, algunas veces por todo el fin de semana, así que terminó en la calle tapado con cartones. Luego trabajó como vendedor en un café argentino que tuvo que abandonar por los dolores de espalda.

Humberto llegó al condominio de Chula Vista el año 2002. Su trabajo era ocuparse de los arreglos de gasfitería, pintura, y encargarse de la seguridad. También le alquilaron un apartamento. Se hizo muy amigo de Mathew y Kent, más de lo que yo hubiese querido. Al principio me preocupaba la situación porque Humberto aparecía en las conversaciones de la cena. Como una tarde en que Kent acusó a Mathew de haberle recibido a Humberto veinte dólares. Cuando me di cuenta que repetían su nombre me asusté y empecé a averiguar más sobre ese hombre. A veces volvía más temprano del trabajo para saber qué estaban haciendo.

–¿Es casado?, ¿dónde vive?

Me contaron que Humberto reunía casi todos los días a varios niños del condominio y los llevaba a un lugar que los trabajadores utilizaban para almorzar. Ahí les compartía comida y dulces, jugaban y pasaban la tarde. Humberto aquí, Humberto allá, decían. Pero no había nada extraño.

Una mañana, antes de irme a trabajar, el baño se tapó. Llamé a Jorge, otro de los encargados de servicios para que lo arreglara. Jorge llegó con las herramientas, lo resolvió y se fue. Por la tarde el baño se volvió a tapar. Le pedí a Mathew que fuera a buscarlo de nuevo pero Jorge se había ido temprano. Al que sí encontró fue a Humberto que andaba dando vueltas en el carro de golf, como siempre. Entraron los dos al apartamento, yo estaba descansando en el sillón con mis pies en alto después de haber estado de pie más de ocho horas seguidas en la tienda.

–Allá está el baño –le dije mostrándole la puerta sin mirarlo.

Cuando terminó su trabajo Mathew lo acompañó y le pidió:

–Cuando a tu mamá se le descomponga algo, no le avisen a Jorge, avísenme a mí.

Pocos días después llamé a la administración para decir que la cortina de uno de los dormitorios no cerraba. Al llegar del trabajo vi a Humberto arreglándola mientras los niños conversaban con él. Como cada tarde me fui a la cocina a preparar algo de comer. Todos los días también compraba cervezas que escondía en mi dormitorio y que tomaba escondida en mi baño; me gustaba sentarme en el piso, descansar los pies y no pensar. Radesh nunca entraba porque seguía durmiendo en el sillón. Esa tarde mientras preparaba unos tacos, Humberto apareció en la cocina.

–Ya terminé señora –dijo respetuoso.

–Muchas gracias –le dije más amable que la vez anterior–. ¿Quiere una soda? –le pregunté y antes que respondiera le pasé un vaso–. Siéntese, le voy a servir un taco.

Los niños y Humberto se sentaron en el mesón de la cocina. Humberto empezó a hablar de su vida con tanto detalle que pude seguirle sólo las primeras palabras, a los pocos minutos ya me sentía cansada de escucharlo: –*Qué enfadoso, que se vaya para tomarme mi cerveza* –pensé. Terminó su taco y se paró. Antes que saliera del apartamento le pregunté por qué llevaba el pelo tan largo, pero en realidad quería decirle: –¿Por qué no te cortas ese pelo tan feo?.

Me respondió que escondía una cicatriz en el cuello que era

secuela infantil de una papera (meses después me contó que había sido el corte de una navaja en un edificio en Tijuana cuando defendió a su hermana).

A partir de esa tarde me esperó escondido entre los matorrales a la hora en que yo estacionaba el carro. Aparecía por todos lados y a la hora que fuese, siempre con alguna pregunta estúpida. Le conté a Radesh sobre su acoso pero me respondió: –Déjalo, está aburrido.

Charito se había refugiado en la casa de una amiga y luego había conocido a un joven llamado Sam, quien la invitó a vivir con él en un condado cercano al nuestro. Nuestra relación mejoró notablemente y ella comenzó a visitarnos con más frecuencia, pero el destino de Charito quedaría marcado de por vida, al igual que el de su futuro hijo. No puse mucha atención a su relación con Sam porque justo en ese momento me dieron la noticia sobre Pillita.

El doctor le había recomendado vivir en un clima cálido y muy a su pesar tuvo que obedecerle cuando los dolores de huesos se hicieron insoportables. Se había mudado a la casa de mi madre en Salamanca. Allí había contratado una enfermera que sólo alcanzó a acompañar a Pillita por un mes y medio. No la mataron las arañas en su garganta ni los dolores en sus huesos, murió de pronto a causa de una fuerte gripe.

No pude viajar a su funeral porque mi tía Bárbara dio órdenes para que no me avisaran. Cuando me enteré, despedí a Pillita a mi manera, sola, en un rincón llorando en silencio y reviviendo mis recuerdos de infancia, de juventud y las ganas con que ella me había dicho en el último tiempo: –Tienes que luchar por tu felicidad.

No supe cómo. Desde entonces, mi tía Bárbara vivió sola en la casa de Ario junto a sus quince gatos, sin esposo y sin hijos. En la casa había una sirvienta que trabajaba allí sólo por necesidad y que se escondía cada vez que mi tía se enojaba. Mi madre, que siempre tuvo la esperanza de un milagro para su hermana, un día se convenció de su arrogancia y le dedicó un espacio en su cuaderno de cartas y versos:

Genio y Figura
Qué difícil es que una persona cambie.
Es más fácil que un águila ande.
Con cirugía podrá cambiar su figura pero no su carácter y estatura.
De niños son un encanto, son una dulzura, caritas de santo: una ternura.
Hay que tener paciencia en la edad de la adolescencia, cambian su condición, carácter y complexión.
Quedó atrás el niño alegre y juguetón, ocasionado por un trastorno hormonal que puso en riesgo su castidad.
Hay vanidad y coraje, cambio de voz y lenguaje.
Andan insoportable y no quieren ni que les hablen, se sienten solitarios e incomprendidos, es por los genes hereditarios que traen consigo. Por ese camino difícil de juventud hay trastornos de rebeldía e inquietud. Ya no hay calma ni armonía, se ve ya el perfil de su personalidad, con claridad.
Así como la persona que es china, siempre va a ser china.
La que es lacia siempre va a ser lacia.
Quien es muda siempre va ser muda.
No te pongas en duda... genio y figura hasta la sepultura.
Los vicios se corrigen pero las personas difíciles te afligen, son tercas, necias y testarudas, que hacen la vida pesada y dura. Mejor huye de sus locuras.

Recuerdo perfectamente el día en que comenzamos nuestra relación con Humberto. Fue el 31 de enero de 2004. Salí de la tienda enojada porque había perdido algunas comisiones y me habían reducido las horas de trabajo. En los últimos años también habían despedido a varias compañeras: –la crisis económica– decían los gerentes. Apenas me alcanzaba para la comida y el apartamento. Radesh seguía con recaídas cada semana y yo pensaba que en cualquier momento me quedaría sin esposo.

Después del trabajo me fui a la casa a ver a Mathew y Kent, pero antes pasé a comprar mis cervezas, las que tomé como agua en el baño del dormitorio. Estaba mal, no sabía si llorar o gritar; sentía mi cerebro mareado y a punto de explotar. Eso me preocupaba porque un par de años antes habían comenzado con las convulsiones en mi cabeza.

Al salir del dormitorio vi a Radesh mirando la televisión, me asomé a la puerta y estaban los niños jugando con unos vecinos. Entré nuevamente al dormitorio, me di un par de vueltas y volví a salir, pero directo al estacionamiento porque quería comprar más cervezas.

Antes de subirme al carro apareció Humberto en su carrito de golf, que de seguro estaba espiando.

—¿Estás ocupado? —le dije como si hubiese estado enojada con él.

—No, ¿necesita algo?

—Llévame a comprar unos medicamentos —le dije como si fuera mi empleado.

—¿Se siente bien? —dijo preocupado.

—No. Estoy enferma, por eso necesito ir a la farmacia.

—¿Quiere que vayamos en este carro de golf? —dijo sonriendo.

—Claro que no, aquí tienes las llaves, maneja mi carro —volví a decirle con autoridad.

Le fui dando las indicaciones hasta que llegamos a un lugar lo menos parecido a una farmacia. Me bajé y compré un paquete de cervezas, del que nos tomamos tres o cuatro en el camino.

—¿No estaba enferma? —dijo antes de tomar el primer sorbo.

—Sí estoy enferma, ¿acaso no lo ves? Esta es mi medicina —le dije mostrándole el paquete de cerveza—. ¿Podemos seguir tomándolas en tu casa?, yo no puedo en la mía… están mis hijos y mi esposo.

Cuando entré a su apartamento —que estaba al otro lado del condominio— me sorprendí de la dedicación que había puesto en decorar su espacio. Todo se veía armónico; daban ganas de quedarse ahí por un largo rato. Como Humberto tenía el don de la palabra, hablaba con todo el mundo, se hacía amigos de los vecinos y ellos lo querían porque les resolvía los problemas. Humberto había decorado su casa con los regalos que le hacían los inquilinos cuando dejaban el condominio. Nos sentamos a conversar en un sillón que había conseguido pocos días antes. Con cada cerveza la conversación parecía más bien una pelea sin enemigo. Son pocas las cosas que recuerdo, las demás me las dijo Humberto al día siguiente. Toda la noche le dije que parecía gay y le advertí que tuviera mucho cuidado: –A mis niños nadie los toca. Le juré que lo estaba vigilando y que era capaz de cualquier cosa por proteger a Mathew y Kent. Seguí peleando sola por horas hasta tomarme la última lata de cerveza. Fue ahí cuando el cansancio y la borrachera (no se cuál fue primero), me vencieron.

–¿Me puedo acostar un momento? –le dije apuntando con la boca la puerta de su dormitorio que horas antes me había presentado.

–Si, no hay problema señora. Puede dormir ahí y yo me quedaré aquí en el sillón.

Dormí un par de horas y aparecí en la sala. Él seguía sentado en el sillón.

–Ven conmigo –creo que le dije ofreciéndole mi mano. Lo llevé al dormitorio.

–¡Desnúdate! Y acuéstate aquí –le pedí.

En la madrugada no lo podía creer. Estaba en su dormitorio y no recordaba todo lo que había pasado; me vestí silenciosa y aparecí en punta de pies en la sala. Asomé un ojo por la ventana, vigilé que nadie me viera y caminé hasta mi apartamento. Esas noches se repitieron muchas veces pero siempre volvía antes de que los niños despertaran. Radesh no decía nada.

A los pocos meses el apartamento del lado se desocupó y Humberto decidió cambiarse al apartamento nuevamente desocupado. A media noche, cuando todos estaban durmiendo, nos juntábamos a tomar cerveza, ver películas y conversar. Radesh era un hombre muy celoso pero no se opuso a la relación. Su salud estaba cada vez más delicada y hacía muchos años que mi vida se había limitado a servirle comida, acompañarlo al hospital y hablar de temas domésticos. Llevaba casi seis años durmiendo en el sillón, por eso admitir a Humberto fue la manera más honesta que él encontró para retenerme a su lado. Había renunciado –no porque quisiera sino porque no podía a causa de su enfermedad– a nuestra vida sexual. Me dijo: –Yo entiendo que tú estás joven y que no puedo privarte de tener alguien que te quiera como mujer, así que tienes libertad para salir con Humberto.

Mi madre opinó: –Radesh no te quiere porque ningún hombre que quiere a su mujer, le permite eso.

Pero así terminé viviendo; con un esposo veintiún años mayor y con una pareja más joven que yo. Humberto poco a poco se hizo parte de nuestra familia y la rutina para mí seguía siendo casi la misma; iba a la tienda, por las tardes me preocupaba de los niños, atendía a mi esposo, conversaba con Humberto y tomaba cerveza.

Todo estaba casi igual, con las mismas dificultades y sin más alteraciones que la que ya habíamos tenido. Incluso Charito nos visitó junto a Sam para contarnos que estaba embarazada. Aunque no eran las mejores condiciones, me puse feliz de esperar a mi primer nieto. Me gustaba mucho recibir a Sam en casa y servirle comida deliciosa porque yo sabía que él cuidaba muy bien de Charito.

Todo siguió mejor hasta que recibimos una llamada sobre Leandro, por la primera vez desde los trámites del divorcio, hacía quince años. Berta, su hermana, había ido hasta la casa de Ario de Rosales para averiguar nuestra dirección pero sólo consiguió contactar a Susana. Leandro se estaba muriendo de una enfermedad al estómago, igual que su padre y su último deseo era conocer a Charito.

Fue Susana la que llamó esa tarde para darnos el mensaje que opacaría nuestra felicidad. Sin embargo la noticia de que Leandro estaba enfermo cambió mi actitud, aunque dudé por un segundo porque él era experto en chantaje. Le pedí a Susana que le diera mi número a Berta, quien llamó enseguida. Fue una conversación muy breve para decirle: –Voy a hablar con mi hija pero es ella quien tiene que decidir si quiere ver a su padre. Ella te dirá su decisión.

Charito, sin ninguna presión más que sus recuerdos, llamó un día a Berta para decirle que no quería ver a su padre pero sí quería escucharlo por teléfono. Charito no entendió las palabras que su padre le dijo; Leandro ya estaba agonizando. Estaba en las últimas horas de su triste y miserable vida. Al siguiente llamado que hizo

Charito, Berta le respondió: –Tu papá ya murió, pero de tristeza porque no quisiste verlo.

Nunca le pregunté a mi hija por qué realmente no quiso visitarlo, respeté su decisión y guardé silencio. Así quedó sepultada una parte de la historia con ese hombre, pero no quedaron sepultados los recuerdos.

Unos meses después, un día de marzo de 2005, llegué a la casa y vi a Radesh sentado en el sillón, dormido. Me senté a su lado y lo acompañé a descansar. La rutina en la tienda era agotadora, si no vendía, no recibía comisiones. Pasaba todo el día de pie atendiendo clientas que muchas veces estaban horas eligiendo un producto y después decidían no llevarlo. Los pies se me hinchaban igual que durante los meses que tuve a los niños en mi vientre. Me quedé ahí descansando hasta que Radesh abrió los ojos y le propuse un baño de tina.

–No puedo Lili, no me puedo mover –dijo asustado.

–Sí puedes, haz el esfuerzo.

Radesh se levantó despacio, se apoyó en mi hombro y comenzó a caminar lentamente. Cuando llegamos al baño logró entrar en la tina. Todo estaba normal hasta que empezó a convulsionar. Llamé a emergencias y corrí a buscar a Humberto. A los pocos minutos se lo llevaron al hospital por otro mes. Su corazón estaba tan débil que no resistía el más mínimo esfuerzo. Culpó a Humberto de haberlo envenenado con unos tacos la noche anterior.

–¿Cómo se te ocurre? –le dije. Me puse a reír porque Radesh parecía un muchacho al proponer una idea tan ridícula. Él estaba tan agitado que se irritaba con Humberto y los dos se comportaban como niños.

Radesh estaba realmente mal, su corazón podía dejar de responder en cualquier momento, decían los doctores. Solicité permiso en la tienda para cuidarlo por un par de días pero nunca más volví a trabajar; me dediqué a visitarlo, atender a su hermana que estaba de visita y a cuidar a los niños que tenían casi trece años.

Durante el mismo mes, Humberto perdió su trabajo porque

había dejado abandonado un apartamento por haberme acompañado al hospital. En realidad, esa fue la gota que rebalsó el vaso porque meses antes la administradora le había advertido: —Si vuelves a dejar tu trabajo sin terminar, te voy a despedir.

Y así fue, tenía un mes para dejar el apartamento.

El día en que Radesh salió del hospital, Humberto me acompañó a buscarlo. En el camino, y sin saber muy bien cómo iba a tomar la pregunta, le dije:

—¿Está bien si Humberto se queda un tiempo con nosotros? —y apreté los dientes de nerviosa—. No tiene un lugar para vivir y tampoco tiene trabajo —y volví a apretar los dientes.

Me sentía en deuda con Humberto por haberme ayudado y escuchado.

—Sí, está bien —respondió Radesh como si le hubiera preguntado si quería un té.

Hasta se puso contento con la noticia.

Un par de semanas después, Humberto vendió algunos muebles, otros los regaló. Llevó su cama ortopédica a nuestra casa y la puso en el dormitorio de los niños. Él durmió en el suelo, yo en mi dormitorio, Radesh en el sillón, como siempre. Le gustaba quedarse ahí, quizás para cuidarnos, quizás para no sentirse tan solo en su dormitorio. Después de cada periodo en el hospital, volvía a estar bien. Se recuperaba con tal facilidad que todos quedábamos sorprendidos. Una noche ocurrió lo que menos esperaba. Radesh entró al cuarto de los niños, despertó a Humberto y le dijo:

—¿Usted quiere dormir con Lili verdad?

Humberto lo miró sin poder decir nada.

—¡Vaya! ¡vaya!…cama calientita —le dijo apuntando la puerta de mi dormitorio.

Humberto lo siguió mirando sin pronunciar ninguna palabra pero pensó: —*A quien le dan pan que llore* —y se fue a mi cama.

Humberto se convirtió en nuestro apoyo para criar a Mathew y Kent, incluso trajo momentos de alegría a nuestra casa. Radesh también lo incluyó en nuestras vacaciones. En cada viaje, se preocupaba de dejarnos un dormitorio, otro para él y para los niños. No me sentía bien con esas decisiones, pero él insistía en dejarnos solos. Decía que lo hacía porque me quería y era feliz si yo era satisfecha y feliz. No obstante, yo estaba un poco confundida por la aceptación de Radesh de mi relación con Humberto. Fue una ilusión pensar que la intimidad sexual fuera lo único que yo necesitaba de una relación.

A Humberto yo a veces lo quería y agradecía todo lo que hacía por nosotros y a veces lo odiaba por haberse metido en nuestra casa. Sobre todo cuando los problemas con los niños se hicieron evidentes. Cada vez fue más difícil poder controlarlos, más aún cuando ya no tenían que obedecer sólo a mí, sino a Radesh y Humberto. Su padre quería seguir tratándolos como niños, los vigilaba en la escuela, estaba pendiente de lo que hacían en la calle y ellos reaccionaban muy mal frente a su presión. Humberto los consentía y hasta los acompañaba en sus travesuras. Las distintas maneras de criarlos se contradijeron, Radesh no quería que crecieran tan rápido pero Humberto los motivaba para que aprendieran a manejar un carro con sólo trece años.

Las cosas entre nosotros cada vez empeoraban, lo sentía como un extraño y me sentía extraña yo también. Frente al resto de las personas éramos familiares y aún estando en la casa apenas podía acercarme. Me sentí llena de vergüenza que Radesh permitiera algo así y que yo lo hubiera aceptado.

Humberto, con el tiempo sintió más derecho sobre Mathew y Kent y empezaron los conflictos. Cuando Radesh ya no tenía paciencia para lidiar con ellos, le decía: –Hazte cargo tú, yo no puedo.

Entonces Humberto decidía y aplicaba sus reglas en la casa. Pero cuando veía que estaba perdiendo toda autoridad se retractaba: –No te metas. Mejor, déjamelos a mí.

Los niños crecieron confundidos, incluso con algo de coraje, creo yo, contra mí y Radesh por haber permitido que ese personaje irrumpiera así en nuestra casa. Todos tenían su opinión frente a ese experimento, nosotros teníamos nuestras razones.

A pesar de la presencia de Humberto y los destellos de alegría que sentía con él, mi depresión seguía avanzando. Saber que vivía con mi marido y mi novio era cosa de locos y no dejaba de sentir culpa. La adicción a la cerveza hizo que Radesh nos mandara a Humberto y a mí a los talleres de *alcohólicos anónimos*. Luego de esa experiencia le siguió una terapia sicológica para mí que duraría más de cinco años. También tuve que ir al siquiatra para controlar con medicamentos las convulsiones de mi cerebro y el estrés que sentía en mi cuerpo. Temblaba, quería huir, pero andaba en las nubes con los antidepresivos y tranquilizantes, que a veces mezclaba con cerveza.

No pude volver a trabajar nunca más porque en cualquier momento tenía una crisis nerviosa. Radesh consiguió dinero de sus hermanos que vivían en los Estados Unidos para mantenernos. Un de sus hermanos era cirujano pediátrico, y el otro era físico que trabajaba con bombas atómicas. Tuvimos mucha suerte por tener a alguien que nos ayudara en ese tiempo tan difícil.

Charito ya había dado a luz a mi nieto, pero el pequeño pasaba más tiempo con nosotros. Humberto y yo lo cuidábamos mientras ella salía con sus amigas y resolvía sus asuntos de droga. Además, tenía problemas con Sam, incluso un par de días estuvo durmiendo adentro de un carro porque el muchacho la había echado de la casa. Iba y volvía y yo no sabía cómo ayudarla, no podía auxiliarla si no era capaz de tener mi cabeza tranquila.

Sam, que también había tenido un pasado con drogas, vivía con su hermano y su hijo de siete años y al parecer quería cambiar su vida. Nunca supe los detalles de esa relación pero sabía que algo andaba mal y mi nieto estaba al medio; el pequeño conoció la tragedia en su primer año de existencia.

Un jueves llamé a Charito para preguntarle por el niño porque días antes lo había visto inquieto.

–Está muy extraño Ma –me dijo–. Se está comportando diferente, está gritando y se pone nervioso –dijo mientras yo podía oír a mi nieto gritar a través del teléfono.

Charito prometió llevarlo al médico a la mañana siguiente. La llamé durante todo el día para saber cómo le había ido pero su celular estaba apagado. Presentí que algo andaba mal. Cerca de las diez de la noche me contestó y su tono de voz fue la respuesta a mi preocupación.

—¿Le pasó algo al niño? –le dije apurada–. Dímelo por favor, no te quedes callada.

—Hay un problema –respondió Charito sin cambiar el ritmo de su voz.

—¿Qué paso con mi nieto? –le dije con el auricular temblando en mi oreja.

—Mi hijo está bien, Ma… –dijo como despertando de su letargo–, pero Sam se suicidó.

Apenas terminamos de hablar corrí a tomarme los tranquilizantes. Frente a la noticia, reaccioné de la peor forma; me puse a temblar, a llorar, inquieta sin saber qué hacer. Esa noche y los días siguientes no pude dormir, despertaba por las pesadillas y me preguntaba qué había sucedido en esa casa.

Charito no quería hablar. Llamamos al celular de Sam y contestó su prima quien nos contó detalles. El día del suicidio el hermano menor de Sam estaba en su dormitorio y Sam estaba en la cocina preparando el desayuno para mi nieto y su otro hijo. Eran cerca de las siete de la mañana y Charito que apenas estaba llegando a la casa con olor a alcohol, empezó a discutir con Sam, quien trató de controlarla. No quería terminar como unas semanas antes con un vaso roto en la cabeza (en el hospital prefirieron decir que había sido un accidente). Al terminar la discusión, Sam le dijo que lo tenía cansado, que no podía vivir así y le advirtió que se iba a suicidar.

—No creo que tengas huevos –le dijo Charito.

A los pocos minutos todo se calmó en la casa y no se escuchó ningún ruido. Los niños se quedaron en la cocina. Charito subió al baño del segundo piso y luego bajó. Vio la puerta del estacionamiento abierta y se acercó lentamente hasta ver a Sam colgando de una cuerda. Fue a la cocina por un cuchillo, destrozó la cuerda y trató de reanimarlo pero era demasiado tarde. Nunca hablamos con ella sobre ese día, sino que nos dedicamos a cuidar al pequeño y darle un hogar. Charito también regresó a nuestra casa.

La vida con Humberto tenía los días contados. Entre los dos no hacíamos uno. Él tenía su propio pasado tormentoso y yo no era buena compañía, ninguno de los dos para el otro. Los niños estaban cada vez más grandes y se daban cuenta del desorden que teníamos en la casa. Los medicamentos me quitaron las ganas de todo y dejé de ver a Humberto como mi pareja. Empezó la etapa más triste de nuestra convivencia, nos hacíamos sufrir con reproches y culpabilidades. Humberto había intentado suicidarse y yo no lo hacía nada de mal.

Él estaba decepcionado porque me propuso que me divorciara de Radesh para casarme con él y no me encantó la idea. Entonces, un día, cuando fui al supermercado, tomó pastillas analgésicas que se le prescribió para una lesión del disco de la espalda que sufrió en otro trabajo que tuvo. Molió todas las pastillas y se la tomó la pasta. Cuando volví del mercado, lo vi desmayado con una carta al lado. Lo llevé al hospital para limpiar el estómago. Había escrito en su carta que ya no tenía amor a la vida y que su decisión de no vivir más no era culpa de nadie, sino que era una decisión personal.

Seguí tomando cerveza y un día amenacé con quitarme la vida con un cuchillo. Humberto intentó controlarme mientras llegaba emergencia y la policía. Me sentía atrapada en algo que no tenía nombre. Recordaba a mi padre, a la tía Bárbara, el médico que me engañó, Leandro, los hombres que me golpearon en Tijuana y sentía mayor miedo del que sentí al vivir cada uno de esos episodios. Me descontrolé y empecé a decir cosas sin sentido hasta que entró un policía al dormitorio.

—¿Sabe usted de sicología? —le pregunté al policía después de encender el octavo cigarro en menos de media hora.

—Sí —respondió el policía—. Estudié un poco de sicología.

Tomó una silla y se sentó. Humberto se quedó ahí escuchando. Le conté al policía casi todas las cosas que había pasado en Ario de Rosales, en Morelia y Tijuana. Le conté mis traumas de niña y el miedo que le tenía a la vida. Humberto a veces opinaba. El policía me miraba con tanta atención que estuvimos cerca de una hora conversando en calma, pero de pronto Radesh se levantó del sillón, se asomó al dormitorio y empezó a exigir que Humberto saliera porque no era su asunto.

—¿Quién es él? –dijo el policía.

—Soy el esposo de Liliana –le respondió Reza.

—¿Cómo? –dijo el policía–. ¿No es este señor que está aquí? –preguntó señalando a Humberto.

—No, él es su novio –respondió Radesh con la frente arrugada.

—Vaya a sentarse –le pidió el policía–. Esto es un asunto delicado.

—Es verdad –le dijo Humberto al policía–. El caballero es su esposo.

El policía se quedó en silencio.

Creyó que le estábamos tomando el pelo, no podía entender cómo un esposo permitía que su mujer tuviera un novio y dentro de su propia casa. El policía me pidió que estuviera tranquila y sin más palabras se fue. Mi madre fue otra de las personas que pensó que estaba loco. Pero esas decisiones hay que entenderlas en su contexto y dentro de las razones que tuvo mi esposo.

Radesh me quiere a su manera –le respondía a mi madre. Como muchas cosas de mi vida, la presencia de Humberto fue una consecuencia de que otros decidieran por mí. Lo que al principio fue interesante se convirtió en una verdadera pesadilla. Varias veces discutimos y quise echarlo de la casa, pero tampoco tuve el valor para dejarlo en la calle.

Mi segundo intento de suicidio fue con pastillas. Esa noche estaba en mi dormitorio pensando en lo que había pasado con el padre de mi nieto y con la muerte de Leandro. Recordé las palabras de mi padre cuando dijo: —Este es mi destino.

Me convencí que estaba condenada a sufrir y que nunca iba a encontrar la calma que me convirtiera en una mujer segura y alegre. Pensé que morir era la mejor manera de darles tranquilidad a mis hijos, dejarlos que crecieran solos sin una madre tan deprimida, desorientada y casi muerta como yo. Me miraba en el espejo y hasta mis ojos parecían haberme abandonado. Fumé casi dos cajetillas de cigarro, tomé dos cervezas y un frasco de pastillas, me acosté en la cama imaginando la despedida de cada una de las personas que alguna vez me habían querido. Sentí elevarme suavemente hasta que alguien me sacudió. Era Humberto tratando de despertarme mientras le gritaba a Radesh que llamara a la ambulancia.

En el hospital desperté con los sonidos de las máquinas y con un fuerte dolor de estómago. Humberto dijo:

–No les digas que fueron los tranquilizantes –dijo en secreto–. Diles que habías tomado cerveza y que la mezclaste con unos medicamentos para el estómago.

–¿Por qué? –le pregunté con lentitud.

–Porque te van a meter a un manicomio, eso es lo que quiere tu esposo.

–Ya estás diciendo tonterías…–le dije.

Radesh no quería encerrarme en un manicomio, sino que estaba pensando en internarme en una clínica de rehabilitación para curarme del alcoholismo y ordenar mi cabeza, pero nada se concretó. Volví a la casa a los tres días. No me enviaron a ninguna clínica de rehabilitación porque prometí hacer el esfuerzo de renunciar al alcohol y seguir con mi terapia sicológica y las citas con el siquiatra.

Toda mi vida
En una noche de abril

El año 2009 Humberto se fue de la casa. La situación había pasado de grave a crítica. Ninguno de los dos podía modificar su carácter y terminábamos todos alterados, incluidos los niños y Charito. Los gritos eran como cuchillos en mi cabeza; en cada pelea volvían las convulsiones que no ayudaban a recuperarme de la depresión, aunque la sicóloga había hecho su diagnóstico: –Usted tiene depresión crónica.

Llevaba cuatro años visitando su consulta pero nada cambiaba mi actitud. Pasaba de la tranquilidad al llanto y sin ninguna razón. A veces pasaba días sin ningún síntoma de angustia, me mantenía serena incluso por momentos me sentía alegre; la presencia de mi nieto fue una motivación para sentirme mejor, pero otros días no quería levantarme y ante cualquier diferencia de opinión con Radesh veía los gigantes contra mí.

Entendí la partida de Humberto como la posibilidad de mejorar nuestra relación y la de mi familia, pero no pude dejar de sentirme dolida porque había decidido alejarse. Aunque lo sentí como un abandono, seguí visitando a Humberto en el estudio que había arrendado. Era muy pequeño pero con espacio suficiente para los dos. Algunos días me iba a su casa a descansar porque sentía que no podía controlar a mis hijos, pero pronto sonaba el teléfono porque había que cocinar, limpiar o cuidar a mi nieto porque Charito tenía que salir a trabajar. Así, Humberto y yo nos fuimos distanciando.

Una noche de agosto, me encerré en el dormitorio a pensar. Charito estaba visitándonos y estaba en la sala de estar con Radesh y los niños, viendo un programa de televisión; los escuchaba reírse y hablar todos al mismo tiempo. Yo me sentía estresada y agotada por los dolores de cabeza. Sentía que algo me apretaba el cerebro que luego me dejaba pulsaciones por varios minutos. Estaba nerviosa, daba vueltas alrededor de la cama, iba al baño, miraba los tranquilizantes con ánimo de tomarlos todos de una sola vez. Me preguntaba cuándo podría encontrarle el sentido a la vida y cuándo se alejarían los fantasmas que me habían perseguido desde niña. No vivía en Tijuana, no existía Leandro, estaba en mi propia casa, a salvo de todo, menos de mí y mis vicios. Mis hijos tenían unos dieciséis años y Charito tenía veintitrés. No pude entender por qué no estaba contenta.

De pronto, tuve el impulso de salir a un lugar que me diera alegría, que me hiciera sentir alegre, tal como veía a las personas en la calle y en los restaurantes; quería ser uno de ellos. Esa noche me cambié la ropa oscura por un traje de noche, me puse maquillaje y salí del cuarto. No dejaba de temblar pero estaba ansiosa por cambiar el ambiente de encierro por un lugar de diversión. Al asomarme a la sala, todos me inspeccionaron de pies a cabeza.

—¿A dónde vas tan arreglada Ma? —preguntó Charito.

—Voy a salir un momento —les dije apurando la marcha para que no me detuvieran—. Necesito salir.

—¿Pero adónde vas? —preguntó Radesh.

—Vuelvo luego, no se preocupen.

Al salir tomé el carro hacia un lugar llamado *El Caribe*, un bar mexicano con pista de baile. Eran las nueve de la noche y el local estaba en plena fiesta. Me senté en la barra y pedí una copa de vino blanco que me ayudó a silenciar todas las voces que tenía dando vueltas en mi cabeza. Se acercaron varios hombres para invitarme a bailar pero a todos les respondí que no. Pedí otro trago y llamé a Charito para que compartiéramos un momento. Ella, sin ánimo más que rescatarme de ese lugar, llegó a la media hora.

Aunque ella no quería beber, le pedí una cerveza y seguí mirando cómo las parejas se movían al ritmo de las rancheras. Yo, celebraba la felicidad de los otros, aunque la cabeza me daba vueltas. Charito se veía aburrida esperando el momento en que yo me cansara de hacer el ridículo mirando al resto como disfrutaba de la noche. Dos horas después nos fuimos. Me había tomado cuatro copas de vino, pero estaba tranquila, sin fantasmas, sin voces.

Camino al estacionamiento se acercó un muchacho rubio como de unos treinta años. Dijo que nos había visto adentro del bar y quería invitarnos a una fiesta. Charito se negó a la invitación, me tomó la mano y seguimos caminando pero el muchacho caminó detrás de nosotros insistiendo en su propuesta.

—No queremos ir —le dijo Charito en inglés.

—Sí, ¡claro que sí! —le respondí yo al muchacho mientras hacía el esfuerzo de no marearme–. Vete Charito –y le hice el gesto con la mano a mi hija–, este muchacho se ve bueno y yo no me quiero perder la fiesta.

Después de muchos intentos con convencerme, Charito subió a su carro y se fue. Luego me contó que el muchacho y yo caminamos a una camioneta blanca de aspecto muy lujoso. Pero lo que yo recuerdo es que nos subimos a mi carro y llegamos a una localidad llamada *Bonita*, el muchacho saltó el portón de una casa y luego lo abrió. Adentro, nos recibió un señor que hablaba alemán. Le pregunté por su nombre y respondió: –Dime Pablo.

Los recuerdos que tengo de esa noche son muy vagos. Dos mujeres sentadas en la sala con unos vasos en la mano. Pablo me sirvió uno a mí, pero no recuerdo de qué ni tampoco tengo más escenas en esa casa. Luego, desperté en un motel, casi desnuda y con una cámara filmadora en frente. No podía moverme, a ratos despertaba, veía que daban vueltas las cosas sobre mi cabeza y volvía a dormir. Yo estaba tan sin sentidos que ni pude levantarme en la cama, mucho menos escapar. Estuve seis días allí, sin comer. En mi casa, nadie se preocupó demasiado porque un hombre había llamado diciendo que era mi amigo y que me estaba cuidando porque no me sentía bien.

Al quinto día de encierro, Humberto estaba trabajando cerca porque había encontrado un trabajo cerca de aquel motel donde me tenían encerrada. Al cruzar la calle vio mi carro estacionado en la calle, se acercó, miró por la ventana y vio mi encendedor y el inconfundible estuche de mis cigarros. Me llamó al celular siete veces pero nunca escuché su llamada. Con muchas sospechas entró al motel y pidió hablar conmigo, dijo que era mi hijo. Averiguó la habitación que yo misma –sin saberlo– había pagado con mi tarjeta de crédito y regresó con la policía, pero no consiguió sacarme porque el tal Pablo le inventó al policía una historia de persecución y celos por parte de Humberto. Incluso ambos se agarraron a golpes hasta que el policía logró separarlos.

Humberto llamó a la casa de Radesh para decir que yo estaba secuestrada por un hombre.

–No seas celoso –respondió Mathew–. Mi mamá está con un amigo y está bien.

–Es mentira Mathew –dijo Humberto–. La tienen secuestrada y yo no puedo hacer nada. No soy un familiar, tienen que ir ustedes a la policía.

Mientras Humberto convencía a mi familia, los tipos me inyectaron alcohol y me mantenían casi dormida. Pero una mañana desperté sin amarras, estaba sola y casi consciente. Llamé a la recepción desesperada por conseguir una botella de lo que fuera. Al rato, entró la muchacha del aseo.

–¿Se siente bien señora?, está muy pálida –dijo pegándome en las mejillas–. ¿La puedo ayudar en algo?

–Necesito tomar vino, tequila o lo que sea...

–Cálmese señora –respondió mientras cubría mis pálidas piernas con una sábana–. Usted no puede tomar más alcohol... mire cómo está.

La muchacha había regresado a la recepción cuando Humberto entró otra vez con una pareja de policías. Preguntaron por mi habitación y la muchacha dijo: Acabo de ver a la señora y está tan enferma que apenas se puede mover.

Avisaron a Radesh y me llevaron al hospital. Inmediatamente comenzó la investigación del secuestro; me mostraron fotografías de varios delincuentes y pude reconocer a uno. Humberto confirmó al otro, el mismo con el que se había agarrado a golpes la primera vez que intentó sacarme. Ambos tipos tenían una orden de captura por pertenecer a una banda que secuestraba mujeres para luego violarlas y robarles el dinero de las tarjetas de crédito. No me encontraron drogas en el cuerpo pero sí un nivel altísimo de alcohol. El carro lo encontraron un par de días después con muchos cables y una filmadora.

Después de ese desafortunado episodio Humberto regresó a la casa, incluso nos fuimos todos juntos a un viaje de vacaciones por las Bahamas. Fueron días en un lugar increíble, paradisiaco, lleno de hoteles, casinos y discotecas. Los niños disfrutaron de la playa junto a Humberto, Radesh visitaba los casinos con la misma buena suerte de siempre. Yo prefería quedarme en la habitación controlando los escalofríos y los espasmos que sentía en el cerebro, cada vez con mayor frecuencia. No podía hacer una vida normal porque al mínimo problema reaccionaba con tristeza o con rabia, eso dependía de cada día.

Como en una ocasión en que Humberto me acompañó a cambiar una prenda de ropa que le había quedado grande a mi nieto. La cajera no quería cambiarla porque decía que faltaba un código. Nos tuvo como diez minutos esperando hasta que me atacó la desesperación y me puse a gritar que no podía esperar más porque mi cabeza estaba enferma y que si me seguían haciendo esperar no iba a responder. Me descontrolé, empecé a gritar y la pobre muchacha se puso a llorar. Ese tipo de situaciones fueron las que me alejaron de las personas, convirtiéndome en una mujer sola y enferma. Iba derecho a la muerte, o peor aún, a un lugar donde el encierro era mi peor enemigo, como lo viví en una noche de abril del 2010.

Ese día fue el peor de mi vida, fue el momento en que caí por el barranco. No porque yo saltara sino porque había avanzando a paso lento hacia el precipicio sin poder frenar. Iba caminando sola y con los ojos vendados hasta que sentí el golpe que al principio deseé que me hubiera matado. Esa noche de abril toqué fondo, me enredé en el musgo y sentí el olor a la putrefacción. Pero al final de todo, lo que pasó cambió mi vida para siempre. Al final de ese mismo año decidí escribir mi historia, un proyecto que Radesh motivó desde el primer día en que me conoció. No había tenido el valor de hacerlo: por lo que significa recordar casi toda tu vida y por el miedo a exponerme así frente al mundo. Pero me cansé de llevar este peso y quise descargarlo en las páginas de este libro.

Juro que no quise golpear a mi propio hijo esa noche, fue un arrebato del momento; la mejor salida que encontré en un instante de desesperación y miedo. Ese día de abril había caído en la amargura, al punto de llorar angustiosamente. Me levanté deprimida, como muchos días anteriores; se había convertido en una rutina. Casi toda la mañana estuve en el dormitorio ordenando ropa, papeles y juguetes de mi nieto mientras él miraba televisión. –Lo mismo de siempre –decía. Hacer comida, limpiar la cocina, atender a Radesh y escuchar reclamos. Humberto se había ido por tercera vez. Yo deseaba salir y encontrar un lugar para relajarme, pero no podía con el estrés de la ciudad, no era capaz de poner un pie en la calle. Tenía pánico. Me pasé todo el día inquieta, fumando un cigarro tras otro pero sin dejar de atender la casa.

Por la tarde, la angustia se hizo más profunda, me quedé en blanco sentada frente a la cama porque mi cerebro no obedecía ninguna instrucción. No estaba tomando antidepresivos porque un ejecutivo del seguro de salud se había equivocado en firmar unos papeles y yo no había podido comprarlos. Me volví a sentir ahogada sin saber adónde arrancar o cómo salirme de la vida. Bajarme del mundo. Desdoblarme y mudarme de planeta. Quedarme en la carretera esperando nada, ni siquiera que alguien me rescatara. Sentí la carga de mi pasado, atender la casa, llevar a mis hijos por buen camino, la enfermedad de Reza, pero por sobre todo, arrastrar los errores cometidos en distintos momentos de la vida.

En el dormitorio, mientras lloraba en silencio, escuché voces y no eran de personas reales. Pensé que escuché las voces de mis hijos susurrando y después escuché muchas voces desconocidas en la sala. Levanté, esperando ver a mis hijos con un grupo enorme de visitantes haciendo ruidos. Pero, al llegar en la sala, me sorprendió el hecho que estaba vacía.

Charito, que había llegado de su trabajo, y Radesh estaban en el cuarto, ocupándose de mi nieto; yo podía oír sus murmullos. Horas antes había discutido con Radesh acerca de mi vida y el encierro. Le confesé que estaba cansada y aburrida: –Me siento atrapada –le dije–. No puedo seguir así –le dije llorando–. Si me hubieras dado más libertad nuestra historia sería distinta, no habríamos tenido tantos problemas económicos y tú no estarías tan enfermo.

Radesh me miró con cara de asombro desde el sillón. Quizás no fue la mejor manera de decírselo, pero si yo hubiera decidido callar, habría terminado en un cajón cubierta de tierra porque algo me apretaba el pecho y quería desahogarme.

Al volver al dormitorio seguí llorando y fue ahí cuando empecé a ver sombras que daban vueltas alrededor de mí. Me tapé los ojos.

Cuando pude levantarme, salí a ver si Radesh necesitaba algo; le ofrecí fruta y leche.

–No te preocupes –me dijo con toda calma–. Estoy bien.

–Voy a salir a fumar un cigarro aquí afuera –le avisé otra vez. Me vigilaba todo el tiempo para que no comprara cervezas.

Entré y salí muchas veces durante una hora, Radesh sólo me miraba. Toda la tarde la pasé en un estado de ansiedad que el cigarro pudo contener sólo hasta que llegó la noche, cuando Radesh empezó a ponerse nervioso porque Mathew y Kent no estaban en la casa.

–¿A qué hora van a volver? –preguntó.

–No lo sé Radesh, tú le prestaste el carro a Mathew, deberías saber a qué hora va a volver –le dije.

–Pero nunca llega a la hora que dice –reclamó Radesh–. Estoy aburrido que tome mi carro y se vaya con sus amigos.

–Tienes que hablar con él –le dije con tono maternal.

–La culpa de todo la tiene ese hombre que trajiste a vivir a esta casa –dijo Radesh levantando la voz–. Él se encargó de criarlos así, sólo vino a desordenar esta familia.

–Pero si eras tú el que le pedía a Humberto que se hiciera cargo de ellos cuando tú ya no podías, ¿No te acuerdas? –le respondí.

–Sí, pero ese hombre les hizo daño, mucho daño al permitirles tanta libertad –siguió diciendo con el mismo tono de voz.

–El daño se los hicimos nosotros Reza, al dejar que otra persona entrara en nuestras vidas –le respondí y tuve ganas de encender otro cigarro.

Ese fue el comienzo de una discusión cargada de acusaciones, resentimientos, incluso de insultos. Radesh me reclamó por primera vez el haber llevado un amante a la casa, yo le respondí: –¡Es tu culpa!, tú lo dejaste instalarse aquí, lo aprobaste desde el primer día.

Volví al dormitorio a intentar descansar y a ratos me levantaba fugaz al baño. Una semana atrás había empezado con fuertes dolores al estómago, diarrea y vómito, causados por una influenza del estómago. Me cubrí con una manta y puse mis manos alrededor de mi cuello, apretándome la nuca para aliviar el dolor de mi cerebro y no ver las sombras. Pensé que mi cabeza se iba a reventar, y los dolores fuertes del estómago sólo intensificaron mi angustia y ansiedad, debilitando mi raciocinio.

Después de un par de horas escuché a Kent discutiendo con Radesh sobre por qué se había tardado tanto sin haber pedido permisión y sin contestar su teléfono. Vi que había pasado de medianoche. Luego comenzaron a discutir sobre el pasado y qué errado que fue haber dejado que Humberto se infiltrara en nuestras vidas. En medio de la pelea empezó a toser sin detenerse. Salí a verlo. Kent me saludó y se fue a su dormitorio.

—Radesh ¿estás bien? – le pregunté.

—Son las doce de la noche y Mathew no ha llegado –me reclamó sin contestar mi pregunta–. Ya te dije Lili, ese hombre vino a hacer un desastre en nuestra familia y se fue.

—Pero tú eres el encargado de los niños ahora, tienes que hablar con ellos, pedirles que cumplan horario –le dije tomándome la cabeza–. Además, Mathew anda en la calle y en tu carro… ¡porque tú se lo prestaste!

—He llamado diez veces y no contesta su pinche celular –contestó Radesh perdiendo la poca calma que le quedaba pero hablando cada vez mejor el español.

Volvimos a la discusión anterior. Yo salí a fumar otro cigarro; entraba y salía de la casa como gato enjaulado. Por un momento pensé en escapar, irme lejos sólo con lo puesto y olvidarme de todo. Hasta me pregunté qué tan mala podía ser la vida de un vagabundo, sin obligaciones, sin preocupaciones más que buscar un puente para dormir por la noche. Desde afuera de la casa, podía escuchar los mensajes que Radesh dejaba en el celular de Mathew. –*¿Qué pasará si desaparezco ahora, si abandono todo lo que con tanta dificultad he conseguido?* –pensaba. Me froté las manos temblorosas, prendí otro cigarro, me lo fumé y volví a entrar. Apenas me vio comenzó un nuevo enfrentamiento.

—¿Por qué no tenemos una vida tranquila? –le grité desesperadamente–. No puedo creer que después de tanto sufrimiento sigamos haciéndonos la vida imposible. ¡Hasta cuándo Dios mío!

Radesh me respondió también con gritos y empezamos un alboroto que atravesó muchas ventanas del condominio. Volvió a hablar de Humberto. Yo me cegué por la furia y le respondí que yo había aguantado todos sus engaños con Pilar, que eso si que era infidelidad, no mi relación con un hombre que él mismo había aceptado.

–Fuiste tú el que dejó que Humberto entrara en nuestra casa y fuiste tú el que mentía diciendo que se quedaba en un hotel en La Paz cuando la verdad era que te acostabas con otra mujer –le grité. Radesh intentaba responderme mientras seguía marcando el número de Mathew pero yo seguía gritando sobre Pilar: –¡Siempre la defendiste!

Era un verdadero escándalo que se calmó cuando Mathew contestó la llamada de Reza.

–Tráeme el carro ahora mismo –le ordenó–. ¡Ya no aguanto esta mierda! –le gritó por el teléfono.

Me fui al baño más triste y enferma que nunca. Volví a acostarme en la cama a llorar y a escuchar la multitud de voces que no entendía pero que se repetían una y otra vez. Así estuve casi media hora hasta que Mathew llegó y salí a conversar con él.

–¡Dame las llaves!, ¡Me voy de aquí! –le gritó Radesh a Mathew.

–No puedes irte solo –le interrumpí temblando de miedo, presintiendo que todo iba a terminar mal.

–¡Dame las llaves Mathew! –le gritó de nuevo Reza.

Mathew estiró su mano con las llaves para entregárselas. –¡No se las entregues!, no puede irse así –le pedí e intenté quitárselas.

–¡Dame las llaves estúpido! –le gritó Radesh por última vez.

Agarré a Mathew de la ropa para impedir que se las diera pero no pude evitarlo. Forcejeó conmigo hasta que me empujó y dijo: –¡El carro es de él, que haga lo que quiera!.

Al caerme en el sillón agarré un frasco de perfume –que fue lo primero que encontré– y sin pensarlo lo lancé con toda mi fuerza y regresé corriendo a mi dormitorio sin ver lo que pasó en la sala. Me cubrí con la manta y me puse a llorar. En la sala, Radesh intentaba limpiar la sangre de la cara de Mathew. El frasco le había golpeado cerca del ojo derecho.

Seguí escuchando voces, mirando sombras con la cabeza a

punto de estallar. Cuando lancé el perfume se quedó en mi mente el recuerdo de niña cuando subía al techo de la casa del abuelo en Ario y lanzaba pequeños globos de agua. Me sentaba por horas a escuchar la conversación de los hombres que pasaban por la calle. Me llamaba la atención cómo hablaban de las mujeres, se referían a ellas con palabras que aún no terminaba de saber su significado pero sabía que eran insultos. Cuando no tenía esas bombas de agua, usaba los huevos podridos de la tienda, que el abuelo apilaba en una caja de madera en el patio. Lo aprendí de los carnavales que se hacían en el pueblo. La gente acostumbraba a juntar los huevos, sacarles el interior y pintarlos para luego ponerles *confeti*. Cuando llegaba el día del carnaval los jóvenes se paseaban bailando y cantando hasta que cada uno elegía a la muchacha o muchacho que le gustaba y reventaba el huevo arriba de su cabeza. Pero había hombres que reventaban huevos reales y con fuerza sobre la cabeza de las mujeres y a mí me había tocado uno. Un año, con mi prima Jennifer planeamos llevar los huevos podridos y hacerles lo mismo a ellos, pero desde el segundo piso de la zapatería. No era una niña desordenada, pero hacía travesuras por aburrimiento, por diversión y para desahogar mi rabia contra el mundo. Fue el mismo gesto y sentimiento que sentí cuando lancé el perfume, sin darme cuenta que había golpeado a Mathew. De hecho, no tenía ni idea hasta que lo supe cuando llegó la policía en mi cuarto y me despertó.

Kent –asustado con el escándalo y de lo descontrolado que estábamos todos – la había llamado. Cuando escuché las sirenas supe que algo había sucedido, pero no me enteré que estaban en mi casa hasta que uno de los policías entró en mi dormitorio.

Antes que dijera algo, le confesé: –No sé qué hice pero tengo que pagar.

No me levanté de la cama hasta que terminaron de hacerme preguntas. Charito entró a verme pero la sacaron pronto, sólo alcanzó a contarme que afuera había dos patrullas de policía, un carro de bomberos, una ambulancia más toda la gente que llegó a ver el espectáculo.

Según los policías ya habían recibido más de diez llamadas por los gritos que se escuchaban por todo el condominio. Me sentí como el peor ser humano sobre la tierra; había golpeado a mi propio hijo después de todo lo que había soportado por protegerlos y para que crecieran con un padre y una familia buena.

Los policías volvieron a entrar al dormitorio por más preguntas. Cuando salí no pude ver a Mathew porque la ambulancia lo había llevado al hospital. Kent estaba afuera y la policía le estaba deteniendo a Radesh en el sillón en la sala.

—Si me creen culpable, llévenme por favor, sáquenme de aquí —le pedí a una mujer que estaba en la sala.

Me devolví al cuarto para ir por última vez al baño, pero la mujer —seguida por Charito— me agarró y dijo:

—Está arrestada señora, no se mueva.

Otro policía intentó ponerme las esposas.

—Déjeme ir al baño —le pedí tratando de soltarme.

El tipo me puso las esposas.

—¡Necesito ir al baño! —le grité.

El hombre me apretó tan fuerte que me dejó moretones y rasguños sangrientos en los brazos y en las muñecas. Seguimos forcejando hasta que se sumó la mujer, entre los dos intentaron reducirme y ella sacó una especie de fierro para darme un golpe eléctrico. Me quedé quieta.

—Les voy a meter un juicio —dijo Charito afligida por la violencia de los policías—. Sólo quiere ir al baño-. Kent y Radesh escucharon mis gritos pero la policía no permitió que me ayudaran.

—Su mamá me acaba de rasguñar —le respondió la mujer— y está resistiéndose a la detención. Me trataron pésimo, como a cualquier padre o madre que golpea a su hijo en los Estados Unidos.

En la patrulla me siguió doliendo el estómago y camino al departamento de policías, no aguanté. Manché todo el piso y los asientos. Cuando llegamos el policía se bajó apurado y le dijo a una compañera: —Llévala adentro… manchó toda la patrulla.

La mujer me sentó en una sala fría y al rato volvió con unos calzones de hombre y un traje azul incluidos los botines que si no era de los que usan los cirujanos en el pabellón, era de astronauta.

—Entre ahí y cámbiese la ropa —me dijo. Me quedé toda la noche esposada hasta las siete de la mañana, cuando me trasladaron a la cárcel de Santee.

Antes de encerrarme en una celda junto a veinte mujeres, me registraron las huellas, me sacaron fotografías y me hicieron un par de preguntas que no recuerdo. Pensé que me iba a quedar ahí para siempre. Ya en la celda, me tiraron un pedazo de pan y un plato de sopa misteriosa que no quise comer. Las muchachas me observaban y hacían comentarios. No quise mirar a nadie, así que me senté cerca del teléfono y el baño que estaban en un rincón de la celda. Ahí me quedé examinando el suelo hasta que un grupo de mujeres se acercó. Una de ellas se atrevió a hablarme.

—¿Por qué estás vestida así? —dijo tan fuerte que todas las muchachas me miraron.

—Porque trabajo para la NASA —le dije sin pensar y sin reírme.

—Y ¿por qué estás aquí? —dijo aún más interesada.

—Porque me mandaron en mi nave a un planeta pero yo me fui a otro planeta. En el camino me agarró la CIA y el FBI.

—¡Dios mío! —gritaron varias.

Llegaron más mujeres a mi lado, hicieron un círculo y empezaron a interrogarme. —*¡Jesucristo!* —pensé— *¿Por qué abrí mi boca?*

Repetí una y otra vez la misma historia hasta que fui al baño y no quise salir de allí en una hora. Cómo era posible que creyeran semejante cuento. Empezaron a hablar entre ellas, a reclamar por la injusticia de encerrar a una científica. Todas dieron sus teorías sobre mi detención y eso sirvió para mantenerlas entretenidas. Pensé: —*Estas mujeres están más locas que yo.*

Casi todas estaban borrachas o embriagadas de drogas. Me di cuenta que mi situación no estaba tan mala como las suyas, y que yo era capaz de recuperar mi salud y sensatez.

—No puedes estar aquí —dijo la más entusiasmada con la historia cuando salí del baño—. Debes llamar a un abogado.

—Sí, es verdad —le respondí—; es un error pero tú sabes, quieren hacer experimentos con nosotras. Ahorita vienen mis colegas para llevarme de regreso a mi nave.

A las cuatro de la tarde una pareja de policías se acercó a la celda. Uno de ellos gritó: —Liliana Kavianian. ¡Afuera!.

Me tomaron de las esposas y me llevaron a una oficina en donde tuve que firmar unos papeles. Abrieron una puerta para que entrara Charito, que me abrazó asustada, pero antes que me hablara, le dije llorando: —Fue un accidente hija, yo no quise lastimar a tu hermano, perdóname....

Con el mismo traje de astronauta me dejaron en libertad y salimos al estacionamiento donde estaba Radesh conversando por teléfono. Había conseguido un préstamo con el que pagó el diez por ciento de la fianza de más de cien mil dólares. El resto lo iba a pagar a través de un agente de fianzas. Después de salir del encierro fuimos a la oficina del agente para saber cuáles eran los pasos a seguir. Había recuperado la libertad pero el castigo no estaba completo.

Lo que más quería era ver a Mathew y rogarle perdón; explicarle que había sido un impulso sin pensar jamás en herirlo. También quería prometerle que iba a hacer el esfuerzo de recuperarme de la depresión y devolver la calma a nuestra familia.

En la calle donde estaba la oficina del agente tuve que bajarme del carro, a pesar que Radesh no quería que hiciera el ridículo con mi traje azul. Me tomaron nuevas fotografías y me hicieron firmar otros papeles más. A las dos horas nos llamaron a una oficina que más bien parecía una bodega. El señor que nos atendió dijo muchas cosas que no entendí; hablaba de un juez, de servicio comunitario y un entrenamiento.

Al llegar a la casa, Radesh y Charito me explicaron el problema en el que me había metido. Por orden de la justicia, Mathew y Kent menores de edad estaban viviendo en otro lugar hasta que yo abandonara el apartamento. —Tienes que cambiarte a otro lugar para que los niños puedan regresar —me dijo Reza.

Además de marginarme de vivir con mi familia por un año, tenía que cumplir con la asistencia de veinte horas a un programa sobre manejo de la ira y participar de un servicio comunitario por cincuenta.

A las dos semanas del incidente y después de buscar un lugar económico y cercano, me cambié a un apartamento, donde me encontré con mi propia condena; la soledad. Recordaba la noche del perfume todo el día, no dormía imaginando que podría haber matado a mi hijo, por eso seguí visitándolos y atendiendo a Radesh a diario. Eso me hacía reparar en alguna medida mi ausencia. Iba, cocinaba, limpiaba y regresaba a mi burbuja, y algunas veces me quedaba cuidando a mi nieto.

Las primeras semanas fueron de llanto y desesperación, pero luego desperté de esa amargura y decidí enfrentar mi castigo; primero, la terapia sicológica sobre manejo de la ira donde aprendí técnicas y ejercicios para controlar mis impulsos y hablar sin herir a las demás personas.

Me sentí extraña escuchando palabras que jamás había oído en mi vida y respondiendo preguntas que nunca me había hecho. Estaba tan acostumbrada a lamentar y echar la culpa por mis problemas presentes en mi pasado, pero finalmente aprendí que tenía que enfocarme en el presente para hacerlo valer la pena. Tendría que pensar en el futuro y en las consecuencias de mis acciones. Aprendí que yo podía lidiar con los momentos de estrés e desesperación de manera constructiva, como salir a caminar o correr, o cualquier cosa para distanciarme de una situación inestable. Además de saber que tenía que enfrentar la amargura y el odio que sentía, *necesitaba querer cambiar*. Eso fue lo que más me ayudó.

Durante ese mismo tiempo, la idea de hacer un libro tomó fuerza, así que me puse a escribir algunas cosas en un cuaderno. Apenas terminé la terapia, comencé el servicio comunitario en una iglesia; limpiaba las bancas, los santos y preparaba la iglesia para la misa. No me costó mucho sentirme útil porque desde niña había aprendido que la limpieza y el orden eran lo primero. Si de algo se preocupó Pillita fue de mi vestuario y aseo, y mi tía Bárbara me enseñó a golpes y palabrotas que cada rincón de la casa debía estar limpio y si ya estaba limpio, había que hacerlo brillar, aunque las sirvientas ya lo hubieran hecho.

Vivir sola me dolió, más que todos los golpes de mi vida. De niña crecí en la riqueza, pero eso no fue suficiente para conseguir todo lo que necesité en mi infancia y menos en mi adolescencia. Muchas veces pensé que era mejor ser pobre, no tener ropa ni techo donde vivir pero a cambio…estar tranquila, en calma. No conocí la felicidad porque siempre hubo personas y situaciones que se encargaron de esconderla para mí y yo no tuve el valor para enfrentarlas. Vi cosas que ningún padre o madre estaría dispuesto a mostrar a sus hijos y la muerte siempre anduvo rondando, dando vueltas, agazapada como un delincuente afuera de la casa. Tantas veces me mataron, tantas veces reviví, ¿por qué?..., me lo pregunté una y otra vez y ahora me respondo que fue para escribir mi historia.

En mi nueva casa hice una buena limpieza, no de esas que requieren horas para guardar todo en caja, sino que sacar las experiencias y los sentimientos malos de donde se habían escondido dentro de mí, y romper y repelerlos . Esa limpieza fue profunda, con dolor, pero con sentido. Algunas personas se desahogan conversando con un amigo, yo no tenía con quién. Otras lo hacen bailando o haciendo ejercicios, yo apenas me atreví a salir de la casa. Otras se pierden en la calle, pero yo quería encontrarme y lo hice de la única manera que me pareció la mejor. Por eso, retomé las citas con mi sicóloga, con el siquiatra y decidí compartir en un libro lo que tanto me hizo sufrir para que otros puedan decidir si lo que están haciendo es lo que quieren para sus vidas. La imagen del matrimonio ideal y la familia ideal que siempre tuve desde niña fueron ideas equivocadas; por tratar de conseguirlas terminé muchos más lejos de donde las pude haber encontrado.

Ahora que he recordado el pasado y no ha sido un ejercicio fácil, quiero descansar un momento pero sin dejar de construir esta nueva vida. Continuar aprendiendo. Por mientras, seguiré viviendo sola hasta que mi corazón y mi cabeza estén en absoluta calma. Escapar, cambiar de ciudad y de país no me sirvió para abandonar los fantasmas. No seguiré buscando el lugar perfecto para ser feliz porque me di cuenta que está aquí, conmigo, y tuve que descubrirlo en una noche de abril.

Rosalilia es el relato de una mujer nacida en Ario de Rosales, México, que en busca de algo que le diera sentido a su vida, terminó cada vez más lejos del lugar donde podría haberlo encontrado. En su historia se mezclan complicadas experiencias de infancia y adolescencia que seguramente muchas personas han vivido, pero pocas se han atrevido a contar.

Rosalilia es una historia real pero algunos nombres han sido cambiados para proteger la identidad de los verdaderos protagonistas.

Este relato, a pesar de sus tristes experiencias, es un regalo para mí. Siempre quise hacer algo positivo, por eso lo escribí pensando en mí y en todas las personas que se puedan identificar con mis palabras. Todos tenemos una misión que cumplir y para alcanzarla debemos confiar en nuestro creador que nos da la misma oportunidad y un don que por razones del destino no siempre podemos descubrir cuáles son. Cualquier proyecto positivo puede cambiar la vida de un ser humano y las bendiciones para esa vida mejor llegan de granito en granito. Todo es posible, ya lo aprendí, basta no tener miedo y seguir con paso firme; bloquear los pensamientos negativos y darnos la oportunidad de aceptar los pensamientos positivos. Pase lo que pase seguir siempre adelante y lograr nuestras metas; porque el que persevera alcanza el éxito.

No me alcanzan las palabras para agradecerle profundamente a mi esposo, que durante todo este proyecto me entregó todo su cariño y apoyo; en las buenas y en las malas. Él es mi ángel de la guarda.

Agradezco profundamente con todo mi corazón, a mis hijos, por haberme apoyado todo este tiempo, y comprender con respeto, todos esos momentos tristes que pasaron como una tempestad sobre mi vida.

Mi más sincero agradecimiento a la doctora Dolores Rodríguez, mi terapeuta que durante seis años tuvo la paciencia y el valor para escucharme y motivarme con buenos consejos que transformaron mi vida. Con su apoyo comprendí muchas cosas y transformé el odio y el sufrimiento en amor.

Agradezco con todo mi corazón a Dios por haber puesto en mi

destino a la persona que durante todo el proceso hizo de mi libro un excelente trabajo. Ella tuvo el valor de escribir mi historia. Gracias Antonieta.

Con la voz de mi corazón, mis más sinceros agradecimientos para Olivia Holloway. Me ayudó a darle el toque mágico a mi historia y me escuchó con paciencia, y en los momentos más difíciles durante el proyecto, ya que tomó muy en serio su trabajo. Gracias a Dios que me la puso en mi camino. Es una mujer con un gran corazón, y con un excelente profesionalismo.

Author, Liliana Kavianian.